ro
ro
ro

Astrid Fritz studierte Germanistik und Romanistik in München, Avignon und Freiburg. Als Fachredakteurin arbeitete sie anschließend in Darmstadt und Freiburg und verbrachte mit ihrer Familie drei Jahre in Santiago de Chile. Zu ihren großen Erfolgen zählen «Die Hexe von Freiburg», «Die Tochter der Hexe», «Turm aus Licht», «Der dunkle Himmel». Astrid Fritz lebt in der Nähe von Stuttgart.
Mehr über Astrid Fritz erfährt man auf: www.astrid-fritz.de

Pressestimmen zur Serafina-Reihe:

«Die Krimis um (…) Serafina sind nicht nur spannend, sie geben auch ein faszinierendes Bild Freiburgs zu Beginn des 15. Jahrhunderts wieder – was ebenfalls sehr unterhaltsam ist.» (Stuttgarter Zeitung)

«Serafina ist eine sympathische Heldin mit dem Herzen auf dem rechten Fleck.» (Münchner Merkur)

«Sehr lesenswert.» (Ruhr Nachrichten)

«Für Freunde historischer Krimis empfehlenswert.» (Frankfurter Neue Presse)

ASTRID FRITZ

Der Totentanz zu Freiburg

HISTORISCHER ROMAN

Rowohlt Taschenbuch Verlag

Originalausgabe
Veröffentlicht im Rowohlt Taschenbuch Verlag,
Hamburg, Januar 2023

Covergestaltung any.way, Barbara Hanke/Cordula Schmidt
Coverabbildung Das Freiburger Münster von Osten
mit der Münsterbauhütte, Friedrich Eibner,1854/akg-images;
Rekha/Arcangel; iStock; Shutterstock; Dorota Gorecka/Trevillion
Satz aus der DTL Vanden Keere
bei Pinkuin Satz und Datentechnik, Berlin
Druck und Bindung GGP Media GmbH,
Pößneck, Germany
ISBN 978-3-499-00593-0

Die Rowohlt Verlage haben sich zu einer nachhaltigen Buchproduktion verpflichtet. Gemeinsam mit unseren Partnern und Lieferanten setzen wir uns für eine klimaneutrale Buchproduktion ein, die den Erwerb von Klimazertifikaten zur Kompensation des CO_2-Ausstoßes einschließt.
www.klimaneutralerverlag.de

FSC
www.fsc.org
MIX
Papier aus verantwortungsvollen Quellen
FSC® C014496

Dramatis Personae

Die Hauptpersonen

SERAFINA ACHAZIN: Für die einstige Hübschlerin, spätere Begine und jetzige Stadtarztgattin Serafina haben sich ihre schönsten Träume erfüllt. Ganz im Familienglück, hat die Heldin unserer Geschichten ihren wagemutigen Nachforschungen bei ungeklärten Todesfällen endgültig abgeschworen und blüht in ihrer neuen Rolle völlig auf. Doch erstens kommt es anders, zweitens als man denkt.

ADALBERT ACHAZ: Auch der studierte Medicus, Freiburger Stadtarzt und Ratsherr schwelgt im Glück. Doch so viel sei hier schon verraten: Die Behaglichkeit im Haus Zum Pilger, dem Zuhause der Familie, findet ein jähes Ende, und es bleibt ihm keine andere Wahl, als seine geliebte Serafina in ihren Ermittlungen zu unterstützen.

VITUS STADLER: Der mehr oder weniger heimliche Sohn von Serafina zieht noch immer mit der Straßburger Compania als Gaukler durch die Lande. Für diesmal darf der mittlerweile fast Zwanzigjährige wieder unter den Hauptfiguren aufgeführt werden. Dabei erntet er für seinen Auftritt als Possenspieler alles andere als Beifall.

Und erstmals unter den Hauptfiguren: das einjährige KATHRINCHEN, der von allen geliebte Neuzugang der Familie Achaz.

Der Freundeskreis

IRMLA: Die einst so bärbeißige alte Magd des Stadtarztes gehört mittlerweile zum Familien- und Freundeskreis. Auch bei diesem Abenteuer beweist sie, dass Serafina und Adalbert sich voll und ganz auf sie verlassen können.

GISLA: Die rüstige Kräuterfrau hat sich im Haushalt der Familie Achaz gut eingelebt und dank KATHRINCHEN noch im hohen Alter neue erfüllende Aufgaben gefunden.

MEISTERIN CATHARINA: Die sonst so mütterlich-strenge Oberin der Christoffelsschwestern steht Serafina treu zur Seite und sieht dabei angesichts der ernsten Lage über manche Unziemlichkeit hinweg.

GRETHE: Die Jüngste der Christoffelsschwestern und Serafinas engste Freundin aus Beginenzeiten zeigt nicht nur großes Talent als Köchin, sondern auch als Verkleidungskünstlerin, womit sie nicht nur Serafina verblüfft.

DIE CHRISTOFFELSSCHWESTERN Heiltrud, Mette, Brida sowie Theresia widmen sich auch diesmal ganz ihren Aufgaben als Beginen. Wobei BRIDA VON STÜHLINGEN, Halbwaise aus einem verarmten Rittergeschlecht, durch ihre Totenwache doch ein klein wenig zur Aufhellung der Umstände beitragen kann.

Bruder Matthäus: Der Prior des Wilhelmitenklosters ist vor allem Meisterin Catharina äußerst zugetan, aber auch Serafina und ihrem Sohn Vitus so eng verbunden, dass er als Nothelfer einspringt und dafür sogar eine Lüge vor dem Herrn in Kauf nimmt.

Gallus Sackpfeiffer: Wieder darf der raubauzige oberste Stadtbüttel zeigen, dass er das Herz trotz allem am rechten Fleck hat. Der einstige Widersacher Serafinas ist ihr und Adalbert treu ergeben.

Laurenz Wetzstein: Der Zunftmeister der Bäcker, Ratsherr und langjährige Freund Adalberts kämpft als Schöffe gegen Windmühlen und schwerfällige Gerichtsherren an. Dies aber unermüdlich.

Ottilia Wetzsteinin: Die Frau des Bäckermeisters ist den Christoffelsschwestern als Wohltäterin herzlich verbunden und hat auch für Serafina immer ein offenes Ohr.

Michel, das Mischlingshündchen der Beginen, darf endlich wieder seiner Aufgabe als Wachhund nachkommen.

Freiburger Bürgersleute

Andreas Schneehas: Der Silberkrämer, dessen Profilierungssucht ihn einst fast um Kopf und Kragen gebracht hat, ist wieder obenauf und darf erneut als Heimlicher Rat und Gerichtsherr sein Unwesen treiben. Sein Busenfreund Quintlin, der Goldschmied, spinnt die Fäden diesmal nur im Hintergrund.

Kaufmann Simon Schwarzfärber: Der eher unscheinbare, schmächtige Kaufmann ist untröstlich über den Tod seines engsten Freundes und hört nicht auf, Serafina und Adalbert ins Handwerk zu pfuschen.

Ezechiel Oblathus: Dem im Wortsinne stinkreichen Rotgerbermeister und Wohltäter der Stadt ist nur ein kurzer, wenngleich spektakulärer Auftritt vergönnt. Hat womöglich eine gewisse Vorliebe damit zu tun?

Benedicta Oblathus: Die schwergewichtige Frau des Rotgerbermeisters gibt sich alle Mühe, die Fassung zu bewahren und ihre kleine Familie zusammenzuhalten.

Filibertus Gschydlin: Der Sattlermeister und eitle Gernegroß hat seine Finanzen leider nicht im Griff und muss am Ende die Zeche dafür zahlen.

Magnus Pfefferkorn: Der in Serafinas erstem Abenteuer so hart vom Schicksal gebeutelte Kaufmann unterstützt Laurenz Wetzstein im Kampf gegen die Windmühlen, wenn auch um einiges zaghafter als der Bäckermeister.

Jordan: Der ritterliche Elephantenwirt muss sich diesmal nicht für Serafina in Gefahr begeben, sondern darf in aller Ruhe auf dem Jahrmarkt Bier ausschenken und dabei die Augen offen halten.

Eberhart Grieswirth: Der dicke Metzgermeister und Dauerpatient des Stadtarztes ist eigentlich vor allem mit Biertrinken beschäftigt.

DON GIACOMO: Der Prinzipal der Gauklertruppe hat in dieser Geschichte so einiges zu verdauen.

MADLENA: Die bildschöne Tochter des Prinzipals ist seit Langem Vitus' Braut, gerät aber zum großen Kummer des jungen Mannes auf Abwege.

ALESSANDRO: Der hitzköpfige Seiltänzer überschätzt sich gewaltig und gerät aus der Balance.

ANTONIA: Die Schwester des Seiltänzers und Gewandschneiderin der Truppe bringt sich selbst um ihre Zukunft bei der Straßburger Compania.

CARLOS: Er gibt den listigen Bauern und sollte eigentlich am Ende des Possenspiels tot umfallen.

Und natürlich VITUS, siehe oben, dem zu seinem Leidwesen immer die Weiberrollen zugeschustert werden.

In kleineren,
dennoch wichtigen Rollen

CUNRAT: Der junge Geselle von Sattlermeister Gschydlin ist leider in die falsche Frau verliebt.

BERTLIN: Kloakenkehrer und jüngerer Bruder des Roten Matthes, eines Übeltäters, der seit dem Meuchelmord in der Henkersgasse verschollen ist; Bertlin darf hier beweisen, was wirklich in ihm steckt.

HANNES: Der junge Knecht im Hause Oblathus erträumt sich eine bessere Zukunft und geht dafür ein hohes Risiko ein.

Fortunata: Die Wahrsagerin kann leider nicht in die Zukunft sehen, sonst hätte sie Serafina viel Kummer erspart. Dafür steuert sie einen kleinen, aber wichtigen Hinweis bei.

Adelheid von Ederlin: Die ehemalige Christoffelsschwester ist eher vergeistigter Mystik zugeneigt als tätiger Nächstenliebe und daher schon vor längerer Zeit zu den Nonnen von Adelhausen übergelaufen. Jetzt darf sie ihre Fähigkeit als Kindsmagd unter Beweis stellen.

Heinrich Swartz: Auf die recht vergnügliche Pflicht, ein Possenspiel auf Unbotmäßigkeiten zu prüfen, folgt für den Münsterpfarrer prompt die unerquickliche Aufgabe einer Notabsolution.

Historische Mitspieler am Rande

Paulus von Riehen: Entstammt einem vornehmen Freiburger Geschlecht und war 1415 bis 1419 Schultheiß der Stadt, sprich: das vom Landesherrn eingesetzte Gerichts- und Stadtoberhaupt.

Abrecht von Kippenheim: Ebenfalls ein Spross der Vornehmen, stellte er mehrfach den jährlich vom Rat gewählten Bürgermeister der Stadt.

Johans von Gloter: Ob der höchst gebildete Freiburger Stadt- und Kanzleischreiber tatsächlich der Völlerei gefrönt hat, ist historisch nicht belegt. Dafür beweist er in unserer Geschichte als Ratsherr bei Gericht einen gewissen Schneid.

König Sigismund: Seit 1411 ist der Spross aus dem Geschlecht der Luxemburger römisch-deutscher König, von 1433 an römisch-deutscher Kaiser. Mit dem Konzil zu Konstanz schafft er es tatsächlich, die Einheit der Kirche wiederherzustellen, und macht Freiburg für eine Zeit lang zur Reichsstadt.

Kapitel 1

An einem Samstag Ende September 1419

Ein warmer Wind trieb kleine schneeweiße Wolken über den tiefblauen Himmel und ließ die Blätter der Obstbäume, die dem Garten der Christoffelsschwestern Schatten spendeten, leise rascheln. Serafina lehnte am Zaun, den Hund Michel zu ihren Füßen, und winkte ihrer Freundin Grethe nach.

Was für ein herrlicher Tag! Die Luft war rein und klar, von der drückenden Hitze des Hochsommers war nichts mehr zu spüren. Gemeinsam hatten Grethe und sie einen Korb voll Buschbohnen geerntet, aus denen ihre Freundin, zusammen mit gebratenem Speck und Knoblauch, ein schmackhaftes Mittagessen bereiten wollte. Schmackhaft würde die Mahlzeit mit Sicherheit werden, denn Grethe war eine begnadete Köchin. Dass ihr die eigenen Gerichte zusagten, war ihrem rundlichen Leibesumfang deutlich anzusehen.

Serafina selbst hatte sich nur eine Brotzeit mitgenommen, um den Tag zu nutzen und ihr Kräuterbeet von Unkraut zu befreien und den Boden zu lockern. Am Nachmittag würde Adalbert sie abholen kommen. Fast ebenso sehr wie das Mischen der Salben und Arzneien für ihre kleine Armenapotheke liebte sie die Arbeit hier im Garten in der Lehener Vorstadt, der ihr, auch nachdem sie aus der Schwesternsammlung ausgetreten war, zur freien Verfügung stand. Die Stunden hier draußen bedeuteten jedes Mal ein Labsal im Vergleich zum Lärm und Gestank in der Stadt.

Michel winselte der davonschlendernden Grethe jammervoll nach, und Serafina lachte. «Sag bloß, du wolltest mit ihr nach Hause. Glaubst du etwa, du würdest beim Kochen etwas vom Speck abbekommen?»

Wie zur Antwort wedelte Michel mit seiner lustig nach oben geringelten Rute. Der kleine hellbraune Mischlingshund war ihr vor gut vier Jahren im Dreisamtal zugelaufen und gehörte seither als einziger männlicher Mitbewohner zum Beginenhaus Sankt Christoffel. Da Adalbert sich immer so um sie sorgte, hatte sie ihm versprechen müssen, den Hund als ihren Bewacher mitzunehmen, wann immer sie allein im Garten arbeitete. Und ein verlässlicher Bewacher war Michel allemal, hatte er ihr doch schon einige Male aus der Patsche geholfen.

«Komm, gehen wir zurück in den Schatten.»

In der Wiege unter dem alten Apfelbaum rührte sich etwas. Zwei dralle Ärmchen reckten sich in die Luft, und gerade als sich Serafina über die Wiege beugte, schlug Kathrin ihre großen blauen Augen auf. Als sie die Hundeschnauze neben sich entdeckte, begann sie zu strahlen.

«Wau, wau!», rief sie begeistert.

Serafina hob sie hoch und drückte sie voller Liebe an sich.

«Ja, das ist der Michel, und er passt auf uns beide auf. Dann hat mein kleiner Schatz also endlich ausgeschlafen?»

Das Mädchen gluckste und strampelte mit den nackten Beinchen. Serafina mochte kaum glauben, dass ihre Tochter nun schon ein gutes Jahr alt war. Und wie schwer sie inzwischen geworden war!

Sie setzte das Kind auf der Decke ab, die sie vor der Sitzbank ausgebreitet hatte, und hockte sich dazu.

«Jetzt essen wir beide erst einmal zu Mittag.»

Seit Kurzem stillte Serafina nicht mehr, und so hatte sie neben Brot und Hartkäse auch einen Tiegel voll Haferbrei mitgebracht, den Kathrin jetzt Löffel für Löffel hungrig verschlang. Dabei saß sie kerzengerade und voller Aufmerksamkeit auf ihrem dicken Windelhintern.

Wie bei allem, was ihre Tochter tat, ging Serafina wieder einmal vor Mutterglück das Herz auf. In ihrem Leben hatte sie so viel Unbill erfahren, dass sie noch immer nicht fassen konnte, wie reich sie nun beschenkt war. Ihr Umzug von Konstanz nach Freiburg vor viereinhalb Jahren war das Beste, was ihr hatte zuteilwerden können. Die Beginen hatten ihr ein neues Zuhause gegeben, und mit Sicherheit würde sie noch heute bei den frommen Schwestern im Brunnengässlein leben, hätte sie sich nicht in den Freiburger Stadtarzt Adalbert Achaz verliebt, mit dem sie, nach einigen Irrungen und Wirrungen, zusammengekommen und inzwischen verheiratet war. Zu diesem großen Glück, das sie noch immer jeden Tag aufs Neue genoss, hatte der Herrgott sie beide auch noch mit einem gesunden, aufgeweckten Kind gesegnet, obwohl Serafina die dreißig längst überschritten hatte. Schon die Schwangerschaft hatte sie als etwas Wunderbares und ohne Beschwernisse erlebt, ganz so, wie sie in Adalberts klugen Büchern als causa optima beschrieben war. Die Geburt war zwar schmerzvoll gewesen, aber ohne Komplikationen, und die Stillzeit das reinste Himmelreich – mit Adalbert als liebevollen Kindsvater an ihrer Seite und mit Gisla und Irmla als zwei Gevatterinnen, die ihr und nun auch der Kleinen jeden Wunsch von den Augen ablasen.

Mit Adalberts Einverständnis hatten sie ihre Tochter auf den

Namen Kathrin getauft, nach ihrer Taufpatin Catharina, der Meisterin der Christoffelsschwestern. Neben Adalbert war Catharina, diese kluge, herzensgute Frau, der vielleicht wichtigste Mensch in Serafinas Leben, nach all den schwierigen Jahren in Konstanz, in denen sie aus der Not heraus der unrühmlichen Profession als Hübschlerin nachgegangen war. Niemals hatte die Meisterin ihr daraus einen Vorwurf gemacht, sondern es im Gegenteil als eine wichtige Zeit der Prüfung angesehen. So war sie Serafina im Laufe der Zeit zu einer mütterlichen Freundin und Ratgeberin geworden.

«Ach Kathrin, was haben wir beide es doch gut getroffen!»

Fröhlich drückte sie der Kleinen einen Kuss auf die Stirn. Dann wischte sie ihr mit einem Tuch Mund und Wangen sauber, was Kathrin gar nicht mochte, weshalb sie sogleich empört das Gesichtchen verzog.

Anfangs hatten Serafina und Adalbert im Scherz oft gestritten, wem sie ähnlich sah: Serafinas Meinung nach kam sie eindeutig nach dem Vater, mit dieser spitzen Nase, der hohen Stirn und dem erstaunten Gesichtsausdruck beim Gähnen. Adalbert hingegen fand, dass Kathrin ganz die Mutter sei, da er nie zuvor so einen bildhübschen Säugling gesehen habe. Tatsächlich war Kathrins Haar inzwischen immer dichter und lockiger geworden, die Augen hatten ihr tiefes Blau behalten – gerade so wie bei Serafina. Auch sie selbst hatte als Kind blonde Locken gehabt, die allerdings mit dem Alter immer dunkler und glatter geworden waren.

Kaum hatte Serafina von ihr abgelassen, krabbelte die Kleine erstaunlich geschwind auf Michel zu und patschte ihm mit ihren Händchen auf den Kopf.

«Du darfst nicht so grob sein, mein Schatz», lachte Serafina. «Schau mal: Streich ihm nur ganz zart über das Fell.»

Im Grunde wusste sie, dass Michel ihrem Kind niemals etwas zuleide tun würde. Doch Kathrin hatte längst etwas anderes im Sinn. Sie krabbelte zu der Holzbank, die am Stamm des Apfelbaums lehnte, und zog sich daran hoch. Mit einer Hand hielt sie sich fest, mit der anderen winkte sie Serafina stolz zu.

Wie groß sie dabei wirkte! Nein, ihre Tochter hatte so gar nichts mehr von einem hilflosen Säugling. Acht Milchzähne besaß sie schon, schlief die Nächte durch und lernte jede Woche etwas Neues hinzu. So setzte sie sich neuerdings ihre Haube selbst auf, winkte jedem zu, den sie mochte, beim Abschied oder auch einfach so, und sprach schon die ersten Worte. Etwa *Wauwau*, womit auch Katzen gemeint sein konnten, *Dada*, wenn sie auf etwas zeigte, oder *Baba* zu ihrem geliebten Stoffball. Und natürlich immer wieder *Mammam*, wenn sie Hunger hatte oder nach ihrer Mutter verlangte. Nur mit dem Laufenlernen wollte es noch nicht so recht klappen. So hangelte sie sich zwar überall hoch, doch anstatt freihändig zu stehen, wenn sie losließ, plumpste sie jedes Mal auf ihr Hinterteil. Was sie nicht selten in zorniges Weinen ausbrechen ließ.

«Dada!», rief sie in diesem Moment und zeigte auf Michel, der sie aufmerksam beobachtete. «Wauwau!»

Der wedelte prompt mit dem Schwanz, woraufhin Serafina lachen musste. Wahrscheinlich hörte der Hund jetzt auch schon auf den Namen «Wauwau».

Serafina brach sich ein Stück Brot ab, legte eine Scheibe Käse darauf und biss hungrig hinein. Jetzt hätte sie nichts gegen Grethes Bohnen mit Speck gehabt. Derweil krabbelte Kathrin zu ihr zurück auf die Decke und griff nach dem Viertellaib Brot.

«Brobro!», rief sie.

Serafina war begeistert. «Mein süßer Schatz, du kennst ja ein neues Wort! Richtig, das ist Brot.» Sie brach ein kleines Eckchen ab und reichte es ihr. «Sag mal: Brot.»

«Brobro.»

Gerührt zog Serafina ihre Kleine an sich. War es nicht ein Geschenk des Himmels, dass sie Kathrin heranwachsen sehen durfte? Mit Vitus war ihr das nicht vergönnt gewesen. Ihren inzwischen fast zwanzigjährigen Sohn hatte sie als blutjunges Mädchen im Radolfzeller Armenspital zur Welt gebracht, wo man ihn ihr nach wenigen Monaten Stillzeit ohne Vorankündigung weggenommen und in ein Konstanzer Kloster gebracht hatte, wie sie später erfuhr. Vitus war nämlich die Frucht einer Schändung durch vier junge, betrunkene Unholde gewesen, und trotzdem hatte sie ihn von seinem ersten Atemzug an geliebt. Nur aus diesem Grund, nur, um ihren Jungen gegen ein Schmiergeld sonntags für einen kurzen Augenblick besuchen zu dürfen, war sie in die Bischofsstadt am Bodensee gezogen und dort prompt aus Not und Armut auf die schiefe Bahn geraten. Das Schlimmste sollte indessen noch kommen: Eines Tages war Vitus, bereits zum Knaben herangewachsen, spurlos verschwunden. Einer der Mönche hatte ihm überaus gehässig zugesteckt, dass seine Mutter nichts als eine Hure sei, woraufhin er aus dem Kloster geflohen war und sich einer Gauklertruppe angeschlossen hatte.

Es tat immer noch sehr weh, wenn sie an jene Zeit zurückdachte, und manchmal suchten die schrecklichen Erlebnisse sie sogar in ihren Träumen heim. Doch dann sagte sie sich jedes Mal, dass sich am Ende alles wunderbar gefügt hatte. Zum Martinimarkt vor fast vier Jahren hatte sie ihren Sohn schließlich wiedergefunden, als er mit seiner Straßburger Compania Freiburg aufsuchte. Sie hätte den schlaksigen, blonden Sechzehnjährigen womöglich gar nicht erkannt, wäre da nicht das sichelförmige Muttermal auf der linken Schulter gewesen … Niemals würde sie dieses berührende Wiedersehen vergessen, und seither trafen sie sich ein- bis zweimal im Jahr, wenn die Compania in Freiburg oder irgendwo in der Nähe aufspielte. Gegenüber ihren Mitschwestern und Freiburger Bekannten hatte Serafina ihn stets als ihr Schwester- und Patenkind ausgegeben, auch wenn sie und Vitus es gerne anders gehabt hätten. Nur Adalbert, Grethe, Mutter Catharina sowie die Magd Irmla und ihre gute alte Freundin, die Kräuterfrau Gisla, die seit anderthalb Jahren bei ihnen wohnte, wussten, wer Vitus in Wirklichkeit war und damit auch von ihrer unrühmlichen Vergangenheit.

Verstohlen wischte sich Serafina über die Augen.

«Bald wirst du deinen großen Bruder kennenlernen», sagte sie leise zu Kathrin. «Er kommt mit seiner Truppe zum Michaelismarkt und spielt uns etwas Lustiges vor.»

Wenn der Magistrat denn seine Erlaubnis gibt, fügte sie im Stillen hinzu. Noch war nämlich gar nicht entschieden, ob die Gaukler nächste Woche auftreten durften. Dabei hatte sie ihren Sohn schon ein ganzes Jahr nicht mehr gesehen. Zuletzt zu Kathrins Taufe, als er eigens für einen Tag und eine Nacht von Breisach herübergekommen war. Diesmal aber wollte er länger bleiben, hatte er in einem liebevollen Brief voller Vorfreude angekündigt.

Innerlich schickte sie ein Stoßgebet zu ihrer Lieblingsheiligen Barbara, bevor sie sich erhob.

«So, mein lieber Schatz, jetzt ist Schluss mit faul herumsitzen. Wir müssen noch ein bisschen was arbeiten, bevor dein Vater uns abholen kommt. Hilfst du mir dabei?»

Kapitel 2

Die Sonne hatte schon merklich an Kraft verloren, als Michel laut zu bellen begann. Serafina blickte von ihrem Beet mit den Heilkräutern auf: Ein kräftiger und sehr großer Mann näherte sich dem Zaun. Schon allein an dessen aufrechtem, ruhigem Gang erkannte sie ihren geliebten Adalbert. Das Bellen des Hundes ging denn auch sofort in freudiges Winseln über.

«Na, du Zerberus, hast du die beiden Frauen gut bewacht?», hörte sie Adalbert am Gartentörchen sagen, bevor er es aufschob. Wie immer saß seine flache, dunkelgrüne Gelehrtenkappe reichlich schief auf seinem Kopf.

Sie legte die Hacke zur Seite. «Sieh mal, Kathrinchen, wer da kommt.»

Die Kleine, die bis dahin eifrig mit ihrer Schippe einen Erdhaufen bearbeitet hatte, hielt inne. «Wauwau», rief sie freudig.

«Aber Kathrin, das ist dein Vater!»

Mitsamt der Schippe nahm Serafina sie auf den Arm und ging Adalbert entgegen.

Der strahlte seine Tochter aus seinen hellbraunen Augen an, um sie sogleich Serafina abzunehmen. Ungeachtet Kathrins verschmierter Ärmchen und Beinchen, drückte er sie an sich.

«Ich habe dich beim Mittagessen sehr vermisst, mein kleiner Sonnenschein», flüsterte er ihr ins Ohr.

In gespielter Enttäuschung verzog Serafina das Gesicht. «Und mich?»

Adalbert lachte und küsste sie zärtlich auf die Wange. «Dich auch, liebe Frau. Entschuldige, dass ich jetzt erst komme. Aber mein Lieblingspatient Grieswirth hat mich mal wieder mit seinen ewigen Verdauungsproblemen aufgehalten. Und auf dem Weg hierher habe ich unseren Freund Laurenz getroffen, mit dem ich noch ein Schwätzchen halten musste. Er lässt dich und die Kleine herzlich grüßen, wir sollen doch bald mal wieder bei ihnen vorbeischauen.»

Laurenz Wetzstein, Zunftmeister der hiesigen Bäcker, war Adalberts bester Freund und der zweite Taufpate ihrer Tochter.

«Aber ja, sehr gerne.»

Kathrin fing an zu quengeln und fuchtelte mit ihrer Schippe vor Adalberts Nase herum.

«Ich glaube», sagte Serafina mit einem Lächeln, «sie will noch weiter im Kräuterbeet arbeiten.»

«Dann soll sie das tun. Und wir beide setzen uns noch ein Weilchen auf die Bank. Bis zum Abendessen ist ja noch Zeit.»

«Hauptsache, wir kommen keinen Glockenschlag zu spät. Da ist mit unserer Irmla nicht zu spaßen.»

Sie brachten Kathrin zum Kräuterbeet zurück, dann nahmen sie unter dem Apfelbaum Platz. Adalbert legte den Arm um Serafinas Schultern und beobachtete voller Vaterstolz das emsige Treiben seiner kleinen Tochter.

«Es ist zu schön, dass wir den Garten nutzen dürfen», murmelte er. «Für Kathrin ist das ein kleines Paradies.»

Serafina nickte. «Das stimmt. Du solltest viel öfter mit uns hier herauskommen. Übrigens kennt sie jetzt ein neues Wort.»

Sie bückte sich zu dem letzten Brotkanten auf der Decke und rief: «Kathrin, schau einmal her. Was ist das?»

Die Kleine sah zu ihr herüber, schien zu überlegen, dann klatschte sie in die Hände und rief laut und deutlich: «Brobro!»

«Hast du gehört? Brobro für Brot!»

Adalbert grinste. «Sie ist halt ebenso klug wie ihre Mutter. Hoffen wir nur, dass sie später nicht auch so wagemutig wird wie du.»

«Ach Adalbert, ich habe schon lange nichts Unbedachtes mehr getan.»

Er zog sie fester an sich. «Das wird hoffentlich auch so bleiben.»

Mit einem zufriedenen Seufzer kuschelte sie sich an seine Brust. Ja, sie führte im Hause Achaz als Mutter, Ehefrau und nicht zuletzt als Armenapothekerin schon ein sehr behagliches Leben. Es gefiel ihr, und sie spürte auch, wie gut es ihr bekam. Sie war um einiges ruhiger geworden. Aber auch das Leben in der Stadt schien ruhiger geworden zu sein seit jenem Februar vor anderthalb Jahren, als ein angeblicher Werwolf sein Unwesen trieb. Oder verriet ihr Adalbert womöglich nicht mehr alles, was in der Stadt und drum herum so vor sich ging? Aber das konnte ihr auch einerlei sein – sie lebte nur noch für dieses Glück der zweiten Mutterschaft, die sie nun endlich voller Inbrunst genießen durfte.

Ein Händchen zupfte an ihren Rockfalten. Kathrin stand vor ihnen, mit der anderen Hand hielt sie sich an der Bank fest. Dabei kaute sie mit vollen Backen auf dem letzten Eckchen Brot herum, das sie sich wohl von der Decke geschnappt hatte.

Adalbert strich ihr durch die blonden Locken. «Na, mein Sonnenschein? Hast du endlich Feierabend gemacht? Komm, lass auch die andere Hand los. Ich weiß, du kannst das.»

Serafina schüttelte den Kopf. «Sie kann immer noch nicht freihändig stehen. Dabei hat sie doch so früh sitzen gelernt. Ich verstehe das nicht. Die Enkelin von Pfefferkorns konnte mit einem Jahr schon ganz ohne Hilfe laufen.»

«Ach Serafina, unsere Kathrin ist gerade mal ein Jahr und zwei Wochen alt! Sei doch nicht so ungeduldig.»

«Du hast ja recht», erwiderte sie. Sie wusste schließlich nicht einmal genau, wann Vitus laufen gelernt hatte.

«Aber», Adalbert erhob sich, «wir können ja mal ein bisschen üben. Komm, Kathrin, bis zum Törchen und zurück.»

Er griff nach ihrer Hand, und sie marschierten los. Das Bild des hochgewachsenen Mannes, der sich ganz krumm machte, und des wie eine Ente daherwatschelnden kleinen Wesens an seiner Seite brachte sie jedes Mal aufs Neue zum Lachen. Tapfer stapfte Kathrin auf ihren nackten Füßen durch das kurz geschnittene Gras bis zum Gartentor, dort drehten die beiden sich um, und Serafina erkannte deutlich die höchste Konzentration in dem Kindergesicht. Kurz vor der Bank ließ Adalbert ihre Hand los, und schon ein Schrittchen später plumpste Kathrin wieder einmal auf ihr Hinterteil. Diesmal begann sie, aufgebracht zu schreien.

Tröstend nahm Adalbert sie auf den Arm.

«Du lernst das schon noch, glaub mir.» Mit einem Augenzwinkern wandte er sich an Serafina. «Sie ist nicht nur so klug und schön wie du, sie verliert auch genauso schnell die Geduld. Übrigens», er machte eine bedeutsame Pause, «habe ich eine gute Nachricht. Eigentlich wollte ich es dir zu Hause bei einem Krüglein Wein sagen, aber ich kann's dir einfach nicht so lange vorenthalten: Der Bürgermeister hat den Auftritt der Straßburger Compania für nächste Woche genehmigt, sogar für alle vier Tage! Bald wirst du also auch deinen Vitus wieder in den Arm nehmen können.»

Kapitel 3

Der Geruch des Essigs, mit dem Adalbert Achaz sich vor jedem Patientenbesuch die Hände reinigte, war fast verflogen, und so schloss er Tür und Fenster zum Hinterhof. Zufrieden blickte er sich in seinem Behandlungszimmer um. Alles stand wieder an Ort und Stelle, ganz so, wie er es liebte, kein Stäubchen fand sich auf Tisch oder Regal, die kolbenförmigen Gläser für die Urinschau glänzten frisch poliert. Der Feierabend konnte beginnen.

In seinem kleinen Reich im Erdgeschoss des Hauses Zum Pilger, das nur wenige Schritte von der städtischen Kanzlei entfernt lag, war jeder willkommen, doch Putzen und Aufräumen durften hier weder Serafina noch seine langjährige Magd Irmla. Er musste unwillkürlich schmunzeln, als er daran dachte, dass Serafina es mit ihrer kleinen Armenapotheke, die sie sich in der Eingangshalle eingerichtet hatte, ebenso hielt. So grundverschieden sie beide im Wesen waren – in ihren Gewohnheiten und Ansichten hatten sie doch manches gemein.

In der halb offenen Tür zur Diele hielt er inne. Das Bild, das sich seinen Augen darbot, war zu schön: Mitten auf dem Arbeitstisch thronte Kathrin, von Serafina nur mit leichter Hand festgehalten, und war mit Feuereifer dabei, etwas in einem Mörser zu zerstoßen. Vor lauter Anspannung waren ihre runden Bäckchen gerötet.

«Sehr gut machst du das», hörte er Serafina sagen. «Du bist mir ja schon eine richtige Hilfe.»

Ein Gefühl der Wärme stieg in ihm auf. Was er ihr zwei Tage zuvor im Beginengärtlein gesagt hatte, stimmte eigentlich nicht mehr: Serafina war mit ihrer Mutterschaft um so vieles geduldiger und gelassener geworden. Selbst äußerlich hatte sie sich verändert, war ein wenig voller und rundlicher geworden, was ihr mehr als gut stand. Wie sehr er diese Frau liebte! Fast drei Jahre waren sie nun schon verheiratet, und er dankte Gott noch immer jeden Tag, dass er ihr, nach ihrer unseligen ersten Begegnung damals im Konstanzer Frauenhaus, hier in Freiburg wieder begegnet war, zu seinem Erstaunen in der grauen Kutte der Beginen. Und nun hatte sie ihn auch noch mit dem Glück eines gemeinsamen Kindes beschenkt…

Er trat näher. «Na, machst du aus unserer Kathrin schon eine kleine Apothekerin?»

«Ein Medicus kann sie ja als Frau leider nicht werden.» Sie lächelte verschmitzt. Dann deutete sie auf die grünen Einsprengsel, die sich rund um den Mörser auf der Arbeitsplatte verteilt hatten. «Nur mit der Reinlichkeit hat sie es noch nicht so sehr. Vielleicht also doch besser Gärtnerin.»

Adalbert lachte, und sofort streckte Kathrin ihre Ärmchen nach ihm aus. Er hob sie hoch und drehte sich mit ihr im Kreis, bis sie vor Vergnügen quietschte.

Ein wenig außer Atem, setzte er sie wieder auf dem Tisch ab.

«Wollen wir noch ein wenig hinausgehen? Bis zum Abendessen ist noch Zeit.»

«Schauen wir, wie weit die Vorbereitungen für den Jahrmarkt sind. Ich sage Irmla und Gisla Bescheid, dass wir einen Spaziergang machen.» Sie gab ihm einen Kuss. «Ach Adalbert, ich glaube es kaum, dass Vitus morgen nach Freiburg kommt.»

Wenig später – Serafina hatte sich noch das Haar hochgesteckt und mit ihrer Festtagshaube bedeckt – verließen sie das Haus, Adalbert mit der Kleinen auf seinen Schultern. Die Sonne hatte sich bereits hinter den Dächern zurückgezogen, doch die Wärme des Tages hielt sich noch zwischen den Hauswänden. Sie waren nicht die Einzigen an diesem milden Montagabend, die den Einfall hatten, den Feierabend mit einem Spaziergang durch die Gassen einzuläuten. Auf dem kleinen Platz zwischen Kanzlei und Barfüßerkloster, aus dessen Kirche die Mönchsgesänge der abendlichen Vesper drangen, spielten Kinder Fangen und Verstecken, während die Erwachsenen in Gruppen beieinanderstanden oder plaudernd dahinschlenderten.

Was für ein friedliches Bild, dachte Adalbert plötzlich. Seitdem Freiburg als Reichsstadt nicht mehr den Habsburgern unterstand, hatte es hier keine Kriege und Fehden mehr gegeben. Ja selbst Mord und Totschlag schienen sich von der Stadt neuerdings fernzuhalten und damit die oft so grausigen Spektakel der Ehren-, Schand- und Leibesstrafen. Auch wenn manch einer Letzteres bedauern mochte.

Von allen Seiten wurden sie mal freundlich, mal ehrerbietig gegrüßt, während sie die staubige Barfüßergasse hinter sich ließen. Noch immer waren in Freiburg nur der Kirchhof, die herrschaftliche Salzgasse sowie die breite Marktgasse, die sich nun vor ihnen auftat, gepflastert oder zumindest gekiest – andernorts konnte man nach starken Regenfällen oder während der Schneeschmelze schon einmal bis zu den Knöcheln im Morast stecken bleiben. Die ganz Vornehmen ließen sich dann mit der Sänfte durch die Stadt tragen, anstatt sich Trippen unter die Schuhe zu schnallen. Jetzt aber hatte es schon längere Zeit nicht mehr richtig geregnet, und Adalbert hoffte, dass das spätsommerliche Wetter für den Michaelismarkt anhielt, der morgen Nachmittag eröffnet würde und bis zum Freitag dauerte.

Er freute sich mit Serafina, dass sie nun bald schon nach so langer Zeit ihren Sohn wiedersehen durfte. Mehr noch: Auch er selbst freute sich von ganzem Herzen auf dieses Wiedersehen, hatte er den Jungen doch spätestens seit ihrem gemeinsamen Abenteuer in der Höllenschlucht schätzen und lieben gelernt. Nicht nur ihm, sondern auch Mutter Catharina und dem Prior der Wilhelmiten hatte Vitus damals auf tollkühne Weise das Leben gerettet.

Als hätte Serafina seine Gedanken gelesen, fragte sie ihn: «Was glaubst du, wann Vitus mit seiner Compania morgen eintrifft?»

«Ich denke, das hängt davon ab, wo sie heute zu Gast waren. Aber er wird bestimmt, sobald sie da sind, gleich als Erstes bei uns vorbeischauen.»

Auf der Großen Gass waren die Läden der Verkaufsstände zwar bereits geschlossen, die Vorbereitungen zum Michaelismarkt dafür in vollem Gange. Auch wenn dieser Krämermarkt nicht die Bedeutung des großen Jahrmarkts zu Martini hatte, zu dem Kaufleute von weit her eintrafen, so ließ es sich die Stadt doch nicht nehmen, zumindest die wichtigsten Straßen und Plätze vom Unrat zu befreien und die Brunnen zu putzen. Rechts und links der hölzernen Lauben, die vom Christoffelstor bis zum Martinstor entlang der Straßenmitte standen und in denen die Breisgauer Krämer ihre Waren feilbieten würden, rumpelten jetzt überall die Dreckkarren über das Pflaster. Eine ganze Heerschar von Stadtknechten und Mistdirnen war damit beschäftigt, Stallmist und Tierkadaver, Schlacht- und Küchenabfälle aufzuladen und aus der Stadt zu schaffen. Sozusagen nebenher fing man frei laufende Schweine ein und trieb sie zum Heiliggeistspital, wo sie darauf warteten, bis morgen Mittag von ihren Besitzern ausgelöst oder vom Spitalmetzger geschlachtet zu werden. Streunende Hunde ohne Marke am Hals wurden hingegen meist sofort erschlagen, doch zum Glück waren weit und breit keine zu sehen.

Sein Blick fiel auf die Freitreppe des Spitals, auf der ein Bettelmönch gegen die ach so gefährlichen Versuchungen der Jahrmärkte wetterte, aber bis auf ein paar alte Weiblein hörte ihm niemand zu. Unwillkürlich musste Adalbert an Bruder Thomas denken, jenem Hassprediger aus Basel, der nicht nur ums Haar ihre Hochzeit verhindert, sondern sie alle in große Gefahr gebracht hatte, mit seiner Hetze gegen die hiesigen Beginen …

«Sieh mal.» Serafina hakte sich bei ihm unter, und er schmiegte sich für einen kurzen Moment an sie. «Dort drüben schmücken sie schon die Lauben mit bunten Wimpeln. Ach, wie sehr ich mich auf Morgen freue!»

«Ich auch, liebe Serafina, ich auch. Gehen wir noch hinüber zum Kirchhof?»

«Von mir aus gerne. Unsere Kathrin scheint ja noch hellwach zu sein.»

Wie zum Beweis begann die Kleine auf Adalberts Schultern mit den Beinchen zu wackeln, sodass er ihre Knöchel fester umfassen musste.

In der Münstergasse lagen die hölzernen Lugstühle der hiesigen Kaufleute still und verlassen, doch zu Füßen der herrlichen Freiburger Pfarrkirche herrschte wiederum geschäftiges Treiben. Vor den Buden entlang der Friedhofsmauer klaubten Mistknechte den Unrat der letzten Tage auf, während bei der Kornlaube unter den neugierigen Blicken der umherschlendernden Müßiggänger gerade der Tanzboden aufgebaut wurde, mitsamt einer girlandengeschmückten Empore für die

Musikanten. Gleich daneben hatte Elephantenwirt Jordan, in dessen Gasthaus sie Hochzeit gefeiert hatten, sein buntes Zelt aufgeschlagen und ließ es sich nicht nehmen, jetzt schon seinen Gerstensaft auszuschenken.

Zu ihrer Freude trafen sie dort auf das Ehepaar Wetzstein, in Begleitung des dicken Metzgermeisters Grieswirth. Der hatte sie bereits kommen sehen und den Henkelkrug in ihre Richtung erhoben:

«Hopfen und Malz – Gott erhalt's. Lieber Medicus, liebe Frau Serafina.»

Adalbert musste lachen. «Ja, ja, Meister, wenn's denn der Gesundheit dient!»

«Das tut es, Achaz, worauf Ihr Gift nehmen könnt.»

Sie begrüßten einander herzlich, wobei Laurenz Wetzstein, ein kleiner, schmerbäuchiger Mann, sogleich die Arme nach Kathrin ausstreckte.

«Da ist ja mein Engelchen! Magst du zu deinem Götti kommen?»

Gemeinhin zeigte sich Kathrin anderen Menschen gegenüber eher in stoischer Zurückhaltung, doch ihren Patenonkel und dessen Frau mochte sie sehr gerne. Den beiden waren eigene Kinder nie vergönnt gewesen, umso glücklicher waren sie nun über ihre Patenschaft.

«Ein wunderbarer Gedanke, lieber Laurenz.» Adalbert übergab seinem Freund das Kind. «Mir tun nämlich schon die Schultern weh. Was ist, Serafina, trinken wir ein Krüglein Bier in dieser netten Runde?»

«Warum nicht? Aber wirklich nur eines.»

Als er mit zwei Krügen zu Serafina zurückkehrte, war sie bereits mit Ottilia Wetzstein in ein Gespräch über Kräuter und Salben vertieft. Sie kannte die Wetzsteinin, die seit Jahren eine großzügige Gönnerin der Christoffelsschwestern war, noch aus ihrer Beginenzeit und mochte die offene und herzliche Frau sehr. Und seit der Tauffeier duzten sie einander auch.

Derweil war Kathrin dem Patenonkel wohl doch zu schwer geworden, denn er hatte sich, mit der Kleinen auf dem Schoß, auf einer nahen Holzbank niedergelassen und mit ihm der vom Biergenuss schon rotwangige Grieswirth.

«Sie ist ganz schön groß geworden», grinste Laurenz Adalbert fast entschuldigend an.

«Jetzt geh her.» Er schlug ihm auf die Schulter. «Deine Mehlsäcke sind um einiges schwerer. Zum Wohl, meine lieben Freunde!»

Sie prosteten sich zu. Am Ausschank ein paar Schritte weiter wurde in diesem Augenblick eine herrische Stimme laut.

«Der hat uns gerade noch gefehlt», entfuhr es Adalbert und trat ein wenig näher heran.

«Der Markt beginnt erst morgen Nachmittag», hörte er den Silberkrämer Andreas Schneehas aufgebracht sagen. «Oder habt Ihr etwa eine Lizenz für den heutigen Abend?»

«Nein, die habe ich nicht, werter Ratsherr», erwiderte Jordan ruhig. «Aber die guten Leute, die hier rundum aufbauen, freuen sich über ein frisches Bier.»

Schneehas hatte sich damals bei dem unheilvollen Komplott gegen die Beginen, die er als gott- und gesetzlose Ketzerinnen betrachtete, als Brandstifter hervorgetan und war dafür aus dem Rat der Achtundvierzig ausgeschlossen worden. Doch kaum war Gras über diese Sache gewachsen, mischte er wieder wie Phönix aus der Asche in der Freiburger Obrigkeit mit und war zu Johanni sogar erneut in den Magistrat gewählt worden. Obwohl Adalbert diesen verdrießlichen Menschen ganz und gar nicht mochte, versuchte er zu beschwichtigen.

«Lieber Schneehas, ich bitte Euch: Jetzt lasst doch fünfe grade sein!»

«Ja glaubt Ihr, jeder kann hier machen, was er will?», schnaubte der Silberkrämer und reckte das Kinn. Dann machte er plötzlich einen Bückling in Richtung Tanzboden, von wo sich Schultheiß Paulus von Riehen näherte.

«Ihr kommt gerade recht, Schultheiß», rief Schneehas.

«Das sehe ich auch so», lächelte Paulus von Riehen, der einem vornehmen Freiburger Rittergeschlecht entstammte, und nickte dem Elephantenwirt ein wenig von oben herab zu. «Mir ist nämlich gerade nach einem guten, kühlen Bier zumute. Liebe Ratsherren», er blickte in die Runde, und Adalbert sah, wie sich Serafina kaum das Lachen verkneifen konnte, «ich gebe für jeden ein Krüglein aus.»

Da konnte auch Adalbert nicht länger an sich halten und grinste über das ganze Gesicht.

Kapitel 4

Beschwingt kehrten sie nach Hause zurück, wo es schon in der Diele köstlich nach Hühnersuppe roch. Da hörte Serafina aus der Küche eine junge, wohlvertraute Männerstimme. Und am Haken hing ein buntscheckiger Gauklerumhang.

«Vitus!»

Sie stürmte nach oben. Neben ihrer alten Freundin Gisla saß tatsächlich ihr Sohn am Küchentisch und ließ sich gerade von Irmla einen Becher Most einschenken.

«Was für eine schöne Überraschung!»

Überschwänglich schloss sie Vitus in die Arme.

«Nicht so fest», lachte der. «Ich bekomme keine Luft mehr.»

«Lass dich anschauen, mein Junge!» Sie zog ihn von der Bank hoch und stellte sich dicht vor ihn. «Breite Schultern hast du bekommen, wie ein richtiger Mann. Aber sonst bist du viel zu mager. Bekommst du denn genug zu essen?»

«Das habe ich ihn auch gefragt», mischte sich die Magd stirnrunzelnd ein. «Wie ein ausgehungertes Fohlen sieht er aus. Aber er wollte ja nicht einmal ein Stück Brot haben, bevor Ihr nicht hier seid. Zur Feier des Tages hat Gisla übrigens in der guten Stube eingedeckt, gehen wir also hinüber.»

Daran, dass Irmla hier im Haus das Regiment führte, hatte sich Serafina zu Anfang ihrer Ehe erst gewöhnen müssen. Inzwischen aber empfand sie das als durchaus angenehm, ließ es ihr doch die Zeit, sich mehr um die Kräuter, um Achaz und nun auch um Kathrin zu kümmern.

Sie griff sich den Mostkrug, nahm ihren Sohn beim Arm und führte ihn nach nebenan. Vor lauter Freude standen ihr die Tränen in den Augen.

«Wie kommt es, dass ihr bereits heute da seid?», fragte sie, während sie an dem großen Eichenholztisch Platz nahmen, der heute sogar mit einem weißen Leinentuch bedeckt war. «Oder bist du etwa vorausmarschiert?»

«Nein, nein, wir waren in der Stadt Kenzingen, also nicht allzu weit weg. Heute Nachmittag sind wir dann hier in Freiburg angekommen und haben wie immer unser Lager am Schießrain an der Dreisam aufgeschlagen.»

Sein Blick ging zur Tür, durch die in diesem Moment Adalbert mit einer schlaftrunkenen Kathrin im Arm eintrat, und er sprang von der Bank auf.

«Herzlich willkommen!» Adalbert setzte die Kleine auf Serafinas Schoß ab. «Eine schönere Überraschung hättest du uns nicht machen können, als schon heute zu kommen.»

Ein wenig ungelenk zog er Vitus an sich und strahlte dabei über das ganze Gesicht. Wieder einmal dachte Serafina, was für ein Glück sie mit ihrem Ehemann hatte.

«Musst du nach dem Abendessen gleich zurück zu deiner Truppe?», fragte er Vitus, der in die Knie ging, um die müde quengelnde Kathrin zu begrüßen.

«Nein, der Prinzipal der Compania hat mir erlaubt, bei euch zu übernachten.»

«Wenn das kein Grund zum Feiern ist! Da holen wir nach dem Essen doch gleich den guten Burgunderwein aus dem Keller.»

«Dazu sag ich nicht nein.» Vitus strich seiner kleinen

Schwester zart über die Wangen. Er wirkte zutiefst gerührt. «Was bist du nur für ein großes Mädchen geworden!»

Weinerlich verzog die Kleine das Gesicht.

«Sag bloß, du erkennst mich nicht mehr, wo ich doch bei deiner Taufe dabei war», rief er scherzhaft und schnitt lustige Grimassen, woraufhin sie tatsächlich glucksend zu lachen begann. «Ich bin Vitus, dein …»

Erschrocken brach er ab, da Gisla und Irmla mit dem Abendessen hereinkamen.

«Sprich's nur aus, Junge», brummte die alte Magd. «Deine Schwester versteht mehr als man denkt.»

Verwirrt sah er erst Irmla, dann Serafina an. Die nickte.

«Wir vier sind wie eine große Familie. Wir haben keine Geheimnisse mehr voreinander.»

Während sie diese Worte aussprach, spürte sie, wie froh es sie machte, dass sie wenigstens hier, in ihrem Zuhause, für Vitus die Mutter sein durfte. Auch ihrem Sohn, der sie sonst Muhme nannte oder bei ihrem Vornamen, war die Erleichterung deutlich anzusehen.

«Dada», rief Kathrin plötzlich und griff begeistert in Vitus' lange blonde Haare.

«Na also, du kennst mich doch noch.» Er zwinkerte Serafina zu, hob Kathrin in die Höhe und ließ sie über sich in der Luft kreisen. Dann drückte er ihr einen Kuss auf die Stirn. «Weißt du was? Du setzt dich zu mir, damit unsere Mutter in Ruhe essen kann.»

Irmla klopfte mit der Schöpfkelle gegen die Suppenschüssel.

«Wenn Ihr Euch jetzt ebenfalls endlich setzen würdet, Doctor Adalbert? Die Suppe wird kalt. Und du, junger Mann, hast es leider geschafft, die Kleine wieder hellwach zu machen. Die wird dir keine Ruhe mehr lassen.»

Es wurde noch ein wunderbarer Abend, den Serafina von ganzem Herzen genoss. Zum Essen war Vitus tatsächlich kaum gekommen, so viel hatte er mit seiner kleinen Schwester geherzt und gescherzt. Nach dem Essen war er aufgestanden und hatte ihr akrobatische Kunststücke vorgeführt, bis sie quietschte vor Lachen. Er war auf den Händen gelaufen, hatte sich rücklings überschlagen und einen Salto in der Luft gedreht. Vor lauter Begeisterung war Kathrin von Serafinas Schoß geklettert und hatte sich am Tischbein hochgezogen, um Vitus' Darbietungen im Stehen zu bewundern. Als er schließlich mit ihren geliebten Stoffbällen jonglierte, war ihr vor Staunen der Mund offen stehen geblieben. Und hatte plötzlich, ohne es zu bemerken, das Tischbein losgelassen und war ein halbes Ave Maria lang freihändig stehen geblieben!

Alle am Tisch hatten Beifall geklatscht, wobei die Anerkennung sowohl ihr als auch Vitus gegolten hatte. Danach waren der Kleinen von jetzt auf nachher vor Erschöpfung die Augen zugefallen, und mittlerweile lag sie selig schlummernd auf ihrem Schaffell beim Kachelofen.

«Der Weinkrug ist leer», sagte Adalbert, nachdem Vitus voller Stolz berichtet hatte, dass er neuerdings die Bühnenaufbauten bemale. «Ich gehe gerne noch welchen holen.»

«Was mich betrifft», Irmla erhob sich, «werde ich jetzt die Küche aufräumen und dann schlafen gehen. Es ist spät geworden.»

«Warte, ich helfe dir.» Auch die alte Kräuterfrau Gisla war aufgesprungen. Seitdem sie nicht mehr in ihrer kalten Bude in der Vorstadt hauste, war ihr Gliederreißen wie weggeblasen.

Serafina nickte, obwohl sie noch kein bisschen müde war. «Ich denke, wir sollten uns alle schlafen legen. Vitus, du musst doch bestimmt morgen früh zurück sein?»

«Ja, wir proben noch einmal unser Stück. Wie schade, dass der schöne Abend so schnell vorbeigegangen ist.»

Er blickte fast schon unglücklich drein. Überhaupt hatte Serafina zwischendurch immer mal wieder den Eindruck gehabt, dass ihn etwas bedrückte, trotz aller Munterkeit, mit der er sie den ganzen Abend über belustigt hatte.

Adalbert schlug ihm auf die Schulter. «Das wird nicht der letzte schöne Abend mit uns sein. Was für ein Possenspiel wollt ihr eigentlich aufführen?»

«Es heißt *Der listige Bauer.*» Vitus verzog das Gesicht. «Noch liegt das Stück zum Prüfen in eurer Ratskanzlei, seit unserer Ankunft. Auf dem Weg zu euch bin ich dort vorbeigegangen, aber das Tor war schon verschlossen. Eine Freigabe haben wir also bislang nicht, bloß die Erlaubnis für unsere artistischen Darbietungen.»

«Das wird schon werden, mein Junge.»

«Sag das nicht. In Kenzingen hatten wir *Den listigen Bauern* nicht spielen dürfen. Deshalb sind wir schon heute nach Freiburg gekommen. Zu derb, zu laut, zu anstößig sei das Stück.»

Adalbert lachte auf. «Diese Kenzinger! Anstößiger als das Spiel um die falschen Päpste, das ihr damals überall aufgeführt habt, wird es wohl kaum sein.»

Vitus zuckte die Schultern. Wieder wirkte er auf Serafina verzagt.

«Wer hat das eigentlich zu entscheiden?», fragte sie. «Der Bürgermeister?»

Adalbert schüttelte den Kopf. «Nein, soweit ich weiß, der Ausschuss, der für die Jahrmärkte zuständig ist. Münsterpfarrer Swartz hat auch ein gewichtiges Wörtchen mitzureden. Aber für einen Geistlichen hat der gute Mann zum Glück erstaunlich viel Humor.»

«Wer ist sonst noch in diesem Ausschuss?», hakte Serafina nach.

«Nun ja, von uns Ratsherren sind das der Kaufmann Schwarzfärber, Rotgerbermeister Oblathus sowie Stadtapotheker Johans.»

«Johans? Oje!», entfuhr es Serafina. Mit Magister Johans hatte sie bereits ihre einschlägigen Erfahrungen gemacht. Auch wenn der einstige Widersacher ihrer kleinen Armenapotheke inzwischen zähneknirschend Frieden mit ihr geschlossen hatte – einen Sinn für derbe Possenspiele besaß dieser ewig griesgrämige Mensch ganz gewiss nicht.

«Gut, gut, liebe Frau, ich habe verstanden.» Adalbert grinste und unterdrückte dabei ein Gähnen. «Gleich morgen früh werde ich in der Kanzlei nachfragen.»

«Danke!» Sie gab ihm einen Kuss auf die Wange. «Trägst du die Kleine hinauf in unser Bett? Ich richte derweil mit Vitus sein Lager in der Stube.»

Nachdem Adalbert das tief und fest schlafende Kind hinausgetragen hatte, war Serafina erstmals mit ihrem Sohn allein. Auch aus der Küche nebenan drangen keine Geräusche mehr, stattdessen hörte sie die Schritte der beiden Alten oben in den Dachkammern.

Sie holte eine Lage Decken aus Adalberts Behandlungszimmer und richtete mit Vitus' Hilfe die Schlafstatt am Kachelofen.

«Ist dir das auch bequem genug?», fragte sie.

Er lachte leise. «Ach Mutter, wenn du wüsstest, wo ich schon überall übernachtet habe.»

Voller Rührung zog sie ihn in die Arme. «Es ist so schön, wenn du Mutter zu mir sagst. Ich wünschte, das könnte immer so sein.»

Vitus nickte nur stumm, und sie räusperte sich.

«Darf ich dich etwas fragen?»

«Nur zu.»

«Sonst hast du es, wenn du in Freiburg warst, immer vorgezogen, die Nacht mit deiner Braut im Wagen zu verbringen. Du bist doch noch mit Madlena zusammen, oder?»

«Aber ja.»

«Und wann … wann wollt ihr heiraten?»

Sein Blick verfinsterte sich für einen kurzen Moment. Dann lächelte er schon wieder, doch es wirkte nicht echt.

«Weißt du, Mutter, bei uns Fahrenden hat man es mit dem Heiraten nicht so eilig wie bei euch Bürgern. Aber mir ist es schon sehr ernst mit der Hochzeit.»

Als Frau und Mutter merkte sie sofort, dass sie in die richtige Richtung vorgestoßen war. Hatte er also Liebeskummer? Doch für heute Abend wollte sie nicht weiter in ihn dringen. Für den Jungen war es ein langer und gewiss anstrengender Tag gewesen, und sie beide würden noch genug Gelegenheiten finden, miteinander zu reden.

Kapitel 5

Der Wettergott zeigte sich gnädig, und so spannte sich auch zur Eröffnung des Michaelismarktes am nächsten Tag ein makellos blauer Himmel über der Stadt. Von der Großen Gass bis hinüber zum Münster drängten sich die Menschen dicht an dicht, an manchen Ecken war kaum noch ein Durchkommen. Überall lag der köstliche Duft nach gebratenen Zwiebeln und Würsten, nach Spanferkel und Hammel am Spieß in der Luft.

Nachdem Serafina und Adalbert zunächst zwischen den Krambuden umhergeschlendert waren, hatten sie eine Weile dem Zeitungssänger auf der Spitaltreppe gelauscht, um sich dann von den Künsten der Feuerspeier, der Messerwerfer und des stärksten Mannes der Welt begeistern zu lassen. Letzterer zerriss Eisenketten, als seien sie Papiergirlanden!

Serafina genoss den Trubel, auch wenn es ordentlich laut war: Allein die Marktschreier übertönten sich gegenseitig in ihrem Buhlen um Kundschaft, genau wie die Starstecher, Zahnreißer und Bruchschneider, die mit Geschrei ihre blutigen Dienste anpriesen. Dazu drangen von allen Seiten dumpfe Trommelschläge ans Ohr, dann wieder die schrillen Klänge von Flöten und Sackpfeifen. Es war gut, dass sie Kathrinchen bei Irmla und Gisla zu Hause gelassen hatten. Und wenn sie ganz ehrlich war, genoss sie es, zum ersten Mal für längere Zeit ohne ihr Kind zu sein. Zumal sie es in der sicheren Obhut ihrer beiden Hausgenossinnen wusste.

Gerade noch rechtzeitig zum Possenspiel erreichten Serafina und Achaz die Straßburger Compania, die ihren Bühnenwagen diesmal am Ende der Marktgasse beim Christoffelstor aufgestellt hatte, wo es ein wenig ruhiger zuging. Ein großes Gedränge herrschte indessen auch hier, und alle reckten die Köpfe, als das Spiel sogleich mit einem wortgewaltigen Streit zwischen dem Bauern und seinem Grundherrn losging, in dem es an Zoten und unflätigen Ausdrücken nicht mangelte. Von Vitus war noch nichts zu sehen, und so zogen die bunt bemalten Stellwände ihre Blicke an. Sie zeigten die Schauplätze des Spiels: eine ärmliche Bauernstube, ein vornehmer Rittersaal, eine freie Landschaft auf Feld und Flur. Serafina staunte nicht schlecht über die vortreffliche Ausführung der Malereien, die, wie sie nun wusste, von Vitus stammten. Was für vielfältige Begabungen doch in ihrem Sohn steckten!

Ansonsten amüsierte sie sich bald köstlich über den listigen Ackermann, der seinem Herrn einen Streich nach dem anderen spielte, und brach gemeinsam mit Adalbert und den Christoffelsschwestern, die ebenfalls mit ihnen eingetroffen waren, immer wieder in lautes Lachen aus. Wie schön, dass das Possenspiel nun doch noch genehmigt worden war, obgleich es sich nicht nur als komisch, sondern auch als reichlich derb herausstellte. Vitus hatte als jüngstes Mitglied der Compania wieder einmal die Frauenrollen zu spielen: die heimliche Geliebte des Grundherrn und das alte, bucklige Weib des durchtriebenen Ackermanns. Jetzt war er allerdings schon eine Weile nicht mehr aufgetaucht, aber sie wusste, dass er zum Finale nochmals einen Auftritt als junge, verführerische Bauernmagd Anna hatte.

«Ich frage mich», flüsterte Adalbert ihr zu, «ob Vitus es

nicht allmählich leid ist, immer die Weiberrollen zu spielen. Obwohl er es natürlich ganz famos macht.»

Sie lachte. «Madlena würde diese Weiber wahrscheinlich liebend gerne spielen, anstatt immer nur das Tamburin zu schlagen. Aber leider ist es uns Frauen ja nicht erlaubt, auf einer Bühne aufzutreten – wie so vieles andere auch nicht.»

Tatsächlich wirkte die Tochter des Prinzipals, die nun schon seit vier Jahren Vitus' Mädchen war, nicht sehr glücklich, wenn sie in jenen Momenten, in denen es spannend werden sollte, im Hintergrund ihre Schellentrommel schlug. Wunderschön war sie indessen immer noch, mit ihren schwarzen, bis über den Rücken fallenden Locken, den schmalen Gesichtszügen und ihren anmutigen Bewegungen. Oder hatte Madlenas angespannte Miene mit etwas anderem zu tun? Mit Vitus? Hatte sich Madlena etwa einem anderen Mann der Truppe zugewandt? Kurzerhand beschloss Serafina, das Mädchen zusammen mit Vitus für heute zum Abendessen einzuladen – sofern ihr Sohn damit einverstanden war.

Derweil wurde das Publikum, das sich in einer dichten Traube vor dem Bühnenwagen drängte, allmählich ungeduldig: Wann würde sich der fette, tumbe Grundherr endlich an dem dreisten Bauern rächen? Hatte der ihm doch inzwischen durch eine List nicht nur die Schatztruhe und das beste Pferd im Stall abgeluchst, sondern obendrein auch noch dessen Geliebte ausgespannt.

Das Gesicht des Grundherrn, den der Prinzipal Don Giacomo höchstselbst gab – hierfür hatte er sich ein Kissen unter das Wams gestopft –, war schon puterrot vor Wut, während sich der Bauer mit dem Schatzkästlein unterm Arm auf das Steckenpferd schwang. Prompt ertönte das Tamburin lauter und drängender.

«Du willst davon mit Sack und Pack?», brüllte der Prinzipal. «Dass dich der Teufel hol, du Lumpensack! Ihr Knechte eilt herbei und schlagt mir diesen Kerl entzwei!»

Mit einem breiten Grinsen sprang der Ackermann vom Bühnenwagen, und die Zuschauer in den vorderen Reihen wichen zurück. Serafina, Adalbert und die Beginen hatten sich von vorneherein mehr an den Rand gestellt, da sie wussten, was stets am Ende solcher Spiele folgte: die wilde Jagd durchs Publikum.

«Die alte Buhlin kannst behalten du», der Bauer ließ sein Steckenpferd tänzeln, «die furzt und spuckt nur immerzu. Da nehm ich lieber meine Anna mit, auf diesen meinen wilden Ritt.»

Schon stürmten von beiden Seiten des Bühnenwagens die restlichen Mitglieder der Compania herbei, bedrängten den Fliehenden mit ihren Holzschwertern, deren Schläge der Bauer mit seinem Pferdekopf aber geschickt parierte.

«Anna! Magd! Wo bleibst du nur?», rief er dennoch flehentlich. «Der Angriff wird mir zur Tortur!»

Neben dem Gutsherrn, der sich oben am Rand des Bühnenwagens fluchend die Haare raufte, erschien in diesem Augenblick Vitus, vollbusig, mit feuerrotem falschem Haar und grell geschminkt.

«Ich will dich nicht mehr han, such dir wen anderes fortan», rief er als Anna mit schriller Stimme. «Hast mich betrogen, Hurensohn, drum kriegst du jetzt auch deinen Lohn.»

Sprach's, zog ein Messer aus dem Rockbund und sprang vom Wagen.

Angefeuert von den Umstehenden und zur Gaudi der Allermeisten brach ein wildes Handgemenge aus, wovon Serafina allerdings wenig zu sehen bekam. Gelächter brandete auf, dazwischen einzelne spitze Schreie von eher ängstlichen Zuschauerinnen.

Die Meisterin der Christoffelsschwestern legte ihr die Hand auf die Schulter.

«Wir Schwestern gehen jetzt lieber», rief sie laut, um den Tumult rundum zu übertönen. «Komm doch morgen mal mit deinem Vitus bei uns vorbei.»

«Gerne.»

Rasch entfernten sich die Beginen von der grölenden Menschenmenge. Nur Grethe blieb noch unschlüssig bei Serafina stehen, als plötzlich ein markerschütternder Schrei sie beide zusammenzucken ließ: «Zu Hilfe!»

Im nächsten Augenblick wurde es totenstill vor dem Bühnenwagen. Schon drängte sich Adalbert nach vorne, gefolgt von Serafina, die sofort wusste, dass ein Unglück geschehen war.

Und richtig: Umringt von den Gauklern lag bäuchlings auf dem Pflaster eine männliche, grauhaarige Gestalt und regte sich nicht. Der dunkelrote Tappert mit Pelzbesatz verriet, dass der Mann ein Ratsherr war, ebenso das schwarze Samtbarett, das vom Kopf gerutscht war.

«Steht wieder auf, edler Herr. Das Spiel ist zu Ende!», flehte einer der Gaukler.

Adalbert schob ihn zur Seite. «Macht bitte Platz, ich bin der Stadtarzt!»

Erschrocken verharrte Serafina neben dem Darsteller des listigen Bauern, der am ganzen Leib zitterte. Dass ein Unbeteiligter zu Schaden kam, hatte es bei solcherlei Possenspielen bislang nie gegeben und würde für einige Herren der Obrigkeit Anlass genug sein, sie künftig zu verbieten, wie Serafina befürchtete. Während sich Adalbert neben den Bewusstlosen niederkniete, um den Puls zu fühlen, suchte ihr Blick die Menge nach Vitus ab. Doch der war nirgends zu sehen.

Mithilfe Don Giacomos drehte Adalbert den Reglosen nun vorsichtig auf den Rücken, und durch die Menge ging ein Aufschrei des Entsetzens. Auch Serafina erstarrte: Im blutverschmierten Wams des Mannes steckte ein Dolch!

«Allmächtiger», stieß Grethe neben ihr hervor, eilte zu dem Toten und begann, halblaut für ihn zu beten. Erst auf den zweiten Blick erkannte Serafina in dem schon älteren Ratsherrn den Gerbermeister Ezechiel Oblathus.

Einige der Zuschauer traten näher heran. «Er ist tot! Seht nur, mausetot! Meuchlings erstochen!»

«Zurück!» Unwillig sah Adalbert auf. «Rasch, wir brauchen eine Decke!»

Doch der Prinzipal hatte sich schon seines Gutsherrenumhangs entledigt, um den Leichnam vor Blicken zu schützen.

«Ich bitte um Ruhe!» Adalbert erhob sich, während der Prinzipal und seine Leute die Gaffer zurückdrängten. «Wer nichts Entscheidendes beobachtet hat, der gehe jetzt bitte weiter. Ihr Männer dort, Ihr sucht den Münsterpfarrer und schickt ihn hierher, ebenso die Stadtwache.»

Serafina indessen wurde es plötzlich heiß und kalt zugleich. Wo, um Himmels willen, steckte Vitus?

Da gellte eine Frauenstimme hinter ihr: «Die rothaarige Magd war's! Ich hab's genau gesehen!»

«Das stimmt!» – «Diese falsche Magd hat dem Ratsherrn das Messer ins Herz gestochen!» – «Danach ist sie weggelaufen», hörte sie auch andere rufen, sah zugleich Adalberts fassungsloses Gesicht in ihre Richtung blicken und Grethe auf sich zulaufen. Ihr war, als würde ihr eine riesige Eisenklammer die Brust zusammenpressen.

In diesem Augenblick begann für Serafina ein Albtraum.

Grethe zog sie von den Gaffern weg. «Wo ist Vitus?»

«Ich weiß es nicht.»

Vom Christoffelstor stürmten bereits zwei bewaffnete Stadtwächter herbei.

«Vielleicht versteckt er sich», flüsterte Grethe. «Komm!»

Sie zog Serafina mit sich, der die Beine schwer wie Blei wurden. Gleich darauf hatten sie den Bühnenwagen umrundet und erreichten das Zelt, das die Gaukler zum Umziehen und Schminken benutzten. Schwer atmend schob Serafina eine der Stoffbahnen beiseite, stürzte hinein und sah im Dämmerlicht der Tranlampe eine halbnackte Gestalt auf dem Boden kauern, die vor Schmerzen stöhnte.

Kapitel 6

Serafina unterdrückte einen Aufschrei. Es war Vitus, der sie benommen anstarrte, während er versuchte aufzustehen. Er trug lediglich ein Paar Mi-parti-gefärbte Hosen, sein Gesicht war nach Hurenart stark überschminkt und sein blondes Haar über der linken Stirnseite blutgetränkt. Obendrein waren ihm Hände und Füße gebunden, wenn auch nur mit losen Knoten. Der, der das getan hatte, schien in großer Eile gewesen zu sein.

«Was ist dir zugestoßen? Wer hat das getan?», stieß sie hervor, während sie ihre blütenweißen Nasentücher aus der Rocktasche zog und ihm auf die blutende Wunde hielt, woraufhin sich der Stoff sogleich grausam rot einfärbte. Derweil löste Grethe Vitus die Fesseln, zusammen halfen sie ihm auf die Beine.

«Für reden ist jetzt keine Zeit!» Grethe klopfte ihm leicht gegen die Wangen. «Bist du bei dir?»

Er nickte schwach, wobei er sich nun selbst die Kompresse gegen den Schädel drückte. Was für ein furchtbarer Anblick!

«Du musst dich schleunigst verstecken.» Grethe blickte sich um. «Die Stadtwächter sind schon hier und werden alles auf den Kopf stellen und dich mitnehmen.»

«Der doppelte Boden», murmelte er. «Drüben im Bühnenwagen ...»

Da vermochte auch Serafina erstmals wieder einen klaren Gedanken zu fassen. Wie sie von ihrem Sohn wusste, besaß der Bühnenwagen einen doppelten Boden, in den man durch eine Luke an der Unterseite des Wagens gelangte. Er diente der Aufbewahrung von Utensilien, die während des Spiels gebraucht wurden, aber auch dem plötzlichen Auftauchen eines Mitspielers, da es an zwei Stellen Klappen nach oben auf die Bühne gab. Dort wäre er in Sicherheit, fürs Erste jedenfalls.

«Ich helfe dir unter den Wagen», flüsterte sie. «Danach sehen wir weiter.»

Sie schob ihn durch den Spalt auf der anderen Seite des Zelts hinaus. Dort, in dem schmalen Durchgang zwischen Zeltwand und Wagen, stand plötzlich Madlena und starrte sie entsetzt an. Rundum herrschte noch immer lautstarke Aufregung, wobei Serafina die polternde Stimme des obersten Stadtbüttels Gallus Sackpfeiffer herauszuhören glaubte.

Rasch legte sie den Finger auf die Lippen, und das Mädchen verstand. Gemeinsam mit Vitus kroch Madlena unter den Wagen, wo sie gleich darauf eine Klappe herunterzog und Vitus dabei half, in den doppelten Boden zu kriechen. Geistesgegenwärtig schob sie noch einen Handwagen unter die Luke, sodass diese auf den ersten Blick nicht mehr zu sehen war. Dann kehrte sie zu Serafina und Grethe an den Zelteingang zurück.

«Seid Ihr nicht Frau Serafina, die Mu… die Muhme von Vitus?», fragte sie mit zitternder Stimme. «Was hat das alles zu bedeuten?»

«Ich denke, jemand hat Vitus einen Schlag versetzt, ihn gefesselt und die Verkleidung für diese Magd gestohlen. Und zwar derjenige, der auch den Ratsherrn erstochen hat. Ich bitte dich, Madlena», sie packte das Mädchen beim Arm und senkte erneut die Stimme, «sag niemandem, dass du Vitus gesehen hast. Auch vorerst deinem Vater nicht. Wir müssen ihn erst in Sicherheit bringen.»

«Du machst gar nichts, Mädchen, außer schweigen», mischte sich Grethe ein, die als Einzige die Ruhe zu bewahren schien. «Mir ist da schon so ein Gedanke gekommen.»

«Ha!», donnerte es hinter ihnen im Zelt, und sie fuhren herum. Gallus Sackpfeiffer, flankiert von zwei weiteren Schergen im grünen Rock und grünen Hut, deutete mit seinem gezückten Kurzschwert auf Serafina.

«Warum erstaunt es mich nicht, Euch hier zu sehen, Frau Stadtärztin?», blaffte er los, währen seine Begleiter das mit Kleiderständern, Truhen und allerlei Bühnengerätschaften vollgestellte Zelt durchsuchten. «Noch dazu im Beisein einer Gauklerin.»

«Das kann ich Euch gerne sagen, Meister.» Serafina gab sich alle Mühe, ihrer Stimme einen festen Klang zu verleihen. «Weil ich Vitus gesucht habe. Jeder hier wird doch glauben, er habe den Ratsherrn gemeuchelt, wo er doch gemeinhin die Weiberrollen spielt. Aber er war es nicht!»

«Und warum ist Euer Patenkind dann wie vom Erdboden verschwunden?»

«Was weiß denn ich? Vielleicht hat der wahre Mörder ihn vorher entführt, ihn irgendwo in einem Keller gefangen gesetzt. Um sich in seiner Verkleidung als Magd Anna auszugeben.»

Sackpfeiffer verzog sein schwarzbärtiges Gesicht. «Ich schätze Euren Mut und Euren Scharfsinn, Frau Stadtärztin, und das wisst Ihr auch. Und genau deshalb warne ich Euch: Wenn Ihr mir etwas verschweigt, kann Euch das teuer zu stehen kommen.»

«Ich bitte Euch, Stadtbüttel», mischte sich Grethe ein. «Seht

Ihr denn nicht, wie mitgenommen Frau Serafina ist? Wir alle sind entsetzt über diese schreckliche Tat, und nun soll ihr Patenkind auch noch der Mörder gewesen sein? Ihr habt doch den Vitus selbst kennengelernt, damals nach diesen Überfällen in der Höllenschlucht – traut Ihr diesem tapferen, selbstlosen jungen Mann so etwas wahrhaftig zu?»

Der oberste Stadtbüttel schien unsicher zu werden.

«Hier ist niemand», vermeldete ihm nun einer der Schergen.

«Dann sucht unter dem Bühnenwagen weiter.»

«Aber da waren wir gleich als Erstes.»

Sackpfeiffer räusperte sich. «Gut, dann kommt Ihr jetzt mit mir. Wir befragen alle Zeugen, die in der Nähe der Freveltat gestanden haben. Du auch, Mädchen», herrschte er Madlena an, die sich eben umdrehen und das Zelt verlassen wollte. «Es heißt, du hättest während des Handgemenges oben auf der Bühne das Tamburin geschlagen.»

«Aber ich habe nichts gesehen, das schwöre ich.»

«Nichts da, mitkommen. Alle drei.»

Kapitel 7

Zu Serafinas großer Erleichterung war rund um die Bühne einigermaßen Ruhe eingekehrt und die Suche nach Vitus, zumindest hier vor Ort, beendet. Einige mit Knüppeln bewaffnete Stadtwächter bildeten einen Ring vor dem Wagen, um allzu Neugierige zu vertreiben.

«Hier haben wir noch drei weitere Zeuginnen.»

Mit diesen Worten drängte sich Sackpfeiffer zwischen den Wächtern hindurch und blieb vor Paulus von Riehen stehen. Den Schultheißen als obersten Gerichtsherren hatte man also inzwischen auch schon geholt, um ihn herum stand nur noch ein gutes Dutzend Mitglieder der Straßburger Compania. Diejenigen Zuschauer, die das Geschehen unmittelbar beobachtet hatten, hatte man offenbar bereits befragt und anschließend weggeschickt. Der Leichnam indessen war verschwunden und Adalbert ebenfalls.

«Wie ich hörte, wart Ihr unter den Zuschauern», sprach der Schultheiß Serafina an. «Wo habt Ihr also gerade gesteckt?»

«Hinten im Zelt, ich war auf der Suche nach dem jungen Gaukler Vitus, der mein Patenkind ist, und …»

«Dass Ihr mit ihm verwandt seid, weiß ich selbst», unterbrach Paulus von Riehen sie. «Schon deshalb hättet Ihr Euch nicht entfernen sollen. Euch ist wohl nicht klar, dass der Junge des Mordes verdächtigt wird?»

Allein diese harten Worte machten ihr erneut den Ernst der Lage bewusst.

«Aber er war es nicht ...», begann sie zu widersprechen, als sie spürte, wie Grethe neben ihr beruhigend ihre Hand drückte.

«Wo ist mein Mann?», fragte sie tonlos.

«Der ist zusammen mit Münsterpfarrer Swartz in der Spitalkapelle, um dort den Leichnam unseres armen Ratsherrn – der Herr sei seiner Seele gnädig – eingehender zu untersuchen. Gut, machen wir weiter. Sind nun außer diesem Vitus endlich alle Mitglieder der Compania anwesend?»

Betreten sahen die Gaukler zu Boden.

Der Prinzipal, der sich seiner künstlichen Fettpolster inzwischen entledigt hatte, räusperte sich. «Bis auf unseren Seiltänzer Alessandro sind wir alle versammelt, gnädiger Herr.»

Täuschte sich Serafina, oder war Madlena bei dem Namen Alessandro leicht zusammengezuckt?

«Und warum ist dieser Mann dann nicht hier?», fuhr der Schultheiß fort.

«Nun ja, er spielt nicht mit im Stück, sondern präsentiert vor der Vorstellung seine Kunststücke auf dem Seil, um das Publikum anzulocken. Er hatte also mit Beginn der Vorstellung frei, sollte jetzt zum Abbau aber eigentlich wieder hier sein.»

«Aha! Somit hätten wir schon einen zweiten Verdächtigen.»

Don Giacomo, ein breitschultriger Mann mit schulterlangem, pechschwarzem Haar und einem ebenso schwarzen Schnauzbart, war eine durchaus imposante Erscheinung. Diese brachte er nun zur vollen Geltung, als er entschlossen das Kinn reckte. «Verzeiht, wenn ich Euch widerspreche, gnädiger Herr Schultheiß, aber weder Alessandro noch Vitus wären zu einer solchen Tat fähig. Noch dazu kannten sie diesen Ratsherrn gar nicht, das ergibt doch alles keinen Sinn.»

«Herauszufinden, was Sinn ergibt, überlass gefälligst uns Gerichtsherren, Prinzipal. Jetzt gilt es zuallererst herauszufinden, wohin dieser Vitus und der Seiltänzer verschwunden sind. Erst recht, was genau in diesem Handgemenge geschehen ist. Vorher lasse ich euch nicht gehen, das kannst du mir glauben.»

Da hob der drahtige kleine Mann, der den Landmann gespielt hatte, die Hand. «Der Alessandro ist mit Sicherheit drüben am Bierausschank und hat wahrscheinlich wieder mal die Zeit vergessen. Und den Vitus finden wir dort womöglich auch.»

«Nie und nimmer», schnaubte eine junge Frau mit dunkelroten Locken und auffallend hohen Wangenknochen, die ein wallendes Gewand aus bunten Stoffstreifen trug. «Als ob mein Bruder und Vitus zusammen Wein trinken würden.»

Serafina entging nicht der warnende Blick, den der Prinzipal der jungen Frau zuwarf.

«Ruhe!» Der Schultheiß hob ärgerlich die Brauen. «Es redet nur, wer gefragt wird. Sackpfeiffer, du siehst nach, ob dieser Seiltänzer am Bierausschank ist.»

Sackpfeiffer nickte.

«Wie sieht dein Bruder aus?», wandte er sich an die Rothaarige.

«Mi-parti-gefärbtes Gewand in Gelb und Blau, vom Gesicht her ähnlich wie ich, nur schwarzes Haar», gab sie mürrisch Auskunft.

«Wie heißt du?»

«Antonia.»

«Und wie weiter?»

«Nichts weiter, nur Antonia. Ich bin die Gewandschneiderin der Compania.»

Der Büttel sah sie scharf an. «Hör zu, Antonia: Wehe dir, du flunkerst mich an!»

«Sie sagt die Wahrheit», mischte sich Don Giacomo ein. «Alessandro sieht ihr sehr ähnlich.»

«Los, Sackpfeiffer, worauf wartest du noch», drängte der Schultheiß. Dann deutete er auf den Darsteller des Bauern. «Machen wir mit dir weiter. Du hattest also deine Magd zu dir gerufen, die dich aus Eifersucht mit ihrem Holzmesser angreifen sollte. Wo befand sich in diesem Augenblick Ratsherr Oblathus?»

«Das weiß ich nicht, gnädiger Herr, da ich das Opfer überhaupt nicht kenne.»

Da begriff Serafina, dass die Gaukler, die in der Regel keine guten Erfahrungen mit der Obrigkeit machten, nur das Allernötigste preisgaben. Wenn es denn eine wichtige Beobachtung gab, so würde sie das von Don Giacomo persönlich erfahren. Zugleich wurde sie allmählich ungeduldig. Sie dachte an ihren armen Sohn, der in diesem Moment in seinem engen, dunklen Versteck alles mit anhören musste und wahrscheinlich Todesängste ausstand. Obendrein wusste sie nicht einmal, wie schlimm er verletzt war.

Rasch trat sie einen Schritt vor. «Verzeiht, werter Herr Schultheiß, aber würdet Ihr mich zuerst befragen? Ich sollte nach Hause zu meiner kleinen Tochter.»

«Liebe Frau Stadtärztin, ich könnte mir auch etwas Angenehmeres vorstellen, als an meinem wohlverdienten Feierabend einen infamen Meuchelmord aufzuklären. Aber sei's drum: Was habt Ihr also gesehen?»

«Von dem Angriff auf Ratsherr Oblathus leider gar nichts, da mein Mann, meine Freundinnen und ich zu weit hinten standen. Ohnehin waren wir im Begriff zu gehen, um diesem wilden Spektakel, das erfahrungsgemäß nach jedem Possenspiel folgt, zu entgehen. Meine Freundin hier, Schwester Grethe von den Christoffelsschwestern, kann das bestätigen, ebenso mein Mann.»

Grethe nickte heftig.

«Aber», hakte Paulus von Riehen nach, «dass Euer Patenkind als Magd Anna vom Bühnenwagen heruntersprang, mit einem Messer in der Hand, habt Ihr gesehen?»

«Das schon. Aber erstens kann in dem Getümmel jeder aus dem Publikum zugestochen haben, und zweitens: Wer sagt uns, dass es tatsächlich Vitus war, der vom Bühnenwagen sprang? Solltet Ihr nicht auch in Erwägung ziehen, dass sich jemand hinterlistig der Rolle meines ... meines Patenkinds bedient hat? Diese Magd Anna trug Frauenkleider, falsche Haare und war stark geschminkt.»

Für einen kurzen Moment wirkte die sonst so selbstherrliche Miene des Schultheißen verunsichert. Dann schob er abschätzig die Unterlippe vor. «Selbstverständlich erwäge ich das. Ihr beiden Frauen könnt jetzt gehen. Haltet Euch aber die nächsten Tage für weitere Befragungen zur Verfügung.»

«Danke, Herr Schultheiß.»

Mit einer angedeuteten Verbeugung verabschiedeten sich Serafina und Grethe, um sich anschließend eiligst in Richtung Heiliggeistspital zu entfernen. Als sie außer Sichtweite des Schultheißen waren, blieb Serafina stehen.

«Wir müssen zurück zum Bühnenwagen und Vitus irgendwie wegbringen, und zwar schnell. Die Befragung der Gaukler wird bald ein Ende haben.»

«Das sehe ich auch so.» Grethe nickte. «Komm!»

Zum Glück waren die Menschenmassen jetzt zum Abend hin eher noch dichter geworden. So gelangten sie am Rande der Großen Gass wieder zum Christoffelstor, wo der mit Hellebarde bewaffnete Torwächter müßig an den Mauersteinen lehnte.

Von dort war es nur ein Steinwurf zu jenem Zelt und damit zur Rückseite des Bühnenwagens.

Wie sollten sie da Vitus nur unbemerkt fortschaffen? Erst recht: wohin?

Ratlos blickte Serafina ihre Freundin an: «Hast du vorhin nicht gesagt, du hättest einen Einfall?»

«O ja. Und wenn wir schnell genug sind, sollte das auch klappen.»

Kapitel 8

Nach Serafinas Schätzung war höchstens ein Vaterunser vergangen, seitdem sie die Runde um den Schultes verlassen hatten. Im Zelt war wie erwartet niemand, da die Gaukler noch immer auf der anderen Seite der Bühne befragt wurden, und Grethe stürzte als Erstes zu dem langen Holzgestell, wo allerlei Gewänder und Verkleidungen hingen.

«Bockmist», hörte Serafina sie leise fluchen, während sie selbst sich bückte und unter den Wagen kroch. Sie hatten vor, Vitus in einer Mönchskutte aus dem Zelt zu schmuggeln, da dies den größtmöglichen Schutz vor Verfolgung bot, doch anscheinend fand sich nichts Derartiges im Fundus der Gaukler. Behutsam, um ein Knarren zu vermeiden, zog Serafina die Klappe der Luke nach unten und raunte in die muffige Dunkelheit des doppelten Bodens hinein: «Vitus?»

Kein Mucks war zu hören, und sie bekam es erneut mit der Angst zu tun. War seine Verletzung am Kopf doch schwerer als gedacht? Lag er jetzt irgendwo da drinnen, hilflos, ohne Bewusstsein oder gar – tot?

Da tauchten neben ihrem Gesicht erst zwei Stoffschuhe auf, dann die Beine, schließlich glitt der schweißglänzende Oberkörper ihres Sohnes durch die Luke zu Boden. Sie hatte vergessen, dass sich Vitus geräuschlos wie eine Schlange bewegen konnte, und bis auf die Wunde am Kopf wirkte er unverletzt.

Am liebsten hätte sie ihn umarmt, aber dafür war keine Zeit. Ohne weitere Worte schlichen sie eiligst zurück ins Zelt, wo Grethe sie am Schminktisch erwartete. Doch in was für einem Aufzug! Zu kniehohen Stulpenstiefeln trug sie den langen, dunkelgrünen Rock eines Jägermeisters, auf ihrem wie bei allen Beginen kurz geschnittenen Haar saß ein riesiger Hut mit Habichtfedern. Und als Krone des Ganzen hatte sie sich mit Kohle einen Oberlippenbart aufgemalt!

Sie warf Vitus ihre graue Beginenkutte zu, in die er sogleich hineinschlüpfte, während Serafina ihm mit vor Aufregung bebenden Fingern den Schleier befestigte, um ihm dann die Kapuze über den Kopf zu streifen. Das bei Grethe bodenlange Gewand reichte Vitus nur bis über die Waden, was dort draußen hoffentlich niemandem auffiel. Ansonsten passte ihm die weite Kutte.

«Wohin?», flüsterte er kaum hörbar.

«Zu den Wilhelmiten», gab Grethe ebenso leise zurück und wischte ihm mit einem fettigen Tuch das Lippenrot aus dem Gesicht. Dann zog sie ihm die Kapuze noch tiefer ins Gesicht und schob ihn an den Spalt zwischen den Zeltplanen. Eine Horde Betrunkener torkelte an ihnen vorbei. Diese Gelegenheit nutzten sie, um möglichst unbemerkt die Gasse zu betreten.

Serafina wollte ihnen folgen, doch Grethe schüttelte den Kopf. «Jeder hier kennt dich, das würde nicht gut gehen. Komm meinetwegen später ins Kloster.»

Womit Grethe natürlich recht hatte. Mit klopfendem Herzen blickte Serafina ihnen nach, dem etwas unsicher daherschreitenden Jägersmann und der Begine, die gottesfürchtig den Kopf gesenkt hielt, die Hände ineinander gefaltet. Wäre der Anlass nicht so schrecklich gewesen – sie hätte lauthals lachen können über diesen Mummenschanz. Was für ein wahnwitziger Einfall ihrer Freundin!

Eine Hand legte sich ihr schwer auf die Schulter: «Hattet Ihr nicht gesagt, dass Ihr eiligst nach Hause wollt, Frau Stadtärztin?»

Auf Sackpfeiffers Miene zeigte sich eine Mischung aus Verärgerung und Misstrauen.

«Ach lieber Stadtbüttel – ich dachte, Vitus käme vielleicht hierher zurück. Als seine Gotte mach ich mir natürlich große Sorgen um ihn. Womöglich hat er die Freveltat ja mit angesehen und ist deshalb geflohen. Als Gaukler glaubt ihm doch kein Mensch, dass er unschuldig ist.»

Derweil waren Grethe und Vitus aus ihrem Blickfeld verschwunden, und sie schlug innerlich drei Kreuze.

«Wisst Ihr das mit Sicherheit, Frau Serafina? So gut kennt Ihr den Jungen schließlich auch nicht, so selten, wie ihr euch seht. Aber ich verspreche Euch», sein Blick wurde milder, «dass ich Euch Bescheid gebe, falls wir ihn finden. Die Stadtwache schwärmt gerade in alle umliegenden Häuser aus. Selbstredend müssen wir ihn dann in Gewahrsam nehmen, um ihn zu befragen, aber es wird ihm nichts geschehen, solange seine Schuld nicht erwiesen ist. Und noch etwas: Falls er bei Euch im Haus Zum Pilger auftaucht, müsst Ihr das melden, verstanden? Sonst macht Ihr und der Herr Stadtarzt Euch höchst strafbar. Und jetzt bringe ich Euch nach Hause, damit Ihr nicht doch noch irgendwelchen Unfug anstellt.»

«Ja, ja, ich komme ja schon.»

Noch ein letztes Mal blickte sie sich wie suchend um. Da entdeckte sie Madlena vor dem Zelteingang. Hatte das Mädchen sie etwa zuvor beobachtet? Nun, wie dem auch sei: Bei den Wilhelmiten in der Schneckenvorstadt war Vitus sicher, boten doch Klöster wie Kirchen als Freistätte jedem Flüchtling zunächst einmal Obdach und Schutz. Und Bruder Matthäus, Prior der Wilhelmiten und ein enger Freund von Meisterin Catharina, würde ihrem Sohn den Einlass ganz gewiss nicht verwehren. Zumal der Prior sich Vitus und ihr seit dem gemeinsamen Abenteuer in der Höllenschlucht vor drei Jahren eng verbunden fühlte.

Kapitel 9

Noch immer wirkte der sonst so behäbige Münsterpfarrer sichtlich bestürzt. Die Notabsolution hatte Swartz dem toten Gerbermeister sogleich am Tatort erteilt, danach hatte er Adalbert in die Spitalkapelle begleitet, um dessen Beschau abzuwarten und die Heimführung des Toten in die Wege zu leiten. Nun, da die Untersuchung abgeschlossen war, besprengte er den Leichnam, der vor dem Marienaltar der Spitalkapelle aufgebahrt lag, ein letztes Mal mit Weihwasser, dann trat er zwei Schritte zurück.

Normalerweise reichte die Anwesenheit eines Wundarztes oder bei Frauen und Kindern auch die der städtischen Hebamme aus, um den plötzlichen Tod eines Menschen amtlich zu bestätigen. Bei Gewaltverbrechen indessen war das als geschworener Stadtarzt Adalberts Aufgabe. Und in diesem Falle war der Tod eindeutig gewaltsam herbeigeführt: Der Dolch hatte bis zum Heft mitten im Herzen gesteckt, der Hieb musste also mit großer Wucht ausgeführt worden sein. Oder mit großer Wut.

«Ezechiel Oblathus muss sofort tot gewesen sein», murmelte er. «Er hat also nicht leiden müssen.»

Swartz nickte. «Das mag tröstlich sein, doch unbegreiflich ist es mir noch immer. Warum gerade dieser rechtschaffene, gottesfürchtige Mann, der so viel Gutes für unsere Stadt getan hat? Was glaubt Ihr, Physikus – könnte er auch ein Zufallsopfer gewesen sein?»

Etwas ratlos zuckte Adalbert die Schultern. Bislang hatte er mit Oblathus, der im letzten Jahr erstmals in den Magistrat gewählt worden war, nicht allzu viel zu schaffen gehabt. Er wusste nur, dass dem Rotgerber die größte Lohgerberei der Stadt gehörte und er überdies durch eine Erbschaft zu beträchtlichem Vermögen gelangt war. Seither tat er sich als Wohltäter und Stifter hervor, vornehmlich zugunsten des Münsters und des Heiliggeistspitals, wohl auch, um dem etwas anrüchigen Ruf seines Handwerks etwas entgegenzusetzen. Ob es ihn also rein zufällig getroffen hatte? Hätte womöglich ein anderer sterben sollen? Das Einzige, was er mit Sicherheit wusste, war, dass der Meuchelmörder dieses Possenspiel und damit Vitus überaus heimtückisch für seine Zwecke benutzt hatte.

Unwillkürlich musste er an Serafina denken. Warum eigentlich war sie so rasch verschwunden, zusammen mit ihrer Freundin Grethe, kaum dass jemand gebrüllt hatte, die Magd habe zugestochen? Der schreckliche Anblick des Gemeuchelten war wohl kaum der Anlass für Serafinas überstürztes Verschwinden, hatte sie doch in ihrer Zeit als Begine so manch grässlich zugerichteten Leichnam vor Augen gehabt, um ihn im Dienst der Nächstenliebe zu waschen und für die Totenwache herzurichten. Nein, schon eher war sie auf und davon, um ihren Sohn zu warnen, bevor die ausschwärmenden Stadtwächter ihn aufzustöbern drohten. Ein ungutes Gefühl beschlich ihn: Er musste alles daransetzen, dass Serafina sich aus der Sache heraushielt.

«Das mit dem Zufall mag durchaus sein», erwiderte er ausweichend auf die Frage des Münsterpfarrers. «Hoffen wir, dass die Gerichtsherren alle Möglichkeiten in Betracht ziehen und sich nicht an einem Täter aus den Reihen der Spielleute festbeißen.»

«Ja, hoffen wir, dass die Wahrheit ans Licht kommt.» Swartz seufzte tief. «Die Wege des Herrn sind wahrlich unergründlich. Was für eine schwere Prüfung für die arme Familie!»

Er winkte den Kaplan der Kapelle herbei.

«Ihr könnt jetzt den Altardienern Bescheid geben, dass sie Tragbahre und Leichentuch herbeibringen. Auf dass wir den Leichnam nach Hause geleiten.»

«Sehr wohl, Herr Pfarrer.»

Während die beiden jungen Messdiener den Toten für den Heimweg richteten, säuberte Adalbert die Mordwaffe mit einem Tuch, das der Kaplan ihm zuvor für die Untersuchung überlassen hatte. Dabei betrachtete er das Messer eingehend. Die Klinge war beidseitig scharf geschliffen und von guter Qualität, ansonsten fand sich nichts Auffälliges. Weder war ein Wappen noch ein Name eingraviert. Ein Dolch also, wie man ihn bei jedem Messerschmied erstehen konnte.

Vorsichtig wickelte er die Tatwaffe in das Tuch ein. In diesem Augenblick betrat Stadtbüttel Sackpfeiffer das kleine Gotteshaus, zu seinem großen Erstaunen mit Serafina an der Seite.

«Was tust du denn hier?», fragte er sie. «Und wo warst du mit einem Mal, nachdem der Ratsherr erstochen wurde?»

«Ich war hinter der Bühne und habe nach Vitus gesucht.» Sie nickte dem Pfarrer, den sie aus ihrer Beginenzeit recht gut kannte, mit einem gemurmelten Gruß zu. «Aber er ist spurlos verschwunden.»

«Verzeiht, Medicus», mischte sich Sackpfeiffer ein, «aber ich wollte Euer Eheweib sicher nach Hause geleiten, nachdem ich sie ganz allein beim Gewandzelt der Gaukler entdeckt hatte. Jetzt aber wollte sie partout zu Euch ins Spital.»

«Danke, Sackpfeiffer, das ist sehr freundlich von Euch. Nun, ich bin hier auch fertig. Ich gehe noch in der Kanzlei vorbei, um dort die Tatwaffe verwahren zu lassen, alles Weitere wird morgen früh seinen Gang nehmen.»

Der Büttel rieb sich seinen schwarzen Vollbart. «Ich fürchte, da werdet Ihr niemanden mehr finden. Nicht zu dieser Stunde und wo wir gerade Jahrmarkt haben. Unsere Zeugen sind alle für morgen früh zum Protokoll vorgeladen.»

«Gut, dann also morgen früh. Der Schultheiß wird ja ohnehin eine außerordentliche Ratssitzung einberufen müssen. Weiß Oblathus' Familie eigentlich schon Bescheid?»

«Ich habe einen Stadtknecht hingeschickt. Im schlechtesten Fall ist nur die Magd oder ein Knecht zu Hause, und Frau und Kinder sind auf dem Markt unterwegs. In der Nähe des Tatortes waren sie jedenfalls nicht.»

«Darf man fragen, welche Zeugen vorgeladen sind, lieber Stadtbüttel?», fragte Serafina dazwischen, doch Adalbert kam ihr zuvor.

«Ich denke nicht, dass das öffentlich gemacht werden soll.» Er fasste sie beim Arm. «Gehen wir.»

«Wir könnten dann auch los, Herr Münsterpfarrer», rief einer der beiden Altardiener. Von Ezechiel Oblathus war nun unter dem Bahrtuch nichts mehr zu sehen.

Ein wenig fahrig fuhr sich Swartz über den fast kahlen Schädel. «Nehmen wir am besten den Seitenausgang zur Münstergasse, das ist der kürzere Weg.» Er wandte sich an Sackpfeiffer. «Würdet Ihr uns bitte begleiten? Es sind zu viele Menschen in den Gassen, und wir sollten einen neuerlichen Aufruhr vermeiden.»

«Selbstverständlich, Herr Pfarrer. Daran hatte ich auch schon gedacht», hörte Adalbert noch den Büttel sagen, während er bereits die Tür der Kapelle aufschob. Er wollte plötzlich nur noch nach Hause.

Doch Serafina blieb stehen und drehte sich um.

«Herr Münsterpfarrer, wenn es Euch recht ist, gebe ich Mutter Catharina Bescheid. Damit die Christoffelsschwestern den Hinterbliebenen seelischen Beistand leisten können.»

«Ein sehr guter Gedanke, Frau Stadtärztin.»

Adalbert hingegen runzelte die Stirn. Das Kümmern um die Toten und deren Angehörige war zwar eine wichtige Aufgabe der Beginen, und auch Serafina hatte darin viel Erfahrung. Dass sie nun hierfür sogleich ihre ehemaligen Mitschwestern anbot, tat sie aber gewiss nicht ohne Hintergedanken. In Freiburg gab es schließlich genug Schwesternsammlungen, die sich der Caritas widmeten.

Kaum standen sie draußen auf der Freitreppe, sagte sie mit deutlich ärgerlichem Unterton: «Warum bist du mir so über den Mund gefahren, als ich nach den Zeugen fragte?»

«Weil das unklug war, Serafina. Sackpfeiffer und Swartz wissen doch, wie nah dir Vitus steht, wenn auch als dein angebliches Paten- und Schwesternkind. Von mir erfährst du es spätestens morgen früh sowieso und dann …»

Weiter kam er nicht. Offenbar hatte sich herumgesprochen, wohin man den Toten gebracht hatte, denn vor der Spitalkapelle hatten sich Hunderte von Neugierigen versammelt.

«Herr Stadtarzt, ist es wahr, dass der arme Ratsherr regelrecht zerfleischt wurde?», bestürmte man ihn. «Dass die Gaukler ihn nicht mal verteidigt haben?» – «Hat man den Täter schon gefasst?» – «Stimmt es, dass der Mörder mit Eurer Frau eng verwandt ist und sich jetzt in Eurem Haus versteckt?»

Ihm entging nicht, dass sich Serafina nur noch mit Mühe beherrschte. Er hob beschwichtigend die Arme.

«Ruhe bitte! Noch ist völlig unklar, wer diese scheußliche Tat begangen hat und warum. Das herauszufinden, ist Sache des Hochgerichts, das morgen einberufen wird. Falls jemand von Euch etwas Wichtiges zu vermelden hat, so tue er das bitte morgen früh in der Kanzlei. Und nein, der Täter ist natürlich nicht mit meiner lieben Frau eng verwandt, und wir verstecken auch niemanden in unserem Haus. Wer so etwas öffentlich herausschreit, den zeige ich wegen Verleumdung an.»

Mit Serafina am Arm drängte er sich durch die Menge, ohne auf weitere Fragen einzugehen. Als sie die Barfüßergasse erreicht hatten, fragte Serafina mit mehr als besorgter Miene: «Was genau hast *du* gesehen? Du bist doch größer als ich.»

«Leider auch nicht mehr als du. Nur diese kreischende Magd mit dem Messer, die angeblich von Vitus gespielt wurde, und wie sie dann von der Bühne sprang. Danach erst wieder Oblathus, wie er bäuchlings auf dem Boden lag.»

«Angeblich», setzte sie nach. «Ich bin froh, dass du eben ‹angeblich› gesagt hast.»

«Ach Serafina!» Er blieb stehen und zog sie in die Arme. In ihrer Sorge um Vitus tat sie ihm unendlich leid. «Ich glaube doch ebenso wenig wie du, dass Vitus damit zu tun hat. Aber eines muss dir klar sein. Es steht nicht gut um ihn, wenn er sich versteckt hält. Ich war mit dabei, als zwei Bürgersfrauen und ein Schusterknecht vor Gott geschworen haben, dass diese Magd anstatt auf den listigen Bauern völlig unverhofft auf den Ratsherrn eingestochen hat. Morgen früh wollen sie ihre Aussage mit dem Schwurfinger auf der Heiligen Schrift wiederholen und dem Gerichtsschreiber in die Feder sprechen. Jetzt macht er sich also erst recht verdächtig.»

Er seufzte tief, dann fuhr er leise fort: «Das Beste wäre, er würde sich stellen.»

«Niemals!» Sie eilte weiter, die wenigen Schritte bis vor ihren Hauseingang, um sich dann mit einem fast trotzigen Blick zu ihm umzudrehen. «Einem vom fahrenden Volk glaubt doch schon gar keiner, das weißt du ebenso gut wie ich.»

«So würde ich das nicht sagen. Etliche der Bürger hier kennen und schätzen Vitus als mutigen und anständigen jungen Mann.»

«Nein, Adalbert, erst muss der wahre Täter gefunden werden.»

Da wusste er, dass sie ihm etwas verheimlichte.

«Serafina, ich bitte dich: Wo steckt der Junge?»

Sie blickte sich rasch um und flüsterte, obwohl niemand in ihrer Nähe war:

«Grethe hat ihn zu den Wilhelmiten gebracht. Dorthin gehen wir beide jetzt, und zuvor sagen wir noch Mutter Catharina Bescheid.»

Kapitel 10

Bei den Christoffelsschwestern, deren kleines Anwesen nicht weit vom Haus Zum Pilger lag, erlangte Serafina endlich die Gewissheit, dass Vitus wohlbehalten bei den Mönchen angekommen und in Sicherheit war. Ihr fiel ein riesiger Stein vom Herzen, nachdem Grethe, die vor Kurzem erst zurückgekehrt war und nun wieder aussah, wie eine Begine auszusehen hatte, in wenigen Sätzen das Wichtigste berichtet hatte, während Mutter Catharina und Adalbert mitten im Gemeinschaftsraum kopfschüttelnd danebenstanden. «Es geht ihm also halbwegs gut, und der Infirmarius wollte sogleich seine Wunde versorgen», waren ihre abschließenden Worte.

«Ich danke dir so sehr.» Serafina konnte gar nicht aufhören, ihre Freundin zu umarmen. «Ohne dich und deinen großartigen Einfall wäre Vitus verloren gewesen.»

«Großartig?», schnaubte Catharina. «Ich würde eher sagen: vollkommen närrisch! Wie konntest du nur dem Jungen deine Kutte überlassen und du selbst als Jägersmann mitten durch die Stadt marschieren? Heilige Muttergottes!»

Grethe grinste breit. «Wieso, es hat doch wunderbar geklappt. Wir sind niemandem weiter aufgefallen, nur der Bruder Portarius am Klostertor hat eine Weile gebraucht, bis er mich erkannte. Und unser lieber Freund, der Prior, hat keinen Atemzug gezögert, Vitus aufzunehmen.»

Das Strenge aus Catharinas Gesicht verschwand, und ihr Blick wurde sanft. «Nun ja, schließlich verdankt Bruder Matthäus dem Jungen auch sein Leben.» Sie schluckte. «Und nicht nur er ...»

Auch Adalbert nickte sichtlich gerührt. «Ich denke inzwischen, ihr beide habt genau das Richtige getan, wo wir alle von seiner Unschuld überzeugt sind. Aber versprecht mir trotzdem eines: Unternehmt fortan nichts mehr, ohne es vorher mit mir oder der Meisterin abzusprechen.»

Sie versprachen es feierlich, und Serafina war das auch durchaus ernst. Schon allein wegen Kathrin wollte sie sich niemals mehr unnötig in Gefahr bringen. Da erst fiel ihr auf, dass sie in dieser schrecklichen Stunde kein einziges Mal an ihre Kleine gedacht hatte. Ob sie sich wohl von Gisla und Irmla ins Bett bringen lassen würde? Nie zuvor hatte sie ihr Kind so lange allein gelassen. Doch dann fiel ihr ein, wie sehr es Kathrin liebte, von Irmlas tiefer Stimme in den Schlaf gesungen zu werden.

«Würdest du also», wandte sie sich an die Meisterin, «die nächtliche Totenwache bei Familie Oblathus halten? Grethe könnte dich ja begleiten.»

«Nichts da, Grethes Platz ist für den Rest des Tages in der Küche. Ich werde Brida mitnehmen. Sie kennt übrigens die Tochter von Ratsherr Oblathus noch aus Kinderzeiten. Warten wir also nicht länger, es wird bald dunkel.»

Catharina trat an die offene Haustür zum Hof, wo die junge Frau gerade dabei war, Holz aufzuschichten.

«Brida, begleitest du mich bitte zu einer Totenwache?»

Brida von Stühlingen entstammte einer vornehmen, wenn auch verarmten Ritterfamilie und war noch zu Serafinas Zeiten nicht ganz freiwillig der Sammlung beigetreten. Aus dem einstmals zarten Persönchen mit den zwei linken Händen war mittlerweile eine handfeste Begine geworden, auf die man sich verlassen konnte. Und dass sie die Familie Oblathus ein wenig kannte, dachte Serafina sofort, konnte womöglich von Vorteil sein.

Wenig später verließen sie alle gemeinsam Sankt Christoffel in Richtung Martinstor, die Meisterin und Adalbert mit einer Laterne in der Hand, Brida mit der Ledertasche, die alles enthielt, was für die Leichenwäsche und die Totenwache nötig war. Bis zum Haus der Familie Oblathus hatten sie denselben Weg, und so durchquerten sie eilig die Schneckenvorstadt, wo fast ausnahmslos Gerber, Färber und Fischer ihr Handwerk betrieben und der Gestank an heißen Sommertagen kaum auszuhalten war. Jetzt zur frühen Abendstunde herrschte hier eine ungewöhnliche Ruhe, da sich alle Welt beim Michaelismarkt in der inneren Stadt aufhielt.

Vor dem Gerberhaus, das sich am Stadtbach neben der Klingelhut-Badstube befand, verabschiedeten sich Serafina und Adalbert von den Christoffelsschwestern. Das Anwesen mit seinem mächtigen Trockenboden unter dem Dach besaß drei Eingänge: ein breites Tor zum Hof, ein schmaleres in die Werkstatt und eine Haustür in die Eingangsdiele des Erdgeschosses. Letztere stand offen, gedämpft drangen Stimmen heraus. Die ersten Trauernden hatten sich also bereits versammelt.

«Vielleicht», sagte Adalbert, «schauen wir nachher noch vorbei, um unsere Hilfe anzubieten, falls es nicht zu spät wird bei den Mönchen.»

Serafina, der viel daran lag, mehr über die Familie und das Umfeld des Gemeuchelten zu erfahren, warf ihm einen dankbaren Blick zu. Wusste sie doch aus eigener Erfahrung, dass sich gerade im engsten Kreis eines Opfers oft so mancher Hinweis auf die Gründe des Verbrechens fand. Und aufgeklärt werden musste das Verbrechen schließlich schnellstmöglich, wollten sie Vitus endlich wieder in Freiheit sehen.

«Das wäre sicher nicht verkehrt, lieber Medicus», erwiderte auch Catharina und fügte mit einem Lächeln hinzu: «Grüßt mir den Bruder Matthäus recht herzlich.»

Wie nahe sich der Prior und Meisterin Catharina standen, hatte Serafina erst am Ende ihrer Beginenzeit erfahren: Beide waren in derselben Gasse zu Straßburg aufgewachsen und wären ums Haar ein Paar geworden, hätten widrige Umstände es nicht verhindert. Daraufhin hatten sie sich etliche Jahre nicht mehr gesehen, bis sie sich in Freiburg erneut begegneten, doch in der Zwischenzeit hatten sie sich für ein Leben im Glauben entschieden. Manchmal fragte sich Serafina, ob die beiden sich nicht immer noch liebten.

Kapitel 11

✠

Vom Gerberbach bis hinüber zum Kloster, das sich in den hintersten Winkel der Vorstadtbefestigung schmiegte, war es nur ein Katzensprung. Die Brüder von Sankt Wilhelm, ihrer Ordenstracht wegen auch Weißkutten genannt, führten eigentlich zwei Klöster: das Stadtkloster hier in der Vorstadt sowie das ursprüngliche Eremitenkloster im abgeschiedenen Oberriet, droben in den Waldbergen. Dort hatte man eine ansehnliche Grundherrschaft mit reichlich Waldbesitz aufbauen können. Doch nach zwei verheerenden Bränden binnen weniger Jahre lag das Waldkloster darnieder, und fortan galt es, jeden Pfennig in den Neuaufbau zu stecken. Zum Glück flossen den Mönchen seitens der Freiburger Bürger großzügige Spenden und Jahrzeitstiftungen zu, und zum Glück hatten sie in Bruder Matthäus einen umsichtigen Klostervorsteher gefunden.

«Hoffen wir, dass der Junge in guter Verfassung ist», murmelte Adalbert, als er jetzt die Glocke an der Klosterpforte läutete.

«Ganz bestimmt», sprach sich Serafina selbst Mut zu.

Sie mussten nicht lange warten, bis der alte Bruder Pförtner erst die kleine Luke, dann das Tor öffnete.

«Gott zum Gruße, Herr Stadtarzt, Frau Achazin. Der Prior hat Euren Besuch schon erwartet. Noch ist er allerdings beim Stundengebet der Vesper, aber ich bringe Euch schon mal ins Gästehaus, wo wir den jungen Mann untergebracht haben.»

Der Laienbruder geleitete sie an den Wirtschaftsgebäuden vorbei zu dem schmalen Fachwerkhaus, dessen Eingang von zwei Pechfackeln erleuchtet war. Sie betraten die Stube für auswärtige Besucher. Sie war leer.

«Wenn Ihr erlaubt», sagte der Alte, «ziehe ich mich zurück. Vitus ist wohl oben in der Schlafkammer, er war doch sehr erschöpft, nachdem unser Bruder Infirmarius ihn verarztet hatte. Geht nur hinauf, es ist die erste Tür links.»

Erschrocken sah Serafina Adalbert an. War die Kopfverletzung doch schlimmer als gedacht?

«Ja, geht nur, Bruder.» Adalbert nahm ihre Hand. «Vielen Dank auch.»

Gemeinsam stiegen sie die Treppe hinauf, wobei Serafina spürte, wie ihr die Brust eng wurde. Die Tür links war nur angelehnt, die Tranlampe in dem schmucklosen Raum warf ihr fahles Licht auf zwei Betten. In einem davon lag Vitus, auf der Seite zusammengerollt wie ein Kind, und schlief. Die Decke war zu Boden gerutscht, zu seinen bunten Beinkleidern trug er ein viel zu großes Leinenhemd, und um den Kopf war ein weißer Verband gewickelt. Wie er da so lag, wirkte er schmächtiger und verletzlicher, als er in Wirklichkeit war.

Vorsichtig setzte Serafina sich zu ihm an die Bettkante. Bislang hatte sie sich zusammenreißen können, nun aber begannen ihre Tränen zu fließen. Sie nahm seine Hand. Genau wie Adalbert hatte er schöne, feingliedrige Hände.

«Vitus?», flüsterte sie.

Die Muskeln in seinem schmalen Gesicht zuckten, dann öffnete er die Augen. Er erkannte sie sofort.

«Mutter!» Er lächelte sie an und drückte ihre Hand. Dann entdeckte er Adalbert, der im Türrahmen stehen geblieben war. «Wie schön, dass ihr gekommen seid.»

Serafina half ihm, sich aufzurichten. «Wie geht es dir, mein Junge? Hast du Schmerzen?»

«Ach, halb so schlimm. Bin nur sehr müde, und der Schädel brummt mir wie nach einem üblen Besäufnis.»

Adalbert stellte seine Handlampe auf dem Waschtisch zwischen den beiden Betten ab und legte ihm fast zärtlich die Hand auf die Schulter. «Wenn du erlaubst, sehe ich mir die Wunde genauer an. Vielleicht lassen sich irgendwelche Schlüsse ziehen.»

«Ja, vielleicht. Ich fürchte», er senkte den Kopf, während Adalbert ihm langsam und äußerst vorsichtig den Verband abwickelte, «dass ich gewaltig in der Patsche sitze. Grethe hat mir auf dem Weg hierher erzählt, dass ein Ratsherr namens Oblathus erstochen wurde, mitten vor dem Bühnenwagen, und das auch noch von jemandem, der in meiner Verkleidung steckte. Das ist doch schrecklich! Und alle Welt glaubt jetzt, dass ich es gewesen sei.»

Serafina schüttelte den Kopf. «Hab keine Angst, Vitus. Adalbert und ich werden alles daransetzen, dass man den wahren Mörder bald schon findet. Und hier bist du in Sicherheit. Wissen denn die Klosterbrüder, was geschehen ist?»

«Ja. Bruder Matthäus hatte alle zusammengerufen, als Grethe mich hierherbrachte, und alle haben sie Stillschweigen nach außen gelobt.»

«Dann halten sie dich also für unschuldig?»

Vitus zuckte die Schultern. «Das hoffe ich zumindest. Ich denke, die Mönche sind mir immer noch dankbar wegen damals.»

«Das sollten sie auch», entgegnete Serafina nicht ohne Stolz.

Derweil hatte Adalbert die Wunde freigelegt. Jemand hatte Vitus über der linken Stirnseite das Haar geschoren, die knapp daumenlange Platzwunde war mit drei Stichen fachmännisch genäht. Sie nässte und blutete auch nicht mehr.

«Gute Arbeit, da habe ich als Arzt nichts mehr zu tun», sagte Adalbert. Und in dem Versuch zu scherzen fügte er hinzu: «Nur deine Haartracht sieht jetzt etwas seltsam aus.»

Tatsächlich musste Vitus grinsen. «Dann lasse ich mir eben den Schädel rundum scheren. Dazu noch eine Weißkutte, und ich sehe aus wie ein Wilhelmit.»

«Das ist nicht der schlechteste Einfall.» Adalbert legte ihm wieder den Verband um. «Im Übrigen wollte der, der dich niedergeschlagen hat, nicht deinen Tod, sondern dich nur außer Gefecht setzen. Der Schlag, auch wenn er sehr heftig war, stammt von einem stumpfen Gegenstand, etwa einem runden Knüppel, wie ihn der gewöhnliche Büttel oder Steckenknecht trägt. Wahrscheinlich aus Holz. Mit einem scharfkantigen Gegenstand oder einem aus Metall wäre die Sache anders ausgegangen.»

«Das stimmt.» Vitus wirkte nun zu Serafinas großer Erleichterung hellwach. «Der Krankenwärter hat einen Holzsplitter aus der Wunde gezogen.»

Er wandte sich an Serafina. «Bitte sag deiner Freundin Grethe meinen innigsten Dank. Das war sehr mutig, was sie getan hat.»

«Ja, das war es», murmelte sie, und wieder traten ihr die Tränen in die Augen. «Sag, Vitus, kannst du dich denn an irgendetwas erinnern?»

«Nein. Ich habe ja vor meinem letzten Auftritt immer diese längere Wartezeit, während sich draußen für die wilde Jagd schon alle versammeln. Ich war daher allein im Zelt, um mich zu schminken und umzuziehen. Der Schlag kam von hinten und völlig unerwartet. Halt, nein, ich habe noch Schritte gehört, aber dann wurde es auch schon schwarz um mich herum.»

«Kennst du diesen Dolch?» Adalbert kramte in seiner Arzttasche, die er von zu Hause noch rasch mitgenommen hatte, und holte die Tatwaffe hervor.

Entgeistert starrte Vitus sie an. «Ist damit dieser Ratsherr erstochen worden? Nein, den kenne ich nicht. Niemand von uns besitzt so etwas. Bis auf das Brotmesser am Gürtel dürfen wir Fahrenden ja auch keine Waffen tragen. Alles, was wir in unserem Fundus haben, ist unecht.»

Da fiel Serafina noch etwas ganz anderes ein.

«Kennst du den Seiltänzer Alessandro gut?»

«Wieso fragst du das?»

Täuschte sie sich oder hatte sich Vitus' Blick verfinstert?

«Weil er seit Beginn der Vorstellung verschwunden und auch danach nicht mehr aufgetaucht ist. Der Schultheiß sieht in ihm wohl einen möglichen zweiten Verdächtigen.»

«Na ja, er und seine Schwester Antonia sind noch nicht allzu lange bei uns. Und ein guter Freund von mir ist er nicht gerade.»

Weil er deiner Madlena nachstellt?, hätte sie ihn am liebsten gefragt, unterließ es für den Moment aber. Nach allem, was Vitus erlebt hatte, wollte sie ihn nicht unnötig aufregen.

Nach einem Moment des Nachdenkens fuhr Vitus fort: «Er ist zwar manchmal ein wenig jähzornig, aber eine solche Tat traue ich ihm nun wahrhaftig nicht zu. Wahrscheinlich hatte er sich in dieser Zeit am Bierausschank herumgetrieben, das macht er öfters während der Vorstellung. Ich glaube, er ist sauer, weil der Prinzipal ihn nicht mitspielen lässt. Als Artist gelingt Alessandro zwar mühelos ein doppelter Überschlag auf dem Seil, aber zum Possenspieler taugt er nicht gerade.»

Serafina nickte. «Das mit dem Bierausschank haben deine Gauklerfreunde auch gesagt. Wahrscheinlich ist er längst wieder aufgetaucht.»

Bei ihrem letzten Satz zog Vitus ein Gesicht, als wolle er sagen: Wegen mir kann er bleiben, wo der Pfeffer wächst. Sie würde ihren Jungen bald schon genauer danach fragen müssen.

Er fasste sie plötzlich beim Arm. «Vielleicht sollte ich mich doch dem Gericht stellen. Ich bin schließlich eindeutig niedergeschlagen worden, wie Adalbert und der Bruder Infirmarius bezeugen können.»

«O nein», wehrte sie heftig ab. «Nie und nimmer ist das ein Beweis für deine Unschuld. Du könntest dir die Verletzung schließlich auch bei der Flucht zugezogen haben. Nach einem Sturz oder etwas Ähnlichem. Glaub mir, Vitus, ich weiß zur Genüge, dass die Herren Untersuchungsrichter nicht immer die richtigen Schlüsse ziehen.» Dann stutzte sie. «Adalbert, wer hat derzeit eigentlich das Amt der Heimlichen Räte bei Gericht inne?»

«Nun ja, das wird dir nicht gefallen. Es sind Schneehas und Quintlin.»

«Heilige Barbara, das darf doch nicht wahr sein!»

Goldschmied Quintlin war ein enger Freund von Silberkrämer Schneehas, und beide gehörten sie zu den erklärten Gegnern der hiesigen freien Schwesternsammlungen. Für sie hatte eine Frau des Glaubens hinter Klostermauern zu leben, unter der Aufsicht eines Mönchsordens, und so hatten sie sich vor drei Jahren auf ruchlose und heimtückische Weise für die Ausweisung aller Beginen starkgemacht. Überdies waren sie Serafina alles andere als freundlich gesinnt.

«Nun schau mich nicht so entsetzt an, Serafina. Ihre Beisitzer werden ja von Fall zu Fall unter uns Ratsherren bestimmt, und wenn morgen das Hochgericht einberufen wird, will ich mich zur Wahl stellen. Ich bin mir sicher, unsere Freunde Wetzstein, Grieswirth und Pfefferkorn werden dasselbe tun. Und jetzt lasst uns nach unten gehen. Ich habe gesehen, dass in der Stube ein Imbiss vorbereitet ist, und Vitus braucht jetzt eine Stärkung.»

Serafina nickte nur, wobei sie durch Adalberts Worte alles andere als beruhigt war. Seite an Seite mit Vitus stieg sie die Treppe hinunter, wobei sie sich nicht sicher war, wer hier wen stützte.

Gerade als sie auf der Eckbank am Stubentisch Platz nahmen, wo eine Schale mit Brot und ein Krug Wein nebst einigen Bechern bereitstanden, trat Bruder Matthäus ein. Der hagere, entsagungsvoll wirkende Mönch mit den sanften Augen begrüßte sie mit einem herzlichen «Seid gegrüßt im Namen Gottes», füllte vier Becher mit Wein, dann setzte er sich dazu.

«Wie fühlst du dich, Vitus?», fragte er.

«Es geht mir von Stunde zu Stunde besser, Bruder Matthäus. Ich weiß gar nicht, wie ich Euch und Euren Mitbrüdern danken soll.»

Der Prior lächelte. «Mir hast du schon gar nicht zu danken, und das weißt du auch. Ich stehe bis an mein Lebensende in deiner Schuld. Und nun lasst uns anstoßen, dass Vitus nach all dem Schrecklichen, was geschehen ist, hier erst einmal zur Ruhe findet. Auf dass die Wahrheit schnell ans Licht kommt!»

Der samtige, süße Rotwein tat Serafina gut. Unter dem Schutz dieses Mannes, sagte sie sich, konnte ihrem Sohn nichts geschehen. Und sie selbst musste die nächste Zeit einfach nur einen klaren Kopf behalten.

«Ich soll Euch herzliche Grüße von Mutter Catharina ausrichten», sagte sie, nachdem sie ihren Becher wieder abgestellt hatte. «Sie hält heute Nacht die Totenwache im Hause Oblathus.»

«Das ist gut. Und ein Danke für die Grüße.» Das Aufleuchten in den Augen des Priors entging ihr nicht. «Gebt ihr doch bitte weiter, dass wir in der Bibliothek eine neue Schrift der Hildegard von Bingen haben. Die kann sie sich gern dieser Tage ausleihen.»

«Das sage ich ihr, Bruder Matthäus.»

Er legte Vitus den Arm um die Schultern. «So greif doch zu, Junge, das Brot ist frisch aus unserer Backstube. Du kannst übrigens jederzeit im Laienrefektorium mitessen, wenn dir danach ist. Und die Teilnahme an den Stundengebeten steht dir natürlich ebenfalls offen.»

«Danke, Bruder Matthäus. Vielleicht ab morgen.»

Sosehr es Serafina widerstrebte, Vitus zu verlassen, so sehr drängte es sie nun doch nach Hause zu ihrer Tochter. Und bei Familie Oblathus wollte sie zumindest noch kurz vorbeischauen.

«Es wird Zeit, Adalbert», sagte sie und trank ihren Becher leer. Dann strich sie Vitus über den Arm.

«Ich werde dich täglich besuchen kommen.»

Sofort legte Adalbert seine hohe Stirn in Falten. «Das halte ich für keinen guten Gedanken. Du hast ja selbst gehört, was die Leute vor dem Spital gerufen haben. Das Gerücht, er halte sich bei uns versteckt, geht schon durch die Gassen. Und damit weiß auch bald die ganze Stadt, wie nah uns Vitus steht. Glaub mir, aller Augen werden sich in den nächsten Tagen auf dich richten.»

Die Miene des Priors wurde ernst. «Euer Mann hat recht, Frau Serafina. Es könnte Euch auf dem Weg hierher jemand beobachten. Nein, sein Aufenthalt sollte so lange als möglich geheim bleiben.»

«Aber selbst, wenn es herauskäme – hier bei Euch genießt er doch das Recht auf Kirchen- und Klosterfrieden?»

«Das schon. Nur ist es leider so, dass bei hinreichendem Verdacht auf einen schweren Frevel die Freiung nach drei Tagen aufgehoben ist. Die Obrigkeit nimmt sich dann das Recht heraus, den Delinquenten abzuholen und vor Gericht zu bringen.»

Kapitel 12

Als sie das Oberrieter Gässlein betraten, schlugen die Münsterglocken die siebte Stunde, und die Abenddämmerung war in eine mondhelle Nacht übergegangen.

Adalbert war mehr als beunruhigt. Das mit der dreitägigen Frist hatte nicht einmal er selbst gewusst. Außerdem hatte Serafina recht: Der Schlag auf Vitus' Kopf besagte gar nichts. Und drei Tage waren eine allzu knappe Zeit, um einen flüchtigen Mörder ausfindig zu machen, der möglicherweise längst über alle Berge war. Obendrein mahlten die Mühlen des Gerichts erfahrungsgemäß äußerst langsam.

Während sie in Gedanken versunken das kurze Wegstück zum Gerberhaus zurücklegten, versuchte er, sich die Einzelheiten des Geschehens und die ersten Zeugenaussagen ins Gedächtnis zu rufen. Aber allein – das Ganze war solch ein Durcheinander gewesen! Dazu die große Zuschauerzahl vor der Bühne … Schon die beiden Bürgersfrauen, die angeblich den Mord aus nächster Nähe beobachtet hatten, hatten sich in Widersprüche verwickelt: Die eine behauptete, die falsche Magd habe sich mitten in die Menschenmenge geflüchtet, die andere, sie sei hinter den Bühnenwagen gestürmt. Und von den Gauklern wollte schon gar keiner etwas gesehen haben, aber das verwunderte Adalbert nicht, galten die Fahrenden doch als ein verschwiegenes Völkchen.

Nein, er musste sein Augenmerk auf das Opfer richten. Dass er dem Münsterpfarrer gegenüber von einem möglichen Zufall gesprochen hatte, war eine reine Schutzbehauptung gewesen, um den Verdacht von Vitus abzulenken. Er selbst glaubte nie und nimmer an Zufall. Plötzlich fiel es ihm wie Schuppen von den Augen: Zu Beginn des Spiels hatten sich, keine zwei Schritte von ihm entfernt, das Opfer und der Sattlermeister Filibertus Gschydlin heftig angegiftet. Da er sich nicht weiter um die beiden gekümmert hatte, kannte er natürlich auch nicht den Grund für ihren Zank. Doch er wusste, dass der Sattler seine Rinderhäute beim Gerbermeister kaufte, obendrein war stadtbekannt, dass Gschydlin weit über seine Verhältnisse lebte: Er leistete sich nicht nur ein edles Ross in der Vorstadt, sondern auch eine Sänfte und andere Extravaganzen. War er also bei Oblathus verschuldet gewesen?

Er erinnerte sich auch, dass der Rotgerber wieder einmal ohne sein Weib Benedicta unterwegs gewesen war. Dass man die beiden bei Festlichkeiten eigentlich nie Seite an Seite sah, machte ihn nun nachdenklich. Konnte es sein, dass Oblathus, der sich nach außen hin immer so überaus großzügig und leutselig gab, in Wirklichkeit ein einsamer Mann war? Unter den Zuschauern des Possenspiels hatte Adalbert zwar auch dessen erwachsenen Sohn Clausmann entdeckt, doch die beiden waren in so großem Abstand voneinander gestanden, als kannten sie sich nicht.

«Es steht nicht gut um Vitus», presste Serafina hervor, als sie vor dem Gerberhaus angelangt waren, dessen Fenster inzwischen mit schwarzen Tüchern verhängt waren.

«So darfst du nicht denken, Liebes. Selbst wenn der Täter nicht binnen drei Tagen gefasst ist – wir finden eine Lösung für Vitus.»

Dabei hatte er keinerlei Ahnung, wie diese auszusehen hätte.

Gerade wollte sie etwas erwidern, als der Schultheiß und der Bürgermeister aus der Haustür traten. Die beiden hatten ihren Beileidsbesuch offenbar schon hinter sich.

«Haltet Euch bitte den Vormittag morgen frei von Krankenbesuchen, Physikus», bat Abrecht von Kippenheim, nachdem sie einander begrüßt hatten. «Wir wollen die außerordentliche Ratssitzung um neun Uhr einläuten, und um elf Uhr ist dann die Beisetzung, wie wir eben erfahren haben. Hierzu sollten wir möglichst zahlreich versammelt sein.»

«Selbstverständlich, Herr Bürgermeister», erwiderte Adalbert. «Bis morgen also.»

Er nahm Serafina beim Arm, und sie traten ein. Wie in allen besseren Häusern, gelangte man zunächst in die Eingangshalle, während sich Küche und Wohnstube im oberen Stockwerk befanden. Hier allerdings ging diese Diele zu ihrer Rechten in eine große Werkstatt über, an die sich noch ein Hof mit den Gruben anschloss. So roch es denn auch unangenehm streng nach Gerberbeize, doch Adalbert war durch seine Arbeit als Arzt mancherlei Düfte gewohnt.

In der halbdunklen Diele hatten sich bereits etliche Frauen, wahrscheinlich aus der Nachbarschaft, versammelt und teilten sich mit gedämpften Stimmen ihr Entsetzen mit. Niemand achtete auf ihn und Serafina, was Adalbert gerade recht war. Ihm stand nicht der Sinn nach neugierigen Fragen.

«Bitte, versprich mir eines», flüsterte er Serafina zu, während sie die knarzenden Holzstufen hinaufstiegen, «bedränge die armen Hinterbliebenen nicht mit deinen Nachforschungen. Auch wenn ich weiß, wie dir zumute ist.»

Sie nickte nur stumm. Was wohl jetzt ihn ihrem Kopf vorging?

Die vornehme, mit Holz getäfelte große Stube war erst recht voller Menschen. Auf einer Bank am offenen Fenster lag der Tote aufgebahrt, gewaschen und in Ratsherrentracht gekleidet, sein etwas feistes, bartloses Gesicht wirkte so entspannt, als ob er schlafe. Davor knieten Meisterin Catharina und Schwester Brida und sprachen halblaut ihre Totengebete. Adalbert und Serafina hielten inne, um ebenfalls stumm zu beten.

Doch bald schon schweifte Adalberts Blick zu der anderen Seite des Raums, wo die Hinterbliebenen am Tisch saßen. Die Witwe, ein kräftiges Weib mit rötlicher Gesichtsfarbe, war in Tränen aufgelöst, ihre beiden erwachsenen Kinder Clausmann und Hedwig saßen mit versteinerter Miene daneben. Ob Oblathus Enkelkinder hatte, wusste er nicht, wie er überhaupt wenig wusste von dem Toten. Nur dass Kaufmann Simon Schwarzfärber, ebenfalls seit letztem Jahr im Stadtrat, als ein enger Freund des Rotgerbers galt. Der setzte sich jetzt auch in diesem Augenblick an den Tisch und legte Tochter Hedwig tröstend den Arm um die Schultern.

In der Stube herrschte derweil ein stetes Kommen und Gehen. Nachbarn brachten zu essen und zu trinken, andere drückten nur ihr Beileid aus, um dann wieder eilends zu verschwinden. Pfarrer Swartz war bereits gegangen, dafür gaben sich die Vertreter von Obrigkeit und Magistrat die Klinke in die Hand, und so musste Adalbert ein ums andere Mal grüßend mit dem Kopf nicken.

«Komm!», flüsterte er schließlich Serafina zu, um die Gebete der Beginen nicht zu stören. «Sprechen wir unser Mitgefühl aus und gehen dann nach Hause.»

Gemeinsam traten sie an den Tisch und reichten erst der Witwe, dann deren beiden Kindern die Hand.

«Es tut uns von Herzen leid, liebe Familie Oblathus», sagte

Adalbert voll echten Mitgefühls, und Serafina fuhr fort, noch ganz nach Art der Beginen: «Der Herr sei seiner Seele gnädig und tröste Euch in Eurem Schmerz. Können wir vielleicht etwas für Euch tun, mein Mann als Arzt, ich selbst mit meinen Kräutern?»

Die dickliche Frau schüttelte den Kopf und wischte sich die Tränen aus den Augen. «Habt Dank, aber gegen diesen Schmerz hilft keine Arznei.»

«Wenn Ihr erlaubt, liebe Oblathin», setzte Adalbert nach, «komme ich morgen nach der Bestattung nochmals bei Euch vorbei. Ein stärkendes Elixier wäre da sicher nicht verkehrt. Und vielleicht hilft Euch ja der Gedanke ein wenig, dass Euer lieber Mann nicht hatte leiden müssen.»

«Ist das wahr, Herr Stadtarzt?» Ihre großen, runden Augen blickten ihn flehentlich an, während sie sich ihr schwarzes Schultertuch enger um den Hals zog, als sei ihr kalt. «Dann war Ezechiel also sofort tot?»

«Ja, auf der Stelle.»

Er wandte sich an den sichtlich erschütterten Kaufmann, einen eher unscheinbaren, schmächtigen Mann.

«Ich habe gehört, Ihr seid ein enger Freund des Verstorbenen. Könnt Ihr Euch denn ein wenig um die Familie kümmern?»

«Selbstverständlich, Medicus.» Müde strich Schwarzfärber sich durch das schüttere rotblonde Haar. «Ich werde mir dieser Tage alle Zeit der Welt nehmen und meinen Handel Handel sein lassen. Von daher ist es auch nicht nötig, dass Ihr morgen nochmals vorbeischaut. Aber dennoch vielen Dank für Euer Angebot.»

Da hinter ihnen bereits die nächsten Trauergäste bereitstanden, verabschiedeten sich Adalbert und Serafina. Im Treppenhaus begegneten sie ausgerechnet Schneehas. Was dieser dünkelhafte Mensch von den hiesigen Beginen im Allgemeinen und von Serafina im Speziellen hielt, hatte er Adalbert in spitzen Bemerkungen oft genug wissen lassen, doch was nun statt einer Begrüßung folgte, machte ihn fassungslos.

«Ihr wagt Euch hierher», zischte er Serafina zu, «wo der Meuchelmörder verwandt mit Euch ist? Wenn Ihr nicht wollt, dass ich diesen Umstand der Witwe gleich zustecke, dann haltet Euch fern von diesem Haus. Und wehe Euch, Ihr steckt Eure vorwitzige Nase in die Aufklärung dieser Freveltat, lasst Euch das als Warnung gesagt sein.»

«Das ist doch der Gipfel an Impertinenz», schnauzte Adalbert zurück. «Noch ein Wort, und ich verklage Euch beim Schultheißen, Schneehas. Dabei schert es mich einen Dreck, ob Ihr derzeit Heimlicher Rat seid oder nicht.»

«Lass gut sein, Adalbert.» Serafina zog ihn mit sich die Treppe hinunter, vorbei an einem sichtlich verdatterten jungen Knecht, der ihren Zwist mit angehört hatte. «Dem Mann ist nicht zu helfen.»

«Einer, der so viel Dreck am Stecken hat, sollte lieber das Maul halten», entgegnete Adalbert noch immer außer sich und stieß die Haustür auf. Er brauchte dringend frische Luft.

Die Kühle der Nacht beruhigte ihn ein wenig. Die ersten Heimkehrer vom Michaelismarkt kamen ihnen entgegen, nicht wenige sturzbetrunken. Am Martinstor nahm Serafina ihn beiseite.

«Hast du den blauen Fleck am Hals der Witwe gesehen?», fragte sie.

«Nein, wieso?»

«Nun ja, sie hat ständig versucht, ihn mit ihrem Schultertuch zu verbergen.»

«Und nun schließt du daraus, dass jemand sie geschlagen hat?»

«Das kann doch sein.»

«Ich bitte dich, Serafina. Sie kann sich ebenso gut selbst verletzt haben. In einem hat Schneehas vielleicht sogar recht: Du selbst solltest dich schon gar nicht einmischen in diese Sache. Vertrau mir einfach, ich werde alles tun, dass sie schnell aufgeklärt wird.»

«Wahrscheinlich hast du recht, Adalbert. Ich mache mir halt solche Sorgen um Vitus.»

«Ich weiß. Aber heute Abend können wir ohnehin nichts mehr für ihn tun. Weißt du, was ich mir jetzt am meisten nach diesem schrecklichen Tag wünsche? Mit dir am Bett unserer Kleinen zu sitzen und zur Ruhe zu kommen.»

Doch die nächste böse Überraschung erwartete sie zu Hause, als Irmla und Gisla ihnen sichtlich aufgewühlt berichteten, dass auf Befehl der Heimlichen Räte tatsächlich Sackpfeiffer da gewesen sei, um das ganze Haus nach Vitus abzusuchen.

«Er hat auch nach Euch gefragt», Irmlas Stimme zitterte noch immer, «aber wir haben ihm gesagt, dass Ihr wegen der Totenwache zu den Christoffelsschwestern gegangen wärt und hernach noch ins Gerberhaus. Ich glaube nicht, dass jemand ahnt, wo Vitus wirklich steckt.»

«Wollen wir es hoffen.» Adalbert wagte dabei kaum, Serafina anzusehen. Es wurde wahrhaftig eng für den Jungen.

Kapitel 13

Selbstverständlich hatte Serafina in dieser Nacht mehr als schlecht geschlafen und fühlte sich wie gerädert, als sie zum Morgenessen erschien. Adalbert war schon auf dem Sprung in die Kanzlei, um noch vor der Ratssitzung mehr über den Stand der Dinge zu erfahren, und so beschloss sie, ihrerseits etwas zu unternehmen, um nicht tatenlos zu Hause herumzusitzen.

«Du hast doch sicher nichts dagegen», sagte sie ihm, als er zum Abschied noch einmal den Kopf zur Küche hereinsteckte, «wenn ich gleich noch bei den Christoffelsschwestern vorbeischaue. Vielleicht ist Catharina bei der Totenwache etwas aufgefallen.»

«Tu das.» Er setzte sich seine Gelehrtenkappe auf das noch immer volle, dunkelblonde Haar. «Aber versprich mir, nicht zu den Wilhelmiten zu gehen.»

«Ich verspreche es, auch wenn es mir sehr schwerfällt.»

«Und iss etwas», mahnte er. «Schon gestern hast du das Abendessen ausfallen lassen. Das tut dir nicht gut.»

«Sag ich doch», bekräftige Gisla, die Kathrin auf dem Schoß hielt und mit Milchbrei fütterte. «Dem Vitus nutzt das schon gar nichts, wenn du vor Hunger aus den Holzpantinen kippst.»

«Bis später also.» Er gab Serafina und der Kleinen einen Kuss auf die Wangen und verschwand.

Serafina zwang sich zu einigen Löffeln Brei, dann erhob auch sie sich.

«Ich denke, ich bin in einer Stunde zurück. Kathrin nehme ich mit. Meine Mitschwestern freuen sich immer so, wenn die Kleine zu Besuch kommt.»

«Meine *Mitschwestern.*» Gisla zwinkerte ihr zu. «So ganz hast du dich von den Beginen immer noch nicht gelöst.»

Serafina zwang sich zu einem Lächeln, obwohl ihr zum Heulen zumute war. Sie wischte ihrer Tochter das Gesicht sauber und nahm sie auf den Arm.

«Wenn ihr nachher einkaufen geht, haltet ihr Augen und Ohren offen?»

«Aber ja», kam es wie aus einem Munde von den beiden alten Frauen zurück.

In der Haustür wäre Serafina beinahe mit Madlena zusammengestoßen. Das Mädchen hatte verweinte Augen.

«Wo ist Vitus?», stieß sie hervor. «Ihr wisst es bestimmt, wo er doch Euer Patenkind ist.»

Serafina zog sie in die Diele und schloss die Tür hinter ihr.

«In Sicherheit, Madlena, mach dir keine Sorgen. Wo, darf ich nicht verraten.»

«Bitte! Von uns erfährt niemand was, wir Fahrenden halten zusammen.»

Doch Serafina schüttelte den Kopf.

Fast trotzig fuhr das Mädchen fort: «Ich habe doch gesehen, wie Ihr und Eure Beginenfreundin ihn aus dem Zelt gebracht habt. Er trug die Kutte, sie ein Jägergewand. Aber ich konnte Euch nicht folgen, da der Stadtbüttel mich nicht aus den Augen gelassen hat.»

«Das ist auch besser so.» Serafina sah sie durchdringend an. «Hat das noch jemand von deinen Freunden beobachtet?»

«Nein, ich glaube nicht. Aber Ihr könnt uns vertrauen. So haben wohl alle geahnt, dass er sich zunächst im doppelten Boden versteckt hatte, und dennoch hat ihn keiner verraten.»

«Trotzdem ist es das Beste, ihr wisst von nichts, glaub mir. Hast du vielleicht irgendeine Ahnung, wer in Vitus' Gewand gesteckt haben könnte?»

Madlena schluckte. «Nein, wirklich nicht. Aber der Carlos, also der, der den Bauern spielt, hat gleich gemeint, dass sich die Magd Anna ganz anders bewegt hat und auch mit anderer Stimme gesprochen hat als unser Vitus. Aber der Schultheiß hat gar nicht auf seine Worte geachtet. Dem ist doch jetzt schon klar, dass es einer von uns gewesen sein muss.»

Sie unterdrückte ein Schluchzen.

«Das wird schon alles seinen geregelten Gang gehen», versuchte Serafina sie zu beruhigen, obwohl sie selbst nicht daran glaubte. «Bleibt ihr in der Stadt?»

«Ja. Auftreten dürfen wir zwar nicht mehr, aber die Stadt verlassen dürfen wir auch nicht, solange Vitus und Alessandro gesucht werden. Wir werden auf dem Schießrain bewacht wie die Schwerverbrecher. Ich konnte aber in einem unbeobachteten Moment entwischen.»

Überrascht sah Serafina sie an. «Dann ist Alessandro also noch immer verschwunden?»

Jetzt kamen dem Mädchen doch wieder die Tränen. «Er ist nicht wieder aufgetaucht. Niemand weiß, wohin er gegangen ist, und jetzt wird er ebenfalls von den Bütteln gesucht.»

Ihre Verzweiflung wirkte echt. Konnte es sein, dass der Seiltänzer die Tat begangen hatte? Aber warum? Was hätte er für einen Grund, einen Freiburger Ratsherren zu erdolchen?

«Madlena», sagte sie zögernd, «ich möchte dich etwas

fragen, was ich schon Vitus ums Haar gefragt hätte: Was verbindet dich mit Alessandro?»

Sofort wurde das Mädchen puterrot. Sie hatte also ins Schwarze getroffen.

«Wie meint Ihr das? Er ist mir ein guter Freund, wie alle anderen aus der Compania auch.»

«Wirklich?»

«Aber ja, was soll diese Fragerei? Es ist schon alles schlimm genug.»

Serafina wusste, dass aus dem Mädchen nicht mehr herauszukriegen war. Obendrein begann Kathrin auf ihrem Arm zu quengeln, und so öffnete sie die Haustür.

«Ich muss jetzt los, Madlena. Versprichst du mir eines?»

«Was denn?»

«Falls ihr Spielleute irgendetwas Wichtiges hört oder Alessandro wieder auftaucht – gibst du mir Bescheid?»

«Ja, gewiss.»

Doch Serafina bezweifelte, dass Madlena das auch so meinte.

Sie hatte Glück, dass sie Catharina und Brida noch zu Hause antraf. Im Gegensatz zu den Nonnen hinter ihren Klostermauern waren die Beginen viel in der Stadt unterwegs, um den Armen, Kranken und Sterbenden zur Seite zu stehen – nicht nur mit ihren Gebeten, sondern auch in tatkräftiger Hilfe. Für diese Dienste an den Mitmenschen versäumten sie sogar, wenn es nicht anders ging, die tägliche Morgenmesse bei den Barfüßern. Auch waren sie nicht, wie die Klosterfrauen, an feste Stundengebete gebunden – ihre zwanzig Paternoster und Ave Maria morgens und abends konnten sie laut ihrer Hausregel auch im Stillen, für sich, verrichten.

Michel freute sich wie immer unbändig, Serafina zu sehen, als sie das Hoftor zu dem kleinen Konvent öffnete. Sein Jaulen lockte die Meisterin heraus, die sie warmherzig anlächelte.

«Wie geht es dir, Serafina?» Sie streckte die Arme nach ihrem Patenkind aus und nahm die Kleine an sich. «Hast du ein wenig Schlaf gefunden letzte Nacht?»

«Kaum. Obwohl ich weiß, dass es Vitus gut geht. Aber Brida und du, ihr habt ja letzte Nacht auch wenig geschlafen.»

«Ein, zwei Stündchen vielleicht. Jetzt komm herein. Mette, Heiltrud und Theresia sind schon unterwegs zu ihren Krankenbesuchen, und Grethe ist beim Einkaufen. Aber da ich geahnt habe, dass du vorbeikommst, habe ich noch gewartet, bevor ich mit Brida im Armenspital vorbeischaue.»

Im Gemeinschaftssaal war Brida gerade dabei, eine Tasche mit Verbandsmaterial und den Heilsalben zu packen, die Serafina eigens für die Beginen mischte.

«Mach dir keine Sorgen um Vitus.» Brida umarmte sie. «Es wird schon gut werden. Wir beten alle für ihn.»

«Danke», murmelte Serafina und ließ sich auf die lange Bank an der Wand sinken. Sie fühlte sich erschöpft, obwohl sie an diesem Morgen noch rein gar nichts geleistet hatte, und so tat das Mitgefühl der Frauen gut. Dann stellte sie die Frage, die ihr schon seit der Begrüßung von Catharina auf der Zunge lag: «Habt ihr bei der Totenwache etwas Wichtiges erfahren oder beobachtet?»

«Nun ja.» Catharina setzte sich mit Kathrin neben sie. «Ich möchte niemanden in falschen Verdacht bringen, aber der junge Clausmann hat kein einziges Mal mit uns oder seiner Mutter gebetet.»

Brida nickte heftig. «Er scheint voller Ingrimm gegen seinen Vater zu sein.»

«Und obendrein», fuhr die Meisterin fort, «hat die Witwe diese blauen Flecken.»

«Am Hals, nicht wahr?»

«Nicht nur das. Auch an den Unterarmen. Natürlich hat sie versucht, es zu verbergen, aber sowohl Brida als auch mir sind die Male irgendwann aufgefallen.»

«Glaubst du, sie wurde misshandelt?»

Catharina zuckte die Schultern. «Mag sein. Aber ist das ein Grund, den eigenen Ehemann umzubringen? Wir wissen doch alle, wie es in manchen Ehen zugeht. Fügt sich die Frau nicht dem Willen des Mannes, regiert schnell die Gewalt. Und viele Frauen nehmen das dann auch noch als gottgegeben hin.»

«Da hast du allerdings recht.» Serafina lachte bitter auf. «Das Weib sei dem Mann untertan.»

Wieder einmal musste sie daran denken, was für ein Glück sie doch mit Adalbert hatte. Bei ihnen zu Hause regierten Liebe und gegenseitige Achtung.

«Was glaubst du», fragte sie, «war die Trauer der Witwe echt?»

«Ich denke schon. Sie hat immer wieder sehr geweint. Übrigens hat sie erst zu Hause von dem Mord erfahren. Da sie sich unpässlich gefühlt hatte, war sie erst gar nicht auf dem Fest gewesen. Und ihre Tochter Hedwig war mit ihr daheimgeblieben.»

«Was ist mit diesem Kaufherrn? Diesem Simon Schwarzfärber? Was für einen Eindruck hattet ihr von ihm?»

«Schwer zu sagen, er ist ein sehr ruhiger Mensch. Aber er schien wirklich erschüttert zu sein über den Tod seines besten Freundes. Und hat sich rührend um die Witwe und deren beiden Kinder gekümmert. Vielleicht ja auch, weil er selbst kinderlos ist.»

Serafina nickte gedankenverloren. Wirklich aufschlussreich waren diese Auskünfte nicht.

«Sehen wir uns später bei Oblathus' Beerdigung?», fragte sie.

«Ja, die Witwe hat uns gebeten, mit unseren Fürbitten zum Seelenheil des Verstorbenen beizutragen. Jetzt müssen wir auch los, Serafina. Ich weiß, wie hilflos du dir in diesem Augenblick vorkommen musst, aber wir Schwestern werden uns weiterhin umhorchen. Das verspreche ich dir. Schon allein», sie strich ihr über den Arm, «damit du dich heraushältst. Deiner Kleinen zuliebe.»

Leider berichteten auch Gisla und Irmla, die kurz nach Serafina ins Haus Zum Pilger zurückkehrten, wenig Bedeutsames von ihren Erkundigungen an den Marktständen. Dass Oblathus' Sohn unter den Zuschauern gewesen war, seine Tochter indessen nicht, wusste Serafina bereits, und dass die ganze Stadt in heller Aufregung war über den Tod des allseits beliebten Wohltäters und dass manch einer bereits forderte, alle Mitglieder der Straßburger Compania in den Turm zu sperren, bedrückte sie nur noch mehr. Von Belang mochte höchstens sein, was die beiden von dem schwatzhaften Fischhändler erfahren hatten, dass nämlich Simon Schwarzfärber die Zeit während des Possenspiels am Weinausschank verbracht habe, und zwar reichlich betrunken.

So blieb ihr nur, Adalberts Rückkehr von der Ratssitzung abzuwarten. Und möglicherweise würde sie ja noch während der Bestattungsfeier am Vormittag etwas Wichtiges in Erfahrung bringen können.

Kapitel 14

Ein wenig niedergeschlagen verließ Adalbert an der Seite seines Freundes Laurenz Wetzstein die Ratsstube. Serafina würde enttäuscht sein. Sein Antrag, sich dem Gericht als Beisitzer zur Verfügung zu stellen und damit möglichst nahe an den Untersuchungen dran zu sein, war mit deutlicher Mehrheit zurückgewiesen worden. Die Begründungen seiner Gegner waren einheitlich: Vitus, als einer der beiden Hauptverdächtigen, sei ein nahestehender Verwandter seiner Ehefrau. Adalberts Einwand, dass Vitus womöglich selbst Opfer eines Gewaltverbrechens geworden und deshalb nicht aufzufinden sei, wollte niemand hören.

«Damit hättest du rechnen müssen», sagte Laurenz, als sie den Hof zwischen Ratsstube und Kanzlei überquerten.

Adalbert blieb stehen. «Nein, eigentlich nicht. Und weißt du auch, warum? Bis vor Kurzem war ich nämlich der Meinung, dass nur mein engerer Umkreis davon weiß, dass Vitus Serafinas Patenkind ist. Nun gut, seit der Beginenhetze damals wissen es auch Sackpfeiffer und der Schultheiß, doch halte ich die beiden für alles andere als schwatzhaft. Aber nein, Schneehas musste das ja vor der Abstimmung lautstark durch den ganzen Ratssaal posaunen.»

Laurenz lachte. «Ach Adalbert, das war doch schon vorher längst überall bekannt. Freiburg ist ein Dorf.»

«Wahrscheinlich hast du recht. Da war ich wohl ein wenig zu blauäugig. Sei's drum, Serafina und ich können heilfroh sein, dass du und College Pfefferkorn zum Beisitzer der Heimlichen Räte gewählt worden seid.»

«Wenn auch knapp. Aber du kannst dich darauf verlassen, dass ich dich über die Untersuchungen auf dem Laufenden halte.»

Ja, das wusste Adalbert. Auch Magnus Pfefferkorn war ein aufrichtiger, geradliniger Mensch, wenngleich eher zaghaft und ziemlich in sich gekehrt. Erst recht, seitdem er vor einigen Jahren auf tragische Weise seinen jüngsten Sohn verloren hatte.

«Was glaubst du, in welche Richtung werden die Ermittlungen gehen?», fragte er.

«Genaueres kann ich dir erst heute Abend sagen, da wir uns mit den Heimlichen Räten und dem Schultheißen am Nachmittag erstmals zusammensetzen. Wir wollen die Zeugenaussagen auswerten und das weitere Vorgehen besprechen. Aber ich fürchte, man wird sich auf euren Vitus und diesen verschwundenen Seiltänzer einschießen. Falls nicht bald verlässlichere Zeugen auftauchen.»

Damit spielte Laurenz auf die insgesamt fünf Bürgerinnen und Bürger an, die am Morgen in der Kanzlei vorgesprochen hatten, mit völlig gegensätzlichen Aussagen allerdings.

«Eines aber weiß ich sicher», fuhr er fort und rieb sich seinen Kinnbart. «Noch heute wird der Schultheiß Ausrufer an die Stadtgrenzen schicken, um die beiden Verdächtigen namentlich vor Gericht zu rufen, auf dass sie sich verteidigen.»

«Was die beiden jungen Männer dann mit Sicherheit brav befolgen werden», knurrte Adalbert.

«Nun, eine Scharwache ist ebenfalls unterwegs, um sie zu suchen.» Laurenz sah ihn scharf an. «Wir sind gute Freunde,

Adalbert, und ich halte Vitus genau wie du für unschuldig. Aber wir sollten uns nichts verschweigen. Weißt du also, wo er steckt?»

Adalbert wand sich förmlich unter seinem Blick. «Ja, wir sind Freunde, und ich hoffe inständig, wir werden es trotz allem, was gerade geschieht, auch bleiben. Aber im Moment stehst du als Beisitzer der Heimlichen Räte vor mir, und deshalb darf ich dir auf deine Frage keine Antwort geben.»

In diesem Augenblick eilte Kaufmann Simon Schwarzfärber auf sie zu.

«Lieber Wetzstein», begann er und tat dabei, als sei Adalbert Luft, «Ihr werdet doch alles dafür tun, dass dieser hinterhältige Meuchelmord an meinem Freund Ezechiel bald gesühnt wird, nicht wahr?»

«Aber sicher doch, werter Ratscollege. Oder erwartet Ihr etwas anderes von mir?»

«Nein, nein, aber ich frage mich natürlich», Schwarzfärber mied jetzt erst recht den Blick zu Adalbert, «ob Eure Nähe zur Familie Achaz Euch nicht zu einer gewissen Parteilichkeit hinreißen könnte.»

«Ich bitte Euch! Ich verstehe zwar Euer Entsetzen und Eure Trauer, aber so gut müsstet Ihr mich inzwischen kennen.»

«Nun ja, ich meinte ja nur. Dann sehen wir uns nachher bei der Beerdigung.»

Damit verschwand der schmächtige Mann mit seinen kurzen Trippelschritten wieder in Richtung Ratsstube, vor der noch ein gutes Dutzend Collegen beieinanderstanden.

Mit einem Stirnrunzeln blickte Laurenz ihm nach. «Das war fast schon impertinent.»

Adalbert aber war wie vor den Kopf geschlagen. Spätestens jetzt war ihm klar, dass ihm die nächste Zeit eine Welle des

Misstrauens entgegenschlagen würde, und zwar nicht nur unter den Ratsherren.

Serafina erwartete ihn in der Eingangshalle, wo sie den Arbeitstisch am Fenster blitzblank scheuerte, während Kathrin auf dem Schaffell am Boden kauerte und ihre geliebten Stoffbälle in einen leeren Tiegel steckte und wieder herauskullern ließ.

«Erzähl! Wie war's?», bestürmte ihn Serafina, kaum dass er zur Tür herein war.

In wenigen Sätzen, was sonst nicht seine Art war, berichtete er ihr von der Ratssitzung und den bisherigen Zeugenaussagen.

«Ein jeder hat etwas anderes behauptet», schloss er. «Ein Schustergeselle beharrte sogar darauf, dass diese falsche Magd mit Sicherheit ein Weib gewesen sei.»

Falls sie enttäuscht war über seine missglückte Wahl zum Gerichtsschöffen, so ließ sie es sich jedenfalls nicht anmerken. Stattdessen hatte sie bei seinen letzten Worten aufgemerkt.

«Der Meuchelmörder ein Weib? Das könnte doch durchaus sein. Viel Kraft erfordert ein Dolchstoß jedenfalls nicht.»

«Das ist richtig.» Er bückte sich zu Kathrin hinunter, die ihm die Ärmchen entgegenstreckte, und nahm sie hoch. «Andererseits passt eine solche Tat in aller Öffentlichkeit so gar nicht zum weiblichen Geschlecht.»

Ein kurzes Lächeln huschte über ihr Gesicht. «Das würde ich so nicht sagen, nach allem, was ich in Konstanz an Erfahrungen mit Frauen gemacht habe.» Ihre Miene wurde wieder ernst. «Vitus' Braut Madlena war heute Morgen hier, völlig aufgelöst. Ihre Angst um Vitus schien mir echt, aber gleichzeitig bin ich mir sicher, dass sie eine Liebschaft mit dem Seiltänzer verbindet, der nun auch verschwunden ist. Ich kenne diesen Alessandro zwar nicht, aber womöglich ist er ja der Täter.»

Daran hatte Adalbert natürlich auch schon gedacht, zumal der Seiltänzer während der Vorstellung genug Zeit gehabt hätte, Vitus im Zelt mit dem Knüppel eins überzuziehen und dessen Verkleidung an sich zu nehmen. Und zwar unbemerkt von den anderen, da er die Abläufe des Possenspiels ganz genau kannte.

«Falls es dich beruhigt, Serafina: Auch er gilt als verdächtig, und man sucht die ganze Stadt nach ihm ab. Wobei ich befürchte, dass er längst über alle Berge ist und ihm die Tat somit schwerlich nachzuweisen ist.»

«Trotzdem. Wenn wir herausfinden, ob ihn nicht doch etwas mit dem Ratsherrn Oblathus verbindet, kann das Vitus entlasten.»

«*Wir*?» Er schüttelte nachdrücklich den Kopf. «Wenn hier jemand etwas herausfindet, dann sind das Wetzstein und Pfefferkorn oder ich selbst. Ich nehme aber an, du kommst mit auf die Beerdigung?»

«Auf jeden Fall. Ich habe mit Gisla und Irmla schon abgesprochen, dass sie auf Kathrin aufpassen.»

«Gut. Aber dann bitte ich dich von Herzen: Halte dich zurück.»

Kapitel 15

Halb Freiburg drängte sich auf dem Friedhof im Schatten des Münsters, diesem Wunder an Baumeisterkunst. Zu Recht waren die Bürger stolz auf ihre wunderschöne Pfarrkirche, die einem Bischof zur Ehre gereicht hätte, wäre da nicht diese hässliche Bauruine gewesen. Der Chor nämlich war umgeben von halb fertigen, hohen Mauern mit Säulen, die sich im Halbrund wie ein lückenhaftes Riesengebiss um die Ostseite der Kirche zogen. Streunende Hunde und Katzen trieben sich da herum, nährten sich von dem stinkenden Unrat, den die Leute immer wieder heimlich hier abluden, und nach Einbruch der Dunkelheit wurde die Baustelle zum Treffpunkt zwielichtiger Gestalten. Eigentlich hätte hier ein neuer Hochchor, mit Chorumgang und Kapellenkranz, entstehen sollen, vor etlichen Jahrzehnten schon. Doch die Große Pest und der Freikauf von den ungeliebten Grafen von Freiburg hatten die Stadt und ihre Bürger einst wirtschaftlich an den Rand des Abgrunds getrieben, und so waren die Arbeiten erst ins Stocken geraten, dann ganz eingestellt worden.

Von der Grube für Oblathus' Grab war dieser Makel im Herzen der Stadt nur einen Steinwurf entfernt, und wäre da nicht die volltönende Stimme des Münsterpfarrers gewesen, hätte man wohl den aufkommenden kühlen Wind durch das Gemäuer pfeifen hören.

Serafina zog sich den Umhang fester um den Leib, da ihr fröstelte. Sie hatte sich zu den Christoffelsschwestern gesellt, die dicht bei der trauernden Familie standen, während sich Adalbert auf der anderen Seite des Grabs bei den Ratsherren und Honoratioren der Stadt eingereiht hatte. Ein wenig unsicher fühlte sie sich obendrein. Hatte Ratsherr Schneehas der Witwe womöglich längst zugesteckt, wie nahe ihr der verschwundene Hauptverdächtige stand?

Während der Schriftlesung von der Auferstehung gab Serafina sich alle Mühe, die Hinterbliebenen nicht allzu auffällig zu beobachten, da sie sehr wohl bemerkte, wie Schneehas ihr immer wieder warnende Blicke zuwarf.

Die Witwe in schwarzer Trauerkutte, rechts und links von ihren Kindern gestützt, hielt den Kopf gesenkt, doch ihre bebenden Schultern verrieten, dass sie weinte. Dicht bei ihr befand sich der Kaufmann Simon Schwarzfärber, an der Seite einer vornehmen Bürgerin, die seine Ehefrau sein mochte. Jetzt legte er der Oblathin beruhigend die Hand auf die Schulter.

Deren Erschütterung am offenen Grab mochte echt sein, doch zuvor, während des Trauergottesdienstes im Münster, hatte Serafina den Eindruck gehabt, dass da auch ein gutes Stück Erleichterung an ihrer Miene abzulesen war. Erleichterung also über das Ende ihrer nicht allzu glücklichen Ehe mit dem Gerbermeister?

Als Täterin kam Benedicta Oblathus nicht infrage, selbst wenn ein Weib den Mord begangen haben mochte. Von der Statur her war sie viel zu füllig, und in der Rolle der falschen Magd hatte eindeutig ein junger, sehr behänder Mensch gesteckt. Dann schon eher deren Tochter Hedwig, eine etwa zwanzigjährige, verhärmt wirkende junge Frau von schlanker und dennoch durchaus kräftiger Gestalt. Mit steinerner Miene starrte sie auf den Sarg im offenen Grab, genau wie ihr Bruder, der nach Serafinas Schätzung nur wenig älter als Vitus war. Dass Hedwig während der Tat angeblich bei ihrer Mutter im Haus gewesen war, besagte in ihren Augen rein gar nichts.

Während des abschließenden Vaterunsers bemerkte sie, dass Clausmann Oblathus wie schon bei der nächtlichen Totenwache als Einziger nicht die Hände zum Gebet gefaltet hatte, was in aller Öffentlichkeit schon fast einer Kriegserklärung an den verstorbenen Vater gleichkam. Täuschte sie sich, oder war er nur am Anfang unter den Zuschauern des Possenspiels gewesen? Sein hoher Hut hatte ihr nämlich die Sicht versperrt, und dann war er mit einem Mal verschwunden gewesen. Hatte er, allein oder in Komplizenschaft mit seiner Schwester, die Misshandlungen an der Mutter rächen wollen?

Doch schon im nächsten Augenblick schüttelte Serafina innerlich den Kopf. Nur um Vitus zu retten, verirrte sie sich im Nebel ihrer Hirngespinste, indem sie krampfhaft nach einem Täter im Familienkreis suchte. Nein, sie musste zuallererst herausfinden, was für ein Mensch Ezechiel Oblathus wirklich war, mit wem er Umgang, mit wem er Streit hatte. Und das möglichst schnell.

Eine Sache wusste sie bereits: Während des Leichenzugs vom Münster zum Grab war ein stutzerhaft und in schreienden Farben gekleidetes Mannsbild an die Seite der Witwe geeilt und hatte im Flüsterton flehentlich auf sie eingeredet. Es war Sattlermeister Filibertus Gschydlin, den Serafina nur vom Sehen kannte. Was er gesagt hatte, konnte sie, da sie gut drei Schritte hinter ihm ging, nicht verstehen, wohl aber Clausmanns barsche Antwort: «Lasst Ihr wohl meine arme Mutter in Ruhe? Und gestundet wird Euch schon gar nichts, dafür werde ich sorgen!» Wie um diese Worte zu unterstreichen, hatte ein einfach gekleideter junger Bursche mit struppigem Haar, der ihr bekannt vorkam, Gschydlin fast schon grob zur Seite gedrängt. War sie ihm nicht am Vorabend auf der Treppe des Trauerhauses begegnet? Oder schon zuvor irgendwo? Wahrscheinlich handelte es sich um den Knecht im Hause Oblathus.

Ihre Gedanken kehrten zu Gschydlin zurück. Der Sattlermeister war also ganz offensichtlich bei dem Toten verschuldet gewesen, und wahrscheinlich war es darum auch schon bei dem Streit zwischen Gschydlin und Oblathus gegangen, von dem Adalbert ihr berichtet hatte. In welchem Maße, das würden sie schon noch auf irgendeine Weise herausfinden. Möglicherweise war dies ja eine wichtige Spur.

«Erde zu Erde, Asche zu Asche, Staub zu Staub», hörte sie Pfarrer Swartz jetzt deklamieren, während er drei Handvoll Erde auf den Sarg warf. Noch einmal bekundete die Trauergemeinde den Hinterbliebenen ihr Beileid und erwies dem Toten einen letzten Gruß, womit die Bestattung ihr Ende fand.

Serafina nahm ihre Freundin Grethe beiseite.

«Hast du verstehen können, was der Sattlermeister von der Witwe wollte?»

«Nein, leider nicht», gab diese leise zurück. «Aber irgendetwas stimmt mit dem jungen Oblathus nicht. Dass er sich weigert, für seinen Vater zu beten, wird in der ganzen Stadt die Runde machen.»

«Das sehe ich auch so. Seid ihr eigentlich zum Leichenschmaus eingeladen?»

«Nein, nur Mutter Catharina. Das Essen findet wohl bloß im engsten Kreis statt.»

Als Letzte überbrachten die Beginen, und mit ihnen Serafina, der Familie ihre tröstenden Worte.

«Wie versprochen», sagte Catharina und hielt die Hand der

Witwe fest in ihren beiden Händen, «werden wir dreißig Tage am Grab für die Seele Eures lieben Mannes beten. Vertraut nur auf den Allmächtigen.»

Als Serafina ihr, noch immer verunsichert, die Hand drückte, wich die Oblathin ihrem Blick aus und zog ihre Hand sofort wieder zurück, als habe sie sich verbrannt. So hatte dieser heuchlerische Silberkrämer also tatsächlich alles ausgeplaudert! Mit einem Mal war ihr, als würden alle Blicke der Umstehenden an ihr kleben.

Sie fühlte sich mehr als unwohl in ihrer Haut und zog sich mit einem raschen Gruß in die Runde vom Grab zurück. An der Friedhofspforte wartete Adalbert auf sie.

«Was bin ich froh, dass das vorbei ist», sagte sie leise zu ihm.

«Ich auch, Serafina. Ich fürchte, die ganze Stadt weiß nun Bescheid.»

«Was für ein Albtraum», presste sie hervor und wünschte, sie könne sich unsichtbar machen.

Er hakte sich bei ihr unter, und sie überquerten den Kirchhof. Als niemand in ihrer unmittelbaren Nähe war, blieb er stehen.

«Ich habe mir auf dem Friedhof so meine Gedanken gemacht», sagte er leise. «Bei der Befragung durch den Schultheißen hatten ja alle Gaukler vor Gott geschworen, dass das Opfer ihnen völlig unbekannt sei. Abgesehen vom Prinzipal, der Oblathus wegen der Aufführungsgenehmigung in der Kanzlei getroffen hatte. Hast du dir mal überlegt, dass dieser Seiltänzer den Ratsherrn erstochen haben könnte, ohne ihn zu kennen?»

Verdutzt sah ihn Serafina an. «Aber das ergibt gar keinen Sinn.»

«Doch. Dann nämlich, wenn er tatsächlich mit Madlena eine Liebschaft hatte und Vitus aus dem Weg räumen wollte.»

Da begriff sie, was er meinte: dass es womöglich gar keine Verbindung zwischen Oblathus und Alessandro gab.

«Du meinst also», sagte sie, «er hat sozusagen wahllos auf einen Menschen eingestochen, nur um Vitus die Tat in die Schuhe zu schieben? Nein, Adalbert, so etwas würde nur ein herzloses Ungeheuer tun.»

«Nun ja, wahllos würde ich nicht sagen. Vielleicht war ihm ja ein Ratsherr als Vertreter der Obrigkeit keinen Pfifferling wert, wer weiß? Wir kennen den Burschen schließlich nicht. Immerhin wusste er ganz genau um den Ablauf des Stückes. Und wenn Madlena tatsächlich auch etwas für ihn fühlt, so hat er sie nun für sich allein. Er braucht nur in einem Versteck in der Umgebung darauf zu warten, sich wieder seiner Truppe anschließen zu können. Irgendeine Erklärung für sein Verschwinden wird ihm schon einfallen.»

Serafina atmete tief durch. Diese Vorstellung war so ungeheuerlich, dass sie fast schon wieder wahr sein mochte. Mussten sie nicht jeder Spur nachgehen, jetzt, wo sich für Vitus die Schlinge immer enger um den Hals zog?

«Ich werde heute Nachmittag Madlena noch einmal zur Rede stellen», sagte sie entschlossen.

«Nein, bitte, lass mich das tun. Als Mannsbild und Ratsherr kann ich ihr wohl doch ein wenig härter begegnen.»

Kapitel 16

Sie hatten noch nicht fertig zu Mittag gegessen, als es heftig gegen die Haustür polterte.

Irmla sprang von der Küchenbank auf. «Wenn das wieder ein Patient ist, der Euch nicht mal zu Mittag in Ruhe lässt …», schimpfte sie und eilte nach unten.

Doch Adalbert wusste sofort, dass sie sich irrte. So lautstark erbat sich nur ein einziger Mensch Einlass in sein Haus.

Er legte das Messer, mit dem er eben noch eine knusprige Speckseite aufgespießt hatte, beiseite und erhob sich. Da hörte er auch schon Irmla rufen: «Doctor Adalbert? Der Stadtbüttel ist da.»

Erschrocken sah Serafina ihn an. «Glaubst du, es ist etwas mit Vitus?»

Er schüttelte den Kopf. «Iss du nur in Ruhe fertig, ich gehe schon.»

Doch Serafina hatte ihre Kleine, der schläfrig die Augen zufielen, bereits an Gisla übergeben. Gemeinsam stiegen sie die Treppe hinunter, wo Sackpfeiffer sie mit reichlich finsterer Miene erwartete. Adalbert beruhigte sich damit, dass der Büttel meistens finster dreinschaute.

«Verzeiht vielmals die Störung zur Mittagszeit», murmelte Sackpfeiffer, «aber es ist dringend. Ihr müsst mit mir kommen, Medicus.»

Rasch schlüpfte Adalbert in seine Schuhe und streifte sich gleichzeitig den Mantel über. «Was gibt es denn so Wichtiges?»

«Ein Botenjunge war bei mir. Es gibt abermals einen Toten. Mehr weiß ich auch nicht», erwiderte der Büttel, Letzteres mit Seitenblick auf Serafina.

Adalbert nickte ihr zu. «Geh du nur wieder hinauf und bring Kathrin zum Mittagsschlaf ins Bett. Ich bin bestimmt bald wieder zurück.»

Das sollte beruhigend klingen, aber er merkte selbst, wie die Gedanken sofort mit ihm durchgingen. Hatte der neuerliche Todesfall etwas mit Oblathus zu tun? Ach was, vielleicht war ein Betrunkener unglücklich gestürzt und dabei zu Tode gekommen. So etwas kam immer wieder einmal vor während der Jahrmärkte.

Er griff nach seiner Arzttasche, die er auch zur Totenbeschau immer mitnahm, und folgte Sackpfeiffer hinaus auf die Gasse. Er hatte Mühe, mit dem bulligen Mann Schritt zu halten.

Seit dem Mittagsläuten war der Michaelismarkt wieder in vollem Gange, die Gassen füllten sich – ungeachtet dessen, was am Vortag geschehen war.

«Wo ist der Leichnam?», fragte er den Büttel.

«In der Baustelle am Münster. Der Botenjunge meinte, bei dem jungen Mann müsse es sich dem Aussehen nach um einen der Gaukler handeln.»

Ein schrecklicher Gedanke durchzuckte Adalbert. Vitus! Hatte sich der Junge etwa aus dem Schutz des Klosters gewagt? Und war dann von einem aufgebrachten Mob niedergeknüppelt worden? Nein, so etwas durfte er sich nicht einmal nur ausmalen. Gaukler und Possenreißer gab es derzeit mit dem Michaelismarkt jede Menge in der Stadt. Warum also sollte es sich um Serafinas Sohn handeln?

Auf dem Kirchhof drängten sie sich durch die ausgelassen feiernden Menschen, von der Tanzdiele tönte fröhliche Fiedelmusik herüber, wie zum Hohn über Adalberts bevorstehende schwere Aufgabe.

Ein in den rot-weißen Stadtfarben gewandeter Wächter erwartete sie vor der verwaisten Baustelle am Münsterchor.

«Wie gut, dass Ihr so schnell kommen konntet, Herr Stadtarzt.» Er wandte sich an Sackpfeiffer. «Was ist mit dem Schultheißen?»

«Der müsste gleich hier sein.»

«Gut.»

Der Wächter winkte eine dürre Magd heran, die schreckensbleich an einem der herumliegenden Bruchsteine lehnte.

«Zeige den Herren, was du gefunden hast. Ich warte hier derweil auf den Schultheißen.»

«Sehr wohl, Herr Wächter. Dann … dann kommt bitte mit mir, Ihr Herren.»

Adalberts Hand umklammerte den Griff seiner Arzttasche, als wolle er sich daran festhalten. Wie aus weiter Ferne hörte er Sackpfeiffer den Wärter anweisen, bloß keine Besoffenen, die die Baustelle als Abtritt zu benutzen pflegten, durchzulassen, woraufhin der Mann seinen Knüppel schwang. «Ich pass schon auf, Gallus.»

Sie folgten der Magd durch einen halb fertigen Torbogen in das düstere Labyrinth von Pfeilern und Mauern. Schon nach wenigen Schritten stank es gewaltig nach menschlichen und tierischen Exkrementen, und Adalbert musste achtgeben, wohin er trat.

Dann entdeckte er den Toten. Er lag seitlich zusammengekrümmt zwischen zwei mannshohen Säulen auf einem Bretterhaufen. Der leblose Körper war in keinem schönen Zustand, und trotzdem entfuhr Adalbert ein Seufzer der Erleichterung: Schwarze, blutverschmierte Locken umrahmten ein junges, südländisch anmutendes Gesicht mit hohen Wangenknochen. Die weit aufgerissenen dunklen Augen starrten ins Leere. Es war nicht Vitus.

«Da war eindeutig rohe Gewalt im Spiel», murmelte der Büttel und schlug das Kreuzzeichen.

«In der Tat», bestätigte Adalbert, der ungeachtet des Gestanks endlich wieder frei atmen konnte.

Die schreiend bunten Beinkleider des Toten und das über dem nackten, sehnigen Oberkörper halb offene Jäckchen waren zerfetzt, an den Armen konnte Adalbert auch Bisswunden sehen. Daran schien er indessen nicht gestorben zu sein. Ein harter Schlag gegen den Hinterkopf hatte ihm den Schädel gespalten.

Nach der Tatwaffe brauchten sie nicht lange zu suchen. Die scharfkantige Eisenstange lag keine zwei Ellen vom Leichnam entfernt im Dreck.

Sackpfeiffer hob sie auf.

«Die kann der Schultheiß gleich mitnehmen. Da kleben eindeutig Blut und Haare dran.» Er sah Adalbert mitfühlend an. «Ihr hattet Angst, dass der Tote Vitus sein könnte, nicht wahr?»

«Ehrlich gesagt, ja. Wobei mich dieser Anblick trotzdem schmerzt. So ein junger Mensch …»

«Darf ich jetzt gehen?», fragte die Magd mit noch immer zitternder Stimme.

«Nein», beschied ihr Sackpfeiffer wieder in seinem üblichen schroffen Tonfall. «Du musst schon noch auf den Schultheißen warten, der dir ein paar Fragen stellen wird.»

«Eine Frage hätte ich jetzt schon an Euch», warf Adalbert ein, der nichts davon hielt, einfache Leute zu duzen. «Was hattet Ihr an diesem unwirtlichen Ort zu schaffen?»

«Ich war auf der Suche nach meiner entlaufenen Sau. Die hab ich schon einmal hier aufgegabelt. Aber heut waren da nur zwei streunende Köter, die sich …», sie schluckte, «die sich an dem Leichnam zu schaffen gemacht haben.»

«Wann genau war das?» Adalbert beugte sich nieder, um dem Toten die Augen zu schließen, was indessen nicht mehr so leicht möglich war.

«Na, so vor einer halben Stunde. Ich bin dann gleich zur Stadtmauer gelaufen und hab einen der Wächter geholt.»

«Hast du in der Baustelle Geräusche gehört oder jemanden gesehen?», fragte nun auch Sackpfeiffer, mit etwas freundlicherer Stimme.

«Aber nein, da war niemand. Nur die Hunde, aber die sind dann weggerannt.»

Adalbert, der dem Leichnam inzwischen das Jäckchen abgestreift hatte, schüttelte den Kopf. «Der Tod liegt schon länger zurück. Ich denke», er wandte sich an die Magd, «Ihr könnt draußen warten.»

Woraufhin die immer noch sichtlich erschütterte Frau eiligst verschwand. Adalbert winkte den Büttel neben sich.

«Die Leichenstarre ist bereits vollständig ausgeprägt», erklärte er ihm. «Viel länger als vierundzwanzig Stunden liegt der Tod allerdings auch nicht zurück, sonst wäre der Körper wieder beweglicher. Und die Totenflecken lassen sich noch wegdrücken. Ich würde sagen, der junge Mann wurde gestern Nachmittag oder gestern Abend erschlagen.»

«Also mitten während des Jahrmarkts?»

«Ja. Und je länger ich mir das Gesicht hier ansehe, desto bekannter kommt es mir vor. Erinnert Ihr Euch an die junge Antonia von der Straßburger Compania?»

«Die Gewandschneiderin? Ihr habt recht, Medicus. Der

Tote sieht ihr auffallend ähnlich. Das könnte der verschwundene Bruder des Mädchens sein.»

«Richtig. Der Seiltänzer Alessandro. Und dem tödlichen Schlag muss ein Kampf vorausgegangen sein, wie die Schrammen und Schlagabdrücke an Oberkörper und Stirn zeigen.»

Der Büttel pfiff durch die Zähne. «Wahrscheinlich hat das bei dem Lärm rundum kein Mensch mitbekommen.»

«Das ist anzunehmen.» Adalbert sah ihn bittend an. «Wärt Ihr so freundlich und würdet Don Giacomo herholen, den Prinzipal der Truppe?»

«Natürlich, Medicus. Bin schon unterwegs.»

Kapitel 17

Kaum war Sackpfeiffer gegangen, näherte sich mit energischen Schritten der Schultheiß und trat dabei prompt in einen Hundehaufen, ohne es zu merken. Wäre da nicht dieser traurige Anblick des Toten gewesen, hätte Adalbert laut auflachen müssen. Das geschah dem so selbstherrlichen Mann recht.

«Herr im Himmel», rief Paulus von Riehen aus. «Das darf doch nicht wahr sein. Schon wieder ein Meuchelmord!»

«Ja, leider, lieber Schultheiß. Nur ist es diesmal, wie ich befürchte, einer Ihrer Hauptverdächtigen.»

«Der entflohene Seiltänzer?»

«Ich vermute es zumindest. Sackpfeiffer ist schon unterwegs zum Schießrain, um den Prinzipal herzuholen.»

«Gut.» Von Riehen zog ein Nasentüchlein aus seiner Rocktasche und hielt es sich vor das Gesicht. «Dieses dürre Weiblein, diese Magd, habe ich bereits befragt, aber es war kein vernünftiges Wort aus ihr herauszubekommen.»

«Weil sie nichts gesehen hat außer zwei streunenden Hunden.»

Adalbert schilderte dem Schultheißen seine ersten Erkenntnisse.

«Ich würde sagen», schloss er, «dass Alessandro, wenn es sich denn tatsächlich um den Seiltänzer handelt, als Mörder des Ratsherrn eher ausscheidet. Er wird sich nach der Tat wohl kaum selbst gerichtet haben.»

Der Schultheiß hob seine schwarzen Brauen in die Höhe. «Womit der Neffe Eurer Frau übrig bleibt.»

Entgeistert starrte Adalbert ihn an. Hätte er mit seiner letzten Bemerkung bloß hinter dem Berg gehalten!

«Aber nein, das heißt es beileibe nicht», widersprach Adalbert. «Ich denke bloß, dass Ihr und die beiden Untersuchungsrichter Euer Augenmerk auch auf Freiburger Bürger richten solltet. Oder muss man erst auch noch», er machte einen letzten Versuch, von Vitus abzulenken, «den Leichnam von Serafinas Neffen finden? Die beiden jungen Gaukler könnten ebenso gut Zeugen der gestrigen Freveltat gewesen sein. Oder besser gesagt, den wahren Täter kennen. Und mussten deshalb ausgeschaltet werden.»

Ihm war nicht wohl bei dem Gedanken, Vitus damit sozusagen für tot zu erklären, doch er sah keinen besseren Ausweg.

«Papperlapapp», entgegnete der Schultheiß finster. «In welche Richtung wir ermitteln, müsst Ihr schon uns überlassen. Und noch etwas: Auch wenn der Stadtbüttel gestern Abend diesen Vitus nicht in Eurem Haus angetroffen hat, so bleibt mir doch ein letzter Zweifel, ob Ihr oder Euer Weib ihn nicht irgendwo versteckt haltet.»

«Ich bitte Euch, Schultheiß!»

Doch Paulus von Riehen fuhr unbeirrt fort: «Ich will Euch nur warnen, Medicus. Bei Eurer Frau kann ich es ja noch verstehen, wenn sie einen Anverwandten schützen will. Wenn jedoch Ihr uns etwas verschweigt, kostet Euch das Euer Amt als Stadtarzt.»

«Das ist mir bewusst», murmelte Adalbert. Aber blieb ihm denn etwas anderes übrig?

In diesem Moment wurden draußen aufgeregte Stimmen laut. Schon stürmte der Prinzipal der Compania Seite an Seite mit Sackpfeiffer heran, gefolgt von zwei jungen Frauen, in denen Adalbert Madlena und Antonia erkannte. Die beiden waren völlig aufgelöst. Während Madlena angesichts des Toten vor Schreck erstarrte, warf sich Antonia laut schluchzend über ihn.

«Mein Bruder! Mein Bruder!», rief sie ein ums andere Mal aus, bis Sackpfeiffer sie mit sanfter Gewalt in die Höhe zog.

«Verzeiht, Schultheiß», wandte er sich an Paulus von Riehen, «aber die Weiber haben sich nicht abhalten lassen, mit uns zu kommen.»

Der winkte ab. «Ist das nun also der Seiltänzer aus deiner Truppe?», fragte er Don Giacomo.

«Ja, Herr.» Der kräftige Mann schien in sich zusammenzufallen. «Das ist Alessandro, der Herr sei seiner Seele gnädig.»

Er bekreuzigte sich und wandte den Blick ab. Da sank Madlena hinter ihm wie leblos zu Boden.

Sofort war Adalbert bei ihr. Er richtete ihren Oberkörper auf und klopfte ihr gegen die blutleeren Wangen.

«Madlena, Mädchen, hörst du mich?»

Sie schlug die Augen wieder auf.

«Wurde er erschlagen?», fragte sie tonlos.

«Ja, Madlena. Es tut mir sehr leid.»

«Wer hat das getan?»

«Das wissen wir nicht. Noch nicht.»

«Ich weiß es aber!», begann Antonia plötzlich zu kreischen und ballte die Fäuste. «Der Vitus war das, und ich hab's kommen sehen!»

«Schweig!», ging Don Giacomo dazwischen, doch der Schultheiß schob ihn beiseite und baute sich dicht vor dem

Mädchen auf. «Nein, nein, rede du nur. Was hast du kommen sehen?»

«Dass … dass die beiden sich irgendwann an den Kragen gehen. Erst gestern Morgen hatten sie wieder einen heftigen Streit.»

«Und warum?»

Antonia zögerte. Dann schob sie trotzig das Kinn vor. «Wegen Madlena. Der Vitus hat einfach nicht wahrhaben wollen, dass Madlena jetzt Alessandros Braut ist … oder war.» Sie brach wieder in Tränen aus. «Und jetzt hat Vitus ihn einfach erschlagen.»

Die letzten Worte brachten Adalbert vollends aus der Fassung. Serafina hatte also recht gehabt mit ihrer Vermutung, was Madlena betraf. Es sah wahrhaftig nicht gut aus für Vitus.

«Wusstet Ihr davon?», wandte er sich an den Prinzipal.

«Nein.» Don Giacomo sah seine Tochter durchdringend an. «Stimmt das etwa?»

Sichtlich verwirrt rang Madlena um die richtigen Worte. «Ich wusste doch auch nicht mehr, wo mir der Kopf stand … Der Vitus, ich hab ihn immer noch von Herzen gern. Aber Alessandro hat mir halt den Hof gemacht und …»

Sie brach ab und senkte den Kopf.

Der Schultheiß räusperte sich vernehmlich. «Allmählich kommt Licht ins Dunkel. Dieser Vitus hat seinen Nebenbuhler aus Eifersucht kaltblütig erschlagen. Somit suchen wir in ihm nun einen Doppelmörder.»

Adalbert hatte Mühe, ruhig zu bleiben. «Das ist schon arg weit hergeholt, lieber Schultheiß. Hat er dann den Oblathus ebenfalls aus Eifersucht erstochen?»

«Warum nicht?», rief Antonia. «Dieser Ratsherr hat doch

vor unserer Vorstellung die ganze Zeit über mit Madlena geturtelt. Ich hab das mit eigenen Augen gesehen.»

«So, hast du?» Der Schultheiß packte sie beim Arm. «Habt ihr nicht gestern noch alle steif und fest behauptet, ihr kennt das Opfer nicht? Euch Fahrenden darf man doch kein Wort glauben. Sackpfeiffer, sag dem Wächter, er soll Bahre und Leichensack herschaffen, damit man den Toten ins Armenspital bringt. Dort soll er morgen auf dem Friedhof bestattet werden.»

«Dürfen wir ihn wenigstens auf seinem letzten Gang begleiten?», fragte der Prinzipal sichtlich mitgenommen.

«Meinetwegen. Aber nur unter Bewachung. Ihr alle steht so lange unter Arrest, bis Vitus gefunden ist.»

«Wenn Ihr mir noch eine Bemerkung erlaubt, Herr: Meine Leute kannten den Ratsherrn allenfalls vom Sehen. Nur ich selbst wusste, wer er ist, und nun ja, meine Tochter ebenfalls. Sie hatte mich zur Kanzlei begleitet, wo wir den Inhalt unseres Possenspiels vorgelegt hatten. Weil es doch auf sogenannte Unbotmäßigkeiten geprüft werden musste.»

«Fass dich kurz, Mann», unterbrach der Schultheiß seine Ausführungen schroff.

«Nun, was ich sagen will: Anwesend waren drei Herren, einer davon war dieser Ratsherr Oblathus. Der hatte schon in der Kanzlei meiner Tochter außerordentlich schöngetan. Und das, wenn ich ehrlich bin, auf eine fast anstößige Weise.»

«Und zur Vorstellung gestern tauchte Oblathus also früher auf, um Madlena zu treffen?», hakte Adalbert nach.

«Richtig. Meine Tochter war darüber gar nicht erbaut. Aber so mancher Bürgersmann denkt sich ja, dass die Mädchen der Fahrenden mit Huren gleichzusetzen sind.»

Adalbert nickte kaum merklich. «Und war Vitus Zeuge dieser, sagen wir, Tändeleien geworden?»

«Nein, ich denke nicht. Er hatte sich im Gewandzelt schon für seinen ersten Auftritt gerichtet.»

Das Gesicht des Schultheißen lief puterrot an. «Hört Ihr jetzt gefälligst mit diesen Befragungen auf, Medicus? Sonst muss ich Euch umgehend bitten zu gehen.»

«Schon gut.» Adalbert hob beschwichtigend die Hände. «Ich denke, meine Arbeit hier ist ohnehin zu Ende. Gehabt Euch wohl.»

Er bückte sich nach seiner Arzttasche, als er Don Giacomo mit mühsam beherrschter Stimme zum Schultheißen sagen hörte: «Jetzt hört endlich auf, den Vitus zu verdächtigen! Der Junge könnte keiner Fliege was zuleide tun. Wisst Ihr, was ich glaube? Hinter der Maske der Bauernmagd hat einer von Euch Freiburger Bürgersleuten gesteckt, der noch eine Rechnung mit dem Ratsherrn offen hatte!»

Kapitel 18

«Vitus soll ein Doppelmörder sein?»

Entsetzt ließ sich Serafina auf die Küchenbank sinken. Ihr war, als würde jegliche Kraft sie verlassen.

«So beruhige dich erst einmal.» Adalbert setzte sich neben sie und zog sie an sich. «Unser Freund Wetzstein wird am frühen Abend vorbeikommen, um vom ersten Treffen der Gerichtsherren zu berichten. Dann sehen wir vielleicht schon ein wenig klarer.»

«Klarer? Ich will dir sagen, was dabei herauskommt: Die Stadt wird rein gar nichts unternehmen, um den wahren Mörder zu suchen, da sie ja nun Vitus erst recht für den Täter hält. Ach Adalbert, was sollen wir nur tun?»

«Vorerst bleibt uns nichts, als abzuwarten. Und denk immer daran: Deinem Jungen geht es gut, und er ist in Sicherheit. Das ist derzeit das Allerwichtigste.»

«Aber wie lange noch? Mit diesem zweiten Mord hat die Stadt doch endgültig das Recht, Vitus aus dem Kloster zu holen, und sei es mit Waffengewalt. Wer, wenn nicht wir, können jetzt noch Beweise für die Unschuld des Jungen herbeischaffen?»

«Umso wichtiger ist, dass sein Versteck geheim bleibt», erwiderte er. «Ich bin mir ganz sicher, dass die Mönche nichts verraten.»

Ein klein wenig beruhigt, nickte sie. «Ja, auf den Prior und seine Mitbrüder ist Verlass.»

Da kam ihr ein Gedanke.

«Der Knecht des Metzgermeisters war übrigens vorhin hier. Ob du baldmöglichst im Hause Grieswirth vorbeischauen könntest.»

Er verzog das Gesicht. «Himmel, was scheren mich jetzt die ewigen Verdauungsbeschwerden des dicken Metzgers?»

«Nein, diesmal geht's wohl um seine Frau. Es scheint aber nichts Ernstes zu sein. Hör zu, Adalbert, die Grieswirthin ist doch eine Base von Simon Schwarzfärber, dem engsten Freund des toten Ratsherrn. Vielleicht kann *sie* dir ja etwas über die Familie Oblathus erzählen. Wir müssen nach jedem Strohhalm greifen.»

Seine Miene hellte sich auf. «Gut. Schwatzhaft genug ist die Grieswirthin ja. Weißt du was? Ich mach mich gleich auf den Weg zu ihr.»

Aus dem Dachgeschoss hörten sie Kathrin, die wohl aus ihrem Mittagsschlaf erwacht war, leise jammern.

Serafina erhob sich und gab Adalbert einen Kuss auf die Wange.

«Bis später also.»

«Bis später, meine Liebe.»

An der Stiege zu den Dachkammern wurden Kathrins Laute schon fordernder. Als Serafina die Tür zu ihrer Schlafkammer aufschob, saß die Kleine mit verschwitztem Haar aufrecht im Bett und war mittlerweile lauthals am Schreien. Die Ursache für ihren Unmut konnte Serafina deutlich riechen.

Sie zwang sich zu einem betont munteren Tonfall, weil sie wusste, dass das meistens half, die Kleine zu beruhigen. «Na, dann wollen wir dich mal sauber machen.»

Mit Kathrin auf dem Arm kehrte sie in die Küche zurück, wo stets ein Kessel mit warmem Wasser bereitstand. Von unten hörte sie Adalbert die Haustür hinter sich zuziehen. Während sie ihre Tochter wusch, schweiften ihre Gedanken immer wieder zu Vitus. Wie konnten sie ihm bloß helfen? Dass Adalbert bei der Grieswirthin etwas Entscheidendes herausfinden würde, bezweifelte sie inzwischen eher.

Was, wenn der eine Mord mit dem andern gar nichts zu tun hatte? Vielleicht hatte ja Alessandro tatsächlich Oblathus in einem Anfall von Eifersucht erstochen, wo der sich doch, nach Adalberts Worten, auf unflätige Weise an seine geliebte Madlena herangemacht hatte. Es hieß ja immer, dass die welschen Südländer sehr heißblütig seien. Und durch diesen Mummenschanz mit der Bauernmagd Anna wollte er die Tat obendrein Vitus in die Schuhe schieben. Danach war er aus dem Getümmel geflohen und hatte sich in der Baustelle am Münster versteckt, wo er zufällig in ein Handgemenge mit Betrunkenen geraten war. Oder hatte ihn doch jemand bei der Tat beobachtet, ihn verfolgt und schließlich gestellt? Nach einem Gerangel war es zu dem tödlichen Schlag gekommen, vielleicht nicht einmal mit Absicht …

Plötzlich fuhr es ihr eiskalt den Rücken herunter. Wenn die Heimlichen Räte nun zu einem ähnlichen Schluss kommen würden, aber unter dem Vorzeichen, dass es Vitus war, der zugestochen hatte, und dass Alessandro ihn als Zeuge verfolgte? Dann wäre ihrem Sohn der Galgen sicher. Da nun auch der Schultheiß um die Beziehung zwischen Madlena, Alessandro und Vitus wusste, war es ein Leichtes, ihrem Sohn den Beweggrund für die zweite Tat zu unterstellen, nämlich den Nebenbuhler endgültig aus dem Weg zu räumen. Diese Annahme konnte Serafina den Gerichtsherren nicht einmal verübeln.

Und dass Vitus die ganze Zeit über bewusstlos im Zelt lag, war schließlich im Nachhinein nicht mehr zu beweisen.

Hatten Grethe und sie also einen entscheidenden Fehler gemacht, indem sie Vitus zur Flucht verhalfen? Hätten sie nicht besser gleich die Stadtwächter herbeirufen sollen? Wie gerne wäre sie jetzt bei ihrem Sohn, dann könnten sie sich gegenseitig Mut zusprechen. Aber Adalbert hatte recht: Sie durfte sein Versteck nicht aufs Spiel setzen. Wenn sie Vitus helfen wollten, dann mussten sie herausfinden, wer ihn niedergeschlagen, seine Verkleidung an sich genommen und in der Rolle als Magd den Ratsherrn niedergestochen hatte. Sollte dies allerdings tatsächlich der Seiltänzer gewesen sein, würde es kaum möglich sein, ihm als Toten die Tat zu beweisen.

Kathrin begann erneut zu schreien, da Serafina sie zu fest gewickelt hatte.

«Ach Kind, entschuldige.» Sie lockerte die Leinenwindel wieder und wiegte Kathrin beruhigend hin und her. «Deiner Mutter geht es heute gar nicht gut. Weißt du was? Wir machen jetzt einen Spaziergang. Mir fällt sonst die Decke auf den Kopf.»

Bescheid geben musste sie niemandem, da Irmla und Gisla auf dem Krämermarkt waren, um ein paar neue Küchenutensilien zu erstehen.

Draußen hatte der Wind an Stärke zugenommen und schob dunkle Wolken zusammen. Das Wetter würde also bald umschlagen. Kurz dachte sie daran, den Münsterfriedhof aufzusuchen, in der Hoffnung, dort Catharina bei ihren Seelengebeten zu finden, doch dann verwarf sie es wieder. Sich mit Kathrin auf dem Arm durch das laute Markttreiben zu schieben, danach war ihr jetzt, weiß Gott, nicht zumute. Dann doch besser zu Grethe ins nahe Christoffelshaus, ihr konnte sie ebenso gut ihr Herz ausschütten.

Als sie den kleinen Platz vor der Barfüßerkirche überquerte, sah sie einen auffällig gekleideten Mann aus der Kanzlei stürmen: Unter dem Mi-parti-gefärbten Mantel mit Samtverzierung und weiten Zattelärmeln lugten übertrieben lange Schnabelschuhe hervor, auf dem Kopf thronte ein aus puterroten Stoffwülsten drapierter Hut. Es war der Sattlermeister Filibertus Gschydlin, dieser eitle Geck. Kurz blickte er zu ihr herüber, tat aber so, als würde er sie nicht kennen.

Sofort hatte sie wieder vor Augen, wie er beim Leichenzug für den toten Ratsherrn die Witwe angefleht hatte. Adalbert und sie waren sich inzwischen fast sicher, dass Gschydlin bei Oblathus hoch verschuldet war. Und ging es bei meuchlings begangenen Morden nicht fast immer um Geld oder Liebe? Überdies hatte der Sattlermeister, der etwa in ihrem Alter war, dieselbe schlanke Statur wie Vitus.

Mit einem Mal wusste sie, wen sie besuchen musste!

Kapitel 19

Um dem Marktgedränge auf der Großen Gass zu entgehen, nahm Serafina den Weg über die ruhigere Sattelgasse. Wetzsteins Haus Zum Rosenkranz, ein gepflegter Fachwerkbau, befand sich nahe dem Fischbrunnen im Herzen der Stadt, dort, wo sich die beiden Hauptstraßen kreuzten. Die Backstube hatte jetzt zum frühen Nachmittag bereits geschlossen, und so musste sie geraume Zeit warten, bis auf ihr Klopfen jemand öffnete. Zu ihrer Freude war es Ottilia selbst.

«Wie schön, dass du zu Hause bist!»

«Wie schön, dass ihr mich besuchen kommt», gab die Wetzsteinin lächelnd zurück und nahm ihr Kathrin ab, die sich sofort vertrauensvoll an ihre Schulter schmiegte. Dann wurde sie ernst. «Es tut mir so leid, das mit eurem Vitus. Laurenz ist ja gerade bei einer ersten Beratung des Gerichts im Hause des Schultheißen.»

«Ich weiß.» Serafina wurde es eng um die Brust. «Ich will auch nicht lange stören, ich habe nur ein paar Fragen an dich.»

«Aber du und Kathrin – ihr stört doch nicht! Jetzt kommt erst mal herein.»

Serafina folgte ihr durch den Verkaufsraum der Bäckerei hinauf in die Küche. Wie immer duftete es im ganzen Haus nach frisch gebackenem Weißbrot, doch heute konnte sie das nicht genießen.

Ottilia ließ sich auf der Eckbank nieder und nahm die Kleine auf den Schoß.

«Bitte sei doch so lieb, Serafina, und nimm zwei Becher vom Bord. Ich hab hier frischen Birnenmost, den musst du unbedingt kosten. Kathrin darf auch davon haben, er ist noch ganz süß. Und drüben in der Vorratskammer liegt noch ein halbes Blech Mandelkuchen, den gönnen wir uns jetzt.»

Serafina tat, wie ihr geheißen, dann setzte sie sich den beiden gegenüber auf einen Schemel. Mit einem Blick durch die offene Tür zum Flur fragte sie: «Kann ich freiweg reden?»

«Ja, wir sind allein. Das Gesinde ist auf dem Jahrmarkt unterwegs.»

Serafina atmete tief ein. «Du weißt ja sicher längst, dass es einen zweiten Toten gegeben hat.» Als Ottilia nickte, fuhr sie fort: «Glaubst du mir, wenn ich dir sage, dass Vitus ganz und gar unschuldig ist?»

«Ja, ich glaube dir. Weil ich nämlich vermute, dass du mehr weißt, als du mir gegenüber preisgeben darfst. Besser gesagt, Laurenz und ich vermuten das.»

Serafina zögerte. Wie offen durfte sie sprechen? Sie vertraute der Wetzsteinin, ebenso wie deren Mann. Aber durch Laurenz' Amt als Beisitzer der Heimlichen Räte waren die beiden mehr als jeder andere Bürger dem geltenden Recht verpflichtet. So entschied sie sich, zumindest die halbe Wahrheit preiszugeben.

«Vitus kann es gar nicht gewesen sein», sagte sie leise. «Während Ratsherr Oblathus erstochen wurde, lag er besinnungslos im Gewandzelt der Gaukler. Jemand hatte ihn brutal niedergeschlagen, um in seiner Verkleidung die Tat zu begehen. Vielleicht ja dieser Seiltänzer, den man heute Mittag tot am Münster gefunden hat. Vielleicht aber auch ein Freiburger Bürger. Oder gar eine Bürgerin.»

Wenn Ottilia über diese letzten Worte bestürzt war, so zeigte sie es nicht. Ruhig sagte sie:

«Ich nehme an, du hast in all der Aufregung gleich nach Vitus gesucht und ihn in diesem Zelt gefunden.»

Serafina nickte. «Er war verletzt und gerade erst aus seiner Ohnmacht zu sich gekommen. Ich habe sogar eine Zeugin dafür, die ich aber nicht vorbringen kann, weil sie dann selbst in Bedrängnis käme.»

«Weil ihr ihm, als ihr ihn fandet, zur Flucht verholfen habt, bevor ihn die Büttel gefangen nehmen konnten?»

«So ähnlich. Womöglich war das dumm von mir, aber ihm als Gaukler hätte doch niemand geglaubt! Man hätte ihm unterstellt, dass das alles nur vorgetäuscht war.»

«Ich verstehe. Ich nehme auch an, du weißt, wo er steckt.»

«Darüber darf ich leider nicht reden. Ich möchte nur, dass Laurenz und du beide wisst, dass Vitus unschuldig ist.»

Ottilia betrachtete sie voller Mitgefühl. «Du hängst schon sehr an deinem Patenkind, nicht wahr?»

«Aber ja.» Serafina schluckte. «Stell dir nur vor, Kathrin würde eines Tages als junge Frau unverschuldet in eine Notlage geraten – da würdet ihr doch auch alles tun, um ihr zu helfen, wenn Adalbert und ich nicht da wären.»

«Aber ja, ganz bestimmt. Ach Serafina, du musst dich schrecklich fühlen. Bloß glaubst du allen Ernstes, dass einer der hiesigen Bürger die Tat begangen haben könnte, weil er eine Rechnung mit Oblathus offen hatte?»

«Zumindest sollte das Gericht das in Betracht ziehen.»

«Hast du denn schon einen Verdacht, wer dieser Bürger sein könnte?»

«Nur einen sehr vagen», erwiderte Serafina. Jetzt musste sie zur Sache kommen. «Wie gut kennst du deine Nachbarn?»

«Den Sattler Filibertus Gschydlin und sein Weib Margaretha? Recht gut. Wir teilen uns sogar den Hinterhof, wo wir unsere Schweine für die Kleieabfälle halten.»

«Dann weißt du ja sicher auch, dass er für einen Handwerksmeister auf sehr großem Fuße lebt.»

«O ja, Laurenz und ich können darüber nur den Kopf schütteln. Was braucht so einer eine Sänfte wie ein Graf?»

In wenigen Worten berichtete Serafina ihr von dem Zwist während des Possenspiels und ihren Beobachtungen auf dem Friedhof.

«Kann es also sein, dass er bei Oblathus hoch verschuldet war?», fragte sie abschließend.

«Nun ja …» Gedankenverloren hielt die Wetzsteinin Kathrin ein Stück Mandelkuchen hin. «Ich weiß, dass er sich früher hin und wieder beim jüdischen Kaufmann Löw Geld geliehen hatte, wenn er wieder einmal zu klamm gewesen war, um die Rinderhäute für seine Sättel zu bezahlen. Doch Löw hat ihm irgendwann nichts mehr gegeben, wie ich aus einem Streit der beiden hinten im Hof herausgehört habe. Übrigens, und das bleibt jetzt besser unter uns, ist es Filibertus' Weib, das ihn zu dieser Verschwendungssucht antreibt. Margaretha entstammt einem Ortenauer Rittergeschlecht. Es kann also durchaus sein, dass sein neuer Geldgeber Oblathus war, zumal der nach seiner Erbschaft in Geld zu schwimmen schien. Aber ist es sinnvoll, die Quelle, die einen nährt, zuzuschütten?»

«Wenn die Schulden so hoch geworden sind, dass man sie nicht mehr zurückzahlen kann, dann schon.»

«Du vergisst, dass er das Geld, wenn denn deine Vermutungen stimmen, jetzt der Witwe schuldet.»

Das hatte Serafina nicht bedacht. «Du hast recht. Aber vielleicht … vielleicht hat er ja etwas gegen die Oblathin in der

Hand? Etwas, womit er sie unter Druck setzen kann, um seine Schulden erlassen zu bekommen?»

«Ach Serafina, ich glaube, du verrennst dich da in etwas. Wahrscheinlich war es doch dieser Seiltänzer.»

«Nur, weil er ein Gaukler ist?»

«So habe ich das nicht gemeint. Aber jetzt will ich dir noch etwas verraten. Leider kenne ich die Familie Oblathus nicht sehr gut, aber eines weiß ich: Ezechiel Oblathus mag ein wohltätiger und großzügiger Mann gewesen sein, aber er hatte eine Schwäche für junge Mädchen. Ich habe ihn oft genug beobachtet, als Frau hat man, wie du mir sicher beipflichten kannst, einen Blick hierfür. Von Laurenz weiß ich nun, dass dieser Alessandro in die Tochter des Prinzipals verliebt war. Was wäre, wenn Oblathus ihr ein unzüchtiges Angebot gemacht hat?»

Serafina schüttelte den Kopf. Dass Alessandro so gewalttätig gewesen sein sollte, daran mochte sie mittlerweile nicht mehr so recht glauben. Selbst ein junger, südländischer Hitzkopf würde in diesem Fall eher seine Fäuste sprechen lassen, aber doch niemals töten und damit sowohl seine Liebe als auch sein Leben aufs Spiel setzen. Wenn sie doch nur Vitus fragen könnte, was für ein Mensch Alessandro gewesen war.

«Ich danke dir jedenfalls für deine Offenheit, Ottilia, und ich geh dann auch mal wieder. Adalbert wird demnächst von seinem Krankenbesuch heimkommen, da möchte ich im Haus sein.»

«Dann wünsche ich dir von Herzen, dass der Täter bald überführt ist und diese schreckliche Geschichte für dich und Vitus ein gutes Ende findet.»

Sehr viel weiter war sie durch ihren Besuch leider auch nicht gekommen, dachte sich Serafina, während Ottilia sie zur Haustür brachte. Aber immerhin wusste sie nun, dass Gschydlin tatsächlich in Schulden lebte und dass Oblathus doch nicht ganz der vorbildliche, unbescholtene Bürgersmann war. Vielleicht würde Adalbert ebenfalls neue Erkenntnisse heimbringen.

Kapitel 20

«Und? Was hat die schwatzhafte Grieswirthin zu erzählen gewusst?», bestürmte Serafina ihren Mann, kaum dass er die Eingangsdiele betreten hatte. «Oder lag sie zu krank darnieder?»

Adalbert verzog spöttisch die Lippen. «Einen leichten Anfall von Podagra im Fuß hatte sie, nichts weiter. Ich habe ihr eine spezielle Diät empfohlen, mit Abstinenz von Bier und Schweinefleisch. Wenn du mich fragst, war das aber nur ein Vorwand, um mich ins Haus zu holen und mich ihrerseits auszufragen: Ob es tatsächlich wahr sei, dass du die Muhme des vermeintlichen Mörders seist, wie Ratsherr Schneehas in der Ratsversammlung verkündet hatte. Sie könne das kaum glauben.»

Bei seinen letzten Worten musste Serafina wohl ein äußerst unglückliches Gesicht gemacht haben, denn er nahm ihre Hand und drückte sie zärtlich.

«Ich habe ihr dann erst mal ein wenig den Kopf zurechtgesetzt, von wegen, dass zunächst die Vermutung der Unschuld gelte, auch für fahrende Leute. Sie hat übrigens nicht mehr allzu viel zu tun mit ihrem Vetter, dem Kaufmann Schwarzfärber, seitdem der in zweiter Ehe mit einer angeblich äußerst dünkelhaften Snewlin-Tochter verheiratet ist. Die übrigens zu seinem florierenden Handel erheblich beigetragen hat. Hättest sie mal auf das Weib schimpfen hören sollen! Aber immerhin wusste sie so einiges von der Oblathusfamilie.»

Serafina horchte auf.

«Ezechiel konnte ein harter Hund sein», fuhr er fort. «Seine Tochter Hedwig ist wohl die heimliche Braut von Sattlermeister Gschydlins Gesellen Cunrat, der, nachdem das ans Licht kam, von Ezechiel prompt Hausverbot bekommen hat.»

«Das kann ich mir denken. Für einen Neureichen wie Oblathus wäre eine solche Ehe ganz unter dem Stand.»

«Du sagst es. Für den Ratsherrn kam wohl nur die Hochzeit mit einem Sprössling der vornehmen Freiburger Geschlechter infrage, nicht aber mit einem einfachen Gesellen, der noch jahrelang auf seine Meisterstelle warten muss. Dabei sei, nach den Worten der Grieswirthin, der Cunrat ein netter, rechtschaffener Kerl. Auch dieses Hausverbot kann also möglicherweise Anlass für den Streit zwischen Oblathus und Gschydlin gewesen sein.»

«Hat sie vielleicht auch erwähnt, ob Ezechiel seine Frau schlägt?»

«Nein, aber wenn sie hiervon wüsste, hätte sie das ganz bestimmt gleich als Erstes hinausposaunt. Sie scheint den Gerbermeister nämlich nicht sonderlich zu mögen und hat, wie sie mehrmals betonte, nie verstanden, warum ihr Vetter Schwarzfärber so eng mit diesem Mann befreundet war. Ach ja: Obendrein war Ratsherr Oblathus wohl ein guter Kunde im Haus Zur Kurzen Freud.»

Das also auch. Ein Familienvater, der das städtische Frauenhaus besuchte. Von dieser Sorte Mannsbild waren ihr so einige in Konstanz untergekommen: Im Beisein anderer Bürger gegen die Verkommenheit der Huren wettern, aber selbst die anzüglichsten Dienste in Anspruch nehmen …

Nachdenklich sah sie Adalbert an. Das Bild des ehrbaren Ratsherrn und Wohltäters der Stadt bröckelte zusehends. Ihr erster Eindruck, dass Benedicta Oblathus nicht allzu sehr trauerte, hatte Serafina womöglich doch nicht getrogen.

Sie berichtete ihrerseits, was sie von der Wetzsteinin erfahren hatte. «So einer wie Oblathus hat also doch durchaus Feinde in der Stadt», schloss sie. «Und womöglich sogar innerhalb der eigenen Familie. Weißt du, was jetzt nottäte? Sich einmal ausgiebig mit der Witwe und den beiden Kindern zu unterhalten.»

«Du wirst wohl kaum dorthin marschieren wollen und fragen: War Euer Ehemann, Euer Vater ein Tyrann? Hat er sich junge Weiber erkauft, hat er seinem Schuldner Gschydlin gedroht?»

«Ich selbst nicht, aber Mutter Catharina könnte doch vorfühlen. Sie hat das Vertrauen der Witwe. Verstehst du nicht, Adalbert? Wir müssen alles Menschenmögliche tun, um Vitus zu helfen.»

In diesem Augenblick betraten Irmla und Gisla die Diele, im Schlepptau einen Handwagen, der mit allerlei Kram vollgepackt war. Sofort krabbelte Kathrin auf die Karre zu, stemmte sich daran hoch und zog mit einem begeisterten «Dada!» äußerst geschickt erst ein Blechsieb, dann eine Schöpfkelle heraus.

Wider Willen musste Serafina lachen. Wenn sie in diesen Tagen ihre Kleine nicht um sich hätte – sie würde aus Sorge um Vitus wohl bald den Verstand verlieren.

«Wartet, ich helfe euch, die Sachen hochzutragen und zu verräumen», bot sie sich an.

«Und wir zwei», Adalbert nahm Kathrin auf den Arm, «machen jetzt eine kleine Ausfahrt im Handwagen. Zu deiner Taufpatin Catharina.»

Serafina warf ihm einen dankbaren Blick zu.

Nachdem die Frauen alles nach oben geschafft und aufgeräumt hatten, ließen sich die beiden Alten erschöpft auf die Bank sinken.

«Was für ein schrecklicher Trubel, dieser Jahrmarkt», stöhnte Irmla. «Bin froh, wenn das wieder vorbei ist.»

«Wird denn ... wird denn schon geredet über Vitus?», fragte Serafina nach kurzem Zögern.

Die beiden tauschten einen Blick aus, der Serafina mehr als beunruhigte.

«Jetzt sagt schon! Ich muss das wissen.»

«Nun ja ...» Gisla räusperte sich. «Ehrlich gesagt, wird über nichts anderes geredet. Das Gerücht ist wie eine Feuersbrunst durch die Gassen gegangen.»

«Welches Gerücht?»

«Dass ein junger, heißblütiger Gaukler namens Vitus in rasender Eifersucht zuerst den Nebenbuhler aus seiner eigenen Truppe erschlagen und dann einen unbescholtenen Bürger erstochen habe. Und die ganze Stadt weiß nun, dass er der Neffe der Stadtarztgattin ist.»

Am frühen Abend schaute wie versprochen Laurenz Wetzstein bei ihnen vorbei, unmittelbar nach seiner Sitzung mit den Gerichtsherren. Leider war sein kurzer Bericht noch niederschmetternder als das Geschwätz der Leute: Man suche weiterhin die ganze Stadt nach Vitus ab und rufe die Bürger dazu auf, Augen und Ohren offen zu halten. Wer etwas verschweige, der werde bestraft.

«Ich habe sowohl den Schultheißen», beteuerte Wetzstein mit fast schuldbewusstem Blick, «als auch die Heimlichen Räte Schneehas und Quintlin darauf hingewiesen, dass der Mörder ebenso gut ein Freiburger sein könnte. Aber davon wollte keiner was wissen. Vor allem Schneehas drängt darauf, dass in drei Tagen Gericht gehalten werden soll, ganz gleich, ob man den Jungen bis dahin gefunden hat oder nicht.»

Kapitel 21

In der Nacht hatte sich Serafina in den Schlaf geweint, da halfen auch Adalberts tröstliche Umarmungen nichts. Ihre ersten Gedanken beim Erwachen waren düster: Sollte Vitus, den sie vor wenigen Jahren erst wiedergefunden hatte, ihr nun für immer genommen werden? Er war doch noch so jung, hatte sein ganzes Leben noch vor sich! Vor allem aber hatte er keiner Menschenseele etwas zuleide getan.

Vor dem Einschlafen hatten Adalbert und sie noch lange darüber geredet, ob sie nicht doch Vitus' Lage und die Umstände, in denen Serafina ihren Sohn im Zelt aufgefunden hatte, vor Gericht schildern sollten. Doch am Ende verwarfen sie es wieder. Der Beginenhasser Schneehas würde ihre und Grethes Aussage anzweifeln, zumal Serafina durch ihre Verwandtschaft mit Vitus als befangen galt, und mit Sicherheit würde er aus ihnen herauspressen wollen, wo der Junge steckte – sei es unter Zwang und angedrohter Gefangenschaft. Nein, sie mussten weiterhin auf Spurensuche gehen. Noch waren die Hinweise, was Gschydlin oder auch den Lebenswandel von Oblathus betraf, zu vage, als dass sie verbohrte Männer wie Schneehas, Quintlin und den Schultheißen zum Umdenken bewegen würden. Immerhin wusste Laurenz Wetzstein, was Vitus in Wirklichkeit zugestoßen war …

Lange vor dem Morgenessen – der Magen war ihr ohnehin

wie zugeschnürt – eilte sie vor ihre Haustür und wartete, dass die Frühmesse der Barfüßer zu Ende ging. Wie alle Beginengemeinschaften, die sich keinem Orden angeschlossen hatten, bedurften auch die Christoffelsschwestern einer geistlichen wie rechtlichen Obhut, und in ihrem Fall waren das die Franziskaner, deren Kirche sich gleich vor ihrem Haus befand und die auch für jeden gewöhnlichen Bürger offen stand.

Sie musste nicht lange auf Catharina und ihre ehemaligen Mitschwestern Grethe, Brida, Mette, Heiltrud und Theresia warten. Mit einem Friedenskuss begrüßten sie einander, dann nahm die Meisterin Serafina beiseite.

«Ich wäre ohnehin bei euch vorbeigekommen, um Bericht zu erstatten. Wie geht es dir?»

«Nicht besonders gut.»

«Das kann ich verstehen. Aber du darfst die Hoffnung nicht verlieren. Hör zu, Serafina: Nach diesen wenigen Stunden im Gerberhaus und am Grab des Toten sehe ich ein wenig klarer. Ich fürchte, du hattest recht mit deiner Vermutung. Die blauen Flecke bei der Witwe stammen nicht etwa von einem Sturz oder Ähnlichem. Der junge Gerberknecht Hannes – du hast ihn auf dem Friedhof gesehen, er war immer an Clausmanns Seite – hat mir gegenüber einige Andeutungen fallen gelassen. Auch aus den Bemerkungen der beiden Kinder konnte ich so manches heraushören. Wie es aussieht, hat Ezechiel Oblathus seine Frau öfters geschlagen, wenn er nur betrunken genug heimkam. Genau wie seinen Sohn Clausmann oder den Knecht Hannes. Nur seine Tochter Hedwig hat er vergöttert. Aber sie hasst ihn offenbar trotzdem.»

Serafina blickte sich um, ob ein Fremder in der Nähe war, doch da waren nur die Beginen, die einen fast schützenden Kreis um sie bildeten.

«Könntest du dir vorstellen», fragte sie dennoch im Flüsterton, «dass es Clausmann war, weil er die Tyrannei seines Vaters nicht mehr ausgehalten hat?»

«Vorstellen kann ich mir das schon. Wir beide, du ebenso wie ich, wissen um die Abgründe der menschlichen Seele. Aber ich erinnere mich inzwischen, dass Clausmann während der Aufführung mit seinen Freunden ganz in unserer Nähe stand. Das heißt», Catharina rieb sich die Nase, wie immer, wenn sie angestrengt nachdachte, «einmal ist er kurz weggegangen, um Bier zu holen für seine Freunde, wie er lautstark verkündet hatte. Leider bringe ich es nicht mehr zusammen, ob das gegen Ende der Vorstellung war oder vorher.»

Serafina nickte. «Also könnte er es durchaus gewesen sein. Bloß wie sollte unsereins ihm das beweisen? Wir können uns schließlich nicht vor ihn hinstellen und fragen: Wo warst du, Junge, während dein Vater gemeuchelt wurde?»

«Nein, das können wir wahrlich nicht. Aber ihr seid doch so gut mit Bäckermeister Wetzstein befreundet. Berichte ihm, was ich dir gesagt habe, und bitte ihn, als Schöffe beim Gericht darauf zu dringen, dass Clausmann befragt wird.»

«Das werde ich tun, Catharina. Nur fürchte ich, dass sich unser lieber Freund Schneehas kaum davon beeindrucken lässt. Er dringt auf ein schnelles Urteil. Inzwischen glaube ich, dass ihm Vitus als möglicher Täter mehr als recht ist. Um die Freiburger Bürger schön aus allem rauszuhalten. Nein, mehr noch: um mir und Adalbert damit eins auszuwischen.» Sie spürte, wie dieser Gedanke sie vor Wut zittern ließ.

«Beruhige dich, Serafina. Du darfst nicht den Kopf verlieren.»

«Hast ja recht, ich weiß. Da ist übrigens noch etwas. Vielleicht ist es ohne Bedeutung, aber Ratsherr Oblathus hat regelmäßig das Frauenhaus besucht.»

In Catharinas Augen blitzte es auf. «Na, dann fragen wir doch mal unsere Mitschwester Theresia nach ihm.»

Sie winkte die junge Frau heran. Theresia hatte einen ähnlichen Wandel durchgemacht wie Serafina: Ihrem alten Leben als Hübschlerin hatte sie vor einiger Zeit entschlossen den Rücken gekehrt, indem sie sich bei den Beginen fortan ganz der christlichen Nächstenliebe verschrieb. Dabei war sie, genau wie Serafina damals, von der Meisterin mit offenen Armen aufgenommen worden. Schon aus diesem Grund fühlte sich Serafina der jungen Frau sehr verbunden, die sich in ihrer geradlinigen, zupackenden Art als eine echte Bereicherung der Sammlung erwiesen hatte.

Im Flüsterton fragte die Meisterin sie nun: «Der Tote beim Possenspiel, Ratsherr Oblathus – war er ein Kunde im Haus Zur Kurzen Freud?»

Ohne zu erröten, nickte Theresa. «Ja, er kam hin und wieder vorbei. Aber ist das denn wichtig, Mutter Catharina? Du glaubst nicht, wie viele ehrbare Bürger dort ihren Spaß suchen und», sie unterdrückte ein Grinsen, «so manche geistlichen Herren ebenfalls.»

Mir muss das wahrhaftig niemand erzählen, dachte Serafina im Stillen. «Dann kennst du ihn also?», hakte sie nach.

«Nicht wirklich. Ich selbst hatte nie etwas mit ihm zu tun und war auch froh drum, weil er als Gerber, genau wie die Fischer und Fischhändler, nicht sonderlich gut roch. Er hatte bei uns übrigens den Namen *der geile Alte*, weil er immer die jüngsten Huren wollte.»

Bei diesen letzten Worten konnte Serafina beobachten, wie die Meisterin zusammengezuckt war. Und das gewiss nicht aus moralischer Entrüstung über die offenherzige Ausdrucksweise, da ihr nichts Menschliches fremd war.

Catharina nickte. «Danke, Theresia, vielleicht ist es wirklich nicht wichtig. Geht ihr schon mal nach Hause. Ich will noch bei der Witwe vorbeischauen und dann zum Beten ans Grab gehen. Und vergesst nicht, dass jemand vor dem Mittagessen nach der siechen Schustermutter sieht, um ihr die kranken Beine einzusalben.»

«Mette und ich machen das», beschied Heiltrud.

«Sehr schön.»

Als Serafina mit der Meisterin allein auf dem Vorplatz zurückblieb, fragte sie: «Dachtest du vorhin dasselbe wie ich?»

Catharina legte ihre Stirn in Falten. «Man sollte niemanden vorschnell verurteilen, aber ich habe in der Tat daran gedacht, ob sich Oblathus nicht auch an seiner Tochter vergangen haben könnte, die er doch so abgöttisch liebte. Vielleicht in früheren Zeiten, vielleicht bis zu seinem Tod. Womöglich tun wir ihm mit diesem Verdacht aber auch bitter unrecht.»

Serafina wusste genau, dass es nicht richtig war, was sie vorhatte. Nicht nur, dass sie ein großes Wagnis einging – das wäre nicht das erste Mal in ihrem Leben. Verwerflicher war, dass sie es hinter Adalberts Rücken tat und dass sich ihre Freundin Grethe großen Ärger einhandeln würde. Aber sie konnte nicht anders. Es zog sie mit jeder Faser ihres Herzens zu Vitus hin. Sie *musste* ihn wiedersehen! Und vielleicht war ihm ja doch noch etwas Entscheidendes eingefallen.

Seit dem Zusammentreffen mit den Beginen am Morgen vor ihrem Haus war ihre Unruhe ins Unerträgliche gewachsen. Erst recht, da sie die stieren Blicke der Handvoll Bürgersleute, die ebenfalls die Frühmesse besucht hatten, mehr als deutlich gespürt hatte. Weil sie die Meisterin bei der Witwe Oblathus wusste und Adalbert zu einer Konsultation unterwegs war, hatte sie gleich nach dem Morgenessen ihre Kleine in der Obhut von Gisla und Irmla zurückgelassen und war hinüber ins Christoffelshaus marschiert. Nur Grethe und Theresia waren zu Hause gewesen, was ihren Plan erleichtert hatte. Die beiden hatten nur kurz gezögert, ihr zu helfen.

Als sie jetzt, verschleiert und in grauer Beginenkutte, die Große Gass überquerte, fühlte sie sich plötzlich seltsam falsch in ihrem Gewand. Nein, das war nicht mehr ihr Leben, auch wenn sie gerne und manchmal sogar mit leichter Wehmut an ihre Zeit in dieser Frauengemeinschaft zurückdachte. Zugleich bat sie den Herrgott, ihr diese möglicherweise lästerliche Verkleidung zu verzeihen. Aber nur so würde sie unbehelligt zu den Wilhelmiten und damit zu ihrem Sohn gelangen.

Während sie das Martinstor durchquerte, das als inneres Stadttor tagsüber unbewacht war, glaubte sie mit einem Mal dicht hinter sich Schritte durch das Gewölbe hallen zu hören. Jäh wandte sie sich um, doch da war niemand bis auf zwei spielende Kinder. Trotzdem schlug ihr Herz schneller. Bereits am Vortag, auf dem Heimweg von der Wetzsteinin, hatte sie den Eindruck gehabt, verfolgt zu werden. Suchten sie jetzt schon Hirngespinste heim?

Sie zog sich die Kapuze tiefer ins Gesicht und lief noch eiliger weiter. Dieser Albtraum musste bald ein Ende haben.

Kapitel 22

«Mutter!», stieß Vitus leise hervor, nachdem Serafina ihre Kapuze herabgezogen hatte. Dann lagen sie sich auch schon in den Armen. Wie gut sich das anfühlte!

Der Prior räusperte sich schließlich. «Ich lass euch dann mal allein.»

Serafina trat einen Schritt zurück. «Danke, Bruder Matthäus.»

Mit einem deutlich missbilligenden Stirnrunzeln nickte er ihr zu und verließ die Stube des Gästehauses.

Der Pförtner hätte sie zuvor ums Haar nicht hereingelassen, nachdem er sie durch die Luke als Muhme des Klosterschützlings erkannt hatte. «Ihr wisst, dass Ihr nicht hier sein dürft. Da muss ich erst den Prior um Erlaubnis bitten.»

Auf ihr Flehen hin hatte er immerhin das Tor geöffnet, und sie hatte auch nicht lange warten müssen, bis Bruder Matthäus in großen Schritten auf sie zugeeilt war. Nur um ihr ebenfalls mit sorgenvoller Miene Vorhaltungen zu machen. «Nur dieses eine Mal, Frau Serafina, versprecht mir das», hatte er sie beschworen, während er sie zum Gästehaus führte. «Ich verstehe ja Eure Gefühle als Mutter, aber es ist zu gefährlich.»

«Als Mutter?», hatte sie verdutzt gefragt.

«Ja, ich weiß Bescheid, von Meisterin Catharina. Aber keine Sorge, von mir erfährt niemand etwas.»

Letztendlich war sie hierüber sogar erleichtert gewesen.

In einer Mischung aus Freude und Anspannung nahm sie Vitus jetzt bei der Hand, um sich mit ihm an den Tisch zu setzen. Sie konnte den Blick nicht von ihm abwenden.

«Wie fremd du aussiehst!»

Sein Schädel war tatsächlich geschoren, und er trug die braune Kutte der hiesigen Laienbrüder.

Er lächelte. «Wie ein echter Bruder Vitus eben. Stell dir vor: Ich nehme sogar hin und wieder an den Gebeten teil. Es bringt mich ein wenig zur Ruhe.»

«Es geht dir also gut?»

Erst nickte er, dann schüttelte er den Kopf.

«Vom Prior habe ich erfahren, dass auch Alessandro tot ist. Wie schrecklich das alles ist!»

«Ja, er wurde erschlagen, in der Baustelle hinter dem Münster. Adalbert war zur Beschau gerufen worden. Er kann aber auch nicht sagen, ob die Tat vor oder nach eurer Vorstellung geschehen ist.»

Sein Entsetzen wirkte echt, aber trotzdem musste Serafina ihn fragen, was ihr auf dem Herzen lag. Es hätte ihr sonst keine Ruhe mehr gelassen. Sie wusste aus eigener Erfahrung, wie wenig manchmal dazu gehörte, in höchster Erregung zuzuschlagen.

«Du und Alessandro – ihr hattet oft Streit in letzter Zeit. Wegen Madlena. Auch vorgestern?»

«Natürlich. Ich hätte ihn manchmal erwürgen können, so unverfroren, wie er vor meinen Augen mit Madlena getändelt hat.»

Dann erstarrte er.

«Mutter! Du glaubst doch nicht etwa, dass *ich* ihn erschlagen habe? Dass ich danach seelenruhig zu unserer Truppe zurückgekehrt bin, um mich umzuziehen, zu schminken und zu spielen, als sei nichts gewesen?»

Sie zog ihn in die Arme. «Nein, das glaube ich nicht. Ich weiß, dass du es nicht warst. Aber ich wollte es aus deinem Munde hören. Ich muss schlichtweg herausfinden, was im Einzelnen geschehen ist, verstehst du das?»

In seinem Blick waren immer noch Zweifel zu lesen. «Glaub mir, Mutter, das ist die Wahrheit. Außerdem war er kurz vor der Vorstellung noch auf dem Seil, und ich habe mich schon für den ersten Auftritt gerichtet.»

Verblüfft sah sie ihn an. Darauf hätte sie längst selbst kommen können. Sie hätte nur den Prinzipal oder die anderen Gaukler fragen müssen, wann jemand den Seiltänzer zuletzt gesehen hatte.

«Somit ist sicher, dass er während oder nach der Vorstellung erschlagen wurde. Nur: Wie konnte diese Antonia dann behaupten, dass du es warst?»

Vitus blieb der Mund offen stehen. «Das hat sie getan?»

«Ja, und obendrein noch vor dem Schultheißen.»

«Dieses kleine Miststück!», stieß er hervor. «Die hat ja ihren großen Bruder regelrecht vergöttert.»

Dann sah er sie aus traurigen Augen an. «Ich frage mich die ganze Zeit, ob Madlena tatsächlich heimlich mit ihm zusammen war. Bitte sag es mir, falls du mehr darüber weißt als ich.»

«Na ja, diese Antonia behauptet das zwar, aber ich finde, da solltest du dein Mädchen schon selber fragen.»

Sie spürte, wie er gegen die Tränen ankämpfte. «Ich glaube, Madlena ist gar nicht mehr mein Mädchen. Sie hat sich verändert, seitdem dieser vermaledeite Seiltänzer bei uns aufgetaucht war.»

«Ach mein Junge, dann war sie auch nicht die Richtige für dich!»

Ihre Worte kamen ihr schal und abgedroschen vor, und so umarmte sie ihn kurzerhand erneut.

«Könntest du dir vorstellen», fragte sie schließlich, «dass Alessandro aus Eifersucht die Beherrschung verloren hat, nur weil sich jemand zu offenherzig an Madlena herangemacht hat?»

«Vielleicht. Er ist … er war sehr hitzköpfig.»

«Und wenn wir in Gedanken einen Schritt weiter gehen: Traust du ihm nicht nur den Mord an Ratsherr Oblathus zu, sondern auch, dass er die Tat ausdrücklich dir in die Schuhe schieben wollte?»

Er schüttelte den Kopf. «Ich weiß nicht, nein … Oder vielleicht doch? Ich bin langsam völlig durcheinander.»

Sie konnte ihn so gut verstehen, wo es ihr nicht viel anders ging.

Fahrig nestelte er an der Kordel seiner Kutte herum. «Weißt du, was ich in diesen Stunden oft denke? Dass ich, wenn alles vorbei und der wahre Übeltäter gefasst ist, die Compania verlassen sollte. Die Jahre dort waren eine wichtige Zeit, aber ich bin des Herumziehens müde. Ich würde so gerne ein Handwerk erlernen, etwa das der Malerei oder auch der Bildschnitzerei.»

«Das wäre schön! Das könntest du doch auch hier in Freiburg tun.»

Seine Miene verfinsterte sich wieder. «Du vergisst, dass man für ein zünftiges Handwerk von ehrlicher Geburt sein muss, hier wie überall. Und das bin ich nun mal nicht, als Findelkind eines Klosters. Einem wie mir bleibt nur die Arbeit als Taglöhner, meinen Traum kann ich also begraben. Und hier in Freiburg», seine Stimme wurde rau, «würde man obendrein mit dem Finger auf mich zeigen. Da bleibt mit Sicherheit etwas zurück.»

«Nicht, wenn der wahre Übeltäter gefasst ist, wie du eben gesagt hast.»

«Ach Mutter, glaubst du wirklich noch daran? Ich habe langsam alle Hoffnung verloren.»

«Sprich nicht so, bitte! Ich werde alles dafür tun, dass du bald wieder ein freier Mensch bist. Und Adalbert und unsere Freunde auch.»

Er starrte zu Boden. In bedrücktem Schweigen saßen sie noch eine Weile zusammen, bis die Glocken der Klosterkirche zur Terz riefen.

«Möchtest du mit den Mönchen beten?», fragte sie.

Als er nickte, erhoben sie sich. Draußen vor der Tür schoss ihr durch den Kopf, dass sie ihren Sohn womöglich das nächste Mal in Fesseln vor dem Blutgericht wiedersehen würde.

Die Verzweiflung hierüber nahm ihr schier die Luft zum Atmen. «Kannst du dich wirklich an nichts erinnern, bevor du bewusstlos wurdest?»

«Nein. Das heißt doch!» Er wirkte plötzlich hellwach. «Da waren kräftige Schritte hinter mir zu hören gewesen, ganz sicher! Es kann also gar nicht Alessandro gewesen sein, weil der sich lautlos wie eine Katze bewegt! Weißt du, was *ich* glaube? Er war gar nicht am Bierausschank oder jedenfalls nicht mehr, sondern hatte den Meuchelmord mit angesehen. Dann hat er den Täter verfolgt, vielleicht sogar in dem Gedanken, dass ich es sei, und auf der Baustelle ist es zum Kampf gekommen. Somit hat der wahre Mörder ihn ebenfalls getötet, um ihn als Zeugen auszuschalten.»

«Wahrscheinlich hast du recht, Vitus, und Alessandro ist ebenso unschuldig wie du. Nur, wer war es dann?»

Er kniff die Augen zusammen und schien angestrengt nachzudenken. «Da ist noch etwas, woran ich mich jetzt erinnere: Ganz plötzlich hatte es hinter mir streng gerochen. Irgendwie unangenehm scharf. Und daraufhin folgte sogleich der Schlag.»

Kapitel 23

Kaum hatte Serafina Sankt Wilhelm verlassen, konnte sie ihre Tränen nicht länger zurückhalten. Falls Vitus' Schlussfolgerung stimmte, war der wohl einzige Mensch, der den Täter erkannt hatte, Alessandro. Und der war für immer zum Schweigen gebracht.

Wäre sie nicht so verzweifelt gewesen, hätte sie die Schritte hinter sich gewiss schon eher gehört und ihrem Verfolger im Gewirr der Vorstadtgassen entkommen können. So aber bemerkte sie nicht einmal, wie ein schmächtiger, rotblonder Mann in gediegenem Kaufmannsgewand sie am Ende des Oberrieter Gässleins überholte und ihr den Weg versperrte. Es war Simon Schwarzfärber.

«Gott zum Gruße, ehrwürdige arme Schwester. Hattet Ihr mit den Weißkutten etwas Wichtiges zu besprechen?»

Serafina senkte den Kopf und blickte angestrengt zu Boden. Ihr Herz schlug bis zum Halse. «Ich wüsste nicht, was Euch das angeht, Herr.»

Da zog er ihr auch schon die Kapuze vom Kopf. «Was soll dieser Mummenschanz? Wollt Ihr mich etwa für dumm verkaufen, Achazin?»

Ihr erster Gedanke war: Jetzt ist alles aus und vorbei! Sie wollte loslaufen, aber Schwarzfärber hielt sie am Arm fest.

«Ich werde Euch sagen, warum Ihr heimlich bei den Mönchen wart: weil sich dort Euer Schützling versteckt hält, jener Malefizkerl, der meinen engsten und treuesten Freund gemeuchelt hat.» Er lachte bitter auf. «Ich wusste doch, dass Ihr mich irgendwann geradewegs ans Ziel führt.»

«Was für ein Unsinn! Ich weiß nicht, wo Vitus sich aufhält. Außerdem ist es eine Unverschämtheit sondergleichen, mir nachzustellen. Wart Ihr das gestern etwa auch schon? Jetzt lasst mich endlich los!»

«O nein. Wir beide gehen jetzt gemeinsam ins Kloster zurück.»

«Ihr täuscht Euch, mein Neffe ist nicht bei den Wilhelmiten», fauchte Serafina. «Außerdem wird man Euch dort gar nicht erst hineinlassen.»

Er stutzte, und sie ergriff die Gelegenheit, sich loszureißen. Sofort wollte er sie erneut packen, doch da kamen ihnen von der Alten Metzig her zwei Männer entgegen und starrten misstrauisch herüber.

«Gut, gut», lenkte er ein. «Dann begleite ich Euch jetzt nach Hause. Euer Ehegemahl wird nicht sehr erfreut sein, Euch in diesem Aufzug zu sehen. Oder weiß er etwa ebenfalls Bescheid?»

«Ich sage gar nichts mehr.» Sie streifte sich die Kapuze wieder über den Kopf und marschierte los. So eilig, dass der Kaufmann kaum Schritt mit ihr halten konnte.

Ihre Gedanken rasten derweil. Was für eine Riesendummheit hatte sie nur begangen! Jetzt erst recht hatte sie Vitus in Gefahr gebracht. Diesen Fehler würde sie sich nie verzeihen. Und Adalbert würde maßlos enttäuscht von ihr sein …

«Wenn Ihr einen Mörder deckt», hörte sie Schwarzfärber neben sich schnaufen, «wird Euch das teuer zu stehen kommen!»

«Vitus hat Euren Freund nicht erdolcht, und das werde ich auch beweisen können.»

«Aha, dann kennt Ihr also schon den wahren Frevler?» Sein Tonfall klang spöttisch und verunsichert zugleich.

Doch für den Rest des Weges schwieg sie, von Verzweiflung und Selbstvorwürfen gequält. Wovor Adalbert und der Prior so eindringlich gewarnt hatten, war eingetreten: Sie selbst hatte Vitus' Versteck durch ihre Unvorsichtigkeit preisgegeben.

Als sie das Haus Zum Pilger erreichten, zitterten ihre Hände mit dem Schlüsselbund so sehr, dass sie nicht aufzuschließen vermochte. Schwarzfärber nahm ihr den Bund aus der Hand und sperrte auf.

«Medicus? Seid Ihr zu Hause?», rief er in die Eingangshalle hinein. Doch statt Adalbert erschien Irmlas kräftige Gestalt auf dem obersten Treppenabsatz.

«Frau Serafina, seid Ihr das etwa?» Mit bass erstauntem Gesicht kam sie die Treppe herunter. «Wieso, um Himmels willen, tragt Ihr diese Kutte?»

«Das wird Euch die Frau Stadtärztin sicher gerne erklären», erwiderte Schwarzfärber an Serafinas Stelle. «Oder besser noch dem Hausherrn. Wo steckt der Medicus?»

Irmla wirkte, was sonst nicht ihre Art war, sichtlich verwirrt. «Der ist nicht da. Und Ihr, Herr, geht jetzt besser.»

«Habt Ihr nicht gehört?» Serafina warf ihm einen wütenden Blick zu. «Verschwindet!»

«Bin schon unterwegs. Zum Glück ist die Kanzlei gleich nebenan, wo ich umgehend Meldung erstatten werde.»

Er machte auf dem Absatz kehrt und eilte hinaus. Kaum war die Haustür lautstark hinter ihm zugefallen, ließ sich Serafina auf den Schemel vor ihrem Arbeitsplatz sinken und brach in haltloses Schluchzen aus. Morgen früh war die dreitägige Frist der klösterlichen Freiung abgelaufen, dann konnten Schneehas und seine Bundesgenossen Vitus vor Gericht zerren. Gerechtigkeit würde ihm dort keine zuteilwerden, das war so sicher wie das Amen nach dem Gebet.

In den tröstenden Armen der alten Magd hatte sich Serafina gerade ein klein wenig beruhigt, als es auch schon lautstark klopfte.

«Aufmachen, sofort!», war die donnernde Stimme von Ratsherr Schneehas zu hören. Serafina sprang von ihrem Schemel auf und starrte Irmla hilflos an.

«Das könnte dem so passen», knurrte die Magd. «Solange Doctor Adalbert nicht im Haus ist, lassen wir keinen rein.»

Ein Vaterunser lang blieb es ruhig draußen. Serafinas Hände krampften sich an ihrem Arbeitstisch fest. Dann klopfte es abermals und ausdauernd, bis die Tür plötzlich aufschwang.

Herein trat Adalbert, mit rotem Kopf, gefolgt von Schneehas und einem bewaffneten Büttel.

«Kann mir jetzt endlich jemand erklären, was das soll?», rief er. Als er Serafina in ihrer grauen Beginenkutte vor sich sah, schien er zu begreifen. Vor Scham wäre sie am liebsten vor ihm im Boden versunken.

«Das darf doch nicht wahr sein», rief er fassungslos.

«Es tut mir so leid», murmelte Serafina und fragte sich kraftlos, was wohl als Nächstes folgen würde. Als der Silberkrämer hämisch zu grinsen begann, ergriff sie mit einem Mal eine maßlose Wut. Auf Schneehas, auf Schwarzfärber, ja, auch auf sich selbst. Jetzt erst recht würde sie um ihren Sohn wie eine Löwin kämpfen!

«Nun, werter Ratscollege», Schneehas' Grinsen wurde noch breiter, «das sieht ja fast so aus, als wäre Euer Weib wieder zu den Ketzerinnen übergetreten. In Wirklichkeit aber», er trat dicht an Serafina heran und rieb sich seinen ergrauten Backenbart, «schlägt sie ganz ihrem Neffen nach und spielt uns ein Possenspiel vor. Zum Glück hat Kaufmann Schwarzfärber ihre Verkleidung durchschaut und uns sogleich Bericht erstattet.»

«Wollt Ihr mich deshalb festnehmen?» Streitbar warf sie den Kopf in den Nacken und wies auf den Steckenknecht, der sich sichtlich unwohl in seiner Haut fühlte. «Soweit ich weiß, ist es nicht verboten, eine Beginentracht zu tragen. Noch nicht, jedenfalls.»

«Meinetwegen könnt Ihr auch in Lumpen durch die Stadt spazieren. Wir vom Gericht wissen jetzt aber endlich, dank Euch selbst, dass sich Euer Neffe, der des zweifachen Mordes wegen überall gesucht wird, bei den Weißkutten versteckt hält. Richtig?»

Sie biss sich auf die Lippen und warf Adalbert einen flehentlichen Blick zu. Bitte lass uns nicht aufgeben, wollte sie ihm damit sagen. Auch wenn ich einen kreuzdummen Fehler begangen habe.

«Wir wissen nicht, wo er ist», ergriff Adalbert denn auch grimmig das Wort und stellte sich schützend neben Serafina. Er überragte sowohl Schneehas als auch den Steckenknecht um mehr als eine Kopfeslänge. «Außerdem ist seine Schuld alles andere als bewiesen!»

Dankbar nahm sie seine Hand und drückte sie fest.

«Das dürfte nicht schwer werden», erwiderte der Silberkrämer. «Mein Gerichtscollege Quintlin ist schon auf dem Weg nach Sankt Wilhelm, in Begleitung von Gallus Sackpfeiffer. Bis dieser Gaukler sicher und gut bewacht im Turm einsitzt, werdet Ihr, liebe Frau Stadtärztin, Euer Haus nicht mehr verlassen. Nicht, dass Ihr ihm noch im letzten Moment zur Flucht verhelft, was ich Euch in Eurer Waghalsigkeit durchaus zutraue. Aber das wird der gute Mann hier zu verhindern wissen», er deutete auf den Stadtknecht, «indem er vor Eurer Haustür Stellung bezieht. Und auch Ihr, Medicus, dürft vorerst nur noch in Begleitung eines Wächters zu Euren Krankenbesuchen oder den Ratssitzungen.»

Adalbert baute sich drohend vor ihm auf. «Seid Ihr von allen guten Geistern verlassen? Nur weil Ihr gerade als Heimlicher Rat amtiert, besitzt Ihr keinerlei Handhabe, uns in häuslichen Arrest zu setzen.»

«Keine Sorge, die Billigung dieser Maßnahme werde ich mir jetzt gleich beim Schultheißen einholen.» Schneehas verneigte sich in falscher Höflichkeit und ging zur Tür. «Einen schönen Tag wünsche ich noch.»

Kaum war der Ratsherr mitsamt dem Knecht nach draußen verschwunden, barg Serafina ihr Gesicht in den Händen.

«Was soll jetzt bloß werden?», flüsterte sie.

«Nichts wird so heiß gegessen, wie es gekocht wird», hörte sie Irmla sagen. Dann spürte sie Adalberts Arm um ihre Schultern. Sie ließ die Hände sinken und sah ihn an.

«Kannst du mir verzeihen? Ich weiß, dass ich das niemals hätte tun dürfen. Aber ich *musste* Vitus einfach noch einmal wiedersehen.»

«Ach Serafina, Liebes, ich kann dich doch verstehen. Aber dieser Alleingang war wirklich eine große Dummheit. Und dann auch noch, ohne mir ein Wort zu verraten. Stell dir nur vor, man hätte dich jetzt statt im Hausarrest im Gefängnisturm festgesetzt.» Er versuchte sich an einem Lächeln und strich ihr über die Wange. «Ehrlich gesagt, beruhigt es mich fast ein wenig, dass du das Haus nicht mehr verlassen darfst. Allein um unserer Tochter willen. Was Vitus betrifft, hat Irmla schon recht: Selbst einen Schultheißen brauchen die Wilhelmiten nicht einzulassen, solange der Schutz noch nicht aufgehoben ist. Es bleibt uns also immer noch Zeit, noch ist nichts verloren.»

Kapitel 24

Keine halbe Stunde später saß Serafina in der Küche, wieder in ihrem eigenen Gewand, und versuchte, sich mit Kathrin und deren bunten Bauklötzen von ihrem Kummer abzulenken, während Irmla und Gisla das Mittagessen vorbereiteten. Sie war Adalbert mehr als dankbar, dass er ihr keine Vorwürfe mehr machte – die machte sie sich selbst zur Genüge. Andererseits hätte das Glück ihr nur ein bisschen zur Seite stehen müssen, und niemand hätte von ihrem heimlichen Ausflug erfahren. Warum nur hatte dieser Schwarzfärber ihr auf so niederträchtige Weise nachgeschnüffelt?

Serafina musste an sich halten, nicht ständig Löcher in die Luft zu starren. Adalbert war inzwischen in seinem Behandlungszimmer zugange, wo er dem Stadtschreiber, einem höchst gebildeten, aber leider der Völlerei zugeneigten Mann, Schröpfköpfe setzte. Eigentlich war das Schröpfen wie auch der Aderlass Aufgabe der Bader, doch Johans von Gloter wollte sich hierfür keinem gemeinen Handwerker ausliefern.

Bislang war noch keine Gelegenheit gewesen, Adalbert von Vitus' neuer Erkenntnis zu berichten, dass der Seiltänzer erst während oder nach der Aufführung zu Tode gekommen war und wohl auch kaum den Mord an Oblathus begangen haben konnte. Doch sie war mit Adalbert ohnehin übereingekommen, nach dem Essen, wenn Kathrin ihren Mittagsschlaf hielt, noch einmal zusammen in aller Ruhe die Reihe der Verdächtigen durchzugehen, derjenigen also, die einen Grund haben könnten, Oblathus aus dem Weg zu räumen. Für diesen Vorschlag war sie ihm sehr dankbar, denn allein vermochte sie keinen klaren Gedanken mehr zu fassen.

Da pochte es erneut gegen die Haustür, diesmal kaum hörbar.

«Ich gehe schon», erbot sich Gisla. «Das klingt mir diesmal nicht nach der Freiburger Obrigkeit.»

Von unten hörte man Männer- wie Frauenstimmen, dann stand Gisla auch schon wieder an der Schwelle zur Küche.

«Wenn du mal zur Tür gehen könntest, Serafina? Dieser dummdreiste Wächter will deinen Besuch nicht ins Haus lassen.»

«Wer ist es denn?», fragte Serafina müde. Sie wollte nur noch in Ruhe gelassen werden.

«Die Tochter des Prinzipals und diese Wahrsagerin aus dem schwarzen Zelt, die immer auf dem Jahrmarkt ist. Was die wohl hier will?»

Das fragte sich Serafina, während sie die Treppe hinunterstieg, allerdings auch, da sie diese Frau gar nicht kannte. Vor der halboffenen Haustür hatte sich ihr Bewacher breitbeinig aufgepflanzt.

«Jetzt seid so gut und lasst die beiden Frauen endlich herein», bat sie ihn und gab sich alle Mühe, freundlich zu bleiben.

«Ich weiß nicht, ob ich das darf.»

«Dann kommt, um Gottes willen, eben mit herein.» Insgeheim hoffte sie auf Neuigkeiten, und so wäre der Mann als Zeuge womöglich sogar hilfreich.

«Nun gut.» Übertrieben großmütig winkte er den Frauen, ihm zu folgen, und Serafina schloss die Tür hinter den dreien.

Aus Adalberts Behandlungszimmer drang leises Gemurmel. Sie hätte ihn gern bei sich gehabt, wollte ihn und seinen vornehmen Gast aber nicht stören.

Madlenas Augen sahen verweint aus.

«Noch einmal mein herzliches Beileid wegen Alessandro», wandte sich Serafina zunächst an das Mädchen. «Hat er denn schon seine letzte Ruhe gefunden?»

Die Tochter des Prinzipals schluckte. «Ja, wir beide kommen gerade vom Armenfriedhof.»

«Dann durftet ihr ihn also ans Grab begleiten?»

Sie nickte. «Alle fahrenden Leut waren mit dabei.»

«Und wie geht es seiner Schwester Antonia?»

Madlena zuckte die Achseln. «Sie muss die Truppe verlassen, sobald wir weiterziehen dürfen. Weil sie vor dem Herrn Schultheißen nicht ihr Maul halten konnte. Nur wegen ihr wird der Vitus jetzt doch verfolgt!»

Sie rang einen Augenblick um Fassung, dann deutete sie auf die rundliche, schon ältere Frau neben sich.

«Das ist Fortunata, die Wahrsagerin. Sie hat uns vor der Bestattung eine wichtige Nachricht überbracht. Ihr müsst das unbedingt auch wissen.»

Die Wahrsagerin war von Kopf bis Fuß in bunte Tücher gehüllt. Von ihren Ohren hingen riesige Ringe aus falschem Gold, das wettergegerbte, dunkle Gesicht und die schwarzen Augen verrieten ihre fremdländische Herkunft. Ihr Blick war so durchdringend, dass es Serafina schauderte. Wollte Fortunata ihr etwa Vitus' Schicksal offenbaren? Nein, Unsinn, niemand konnte in die Zukunft sehen, außer der Herrgott selbst.

«Willkommen in unserem Haus», begrüßte sie sie mit belegter Stimme. «Was wolltet Ihr mir berichten?»

Fortunata warf einen prüfenden Blick auf den Stadtknecht,

der scheinbar gelangweilt an Serafinas Arbeitstisch lehnte. Dann straffte sie die Schultern. Ihre Worte kamen bedächtig und hatten einen weichen, singenden Klang.

«Ich habe einen Kampf auf der Baustelle bei Eurer schönen Kirche beobachtet, vorgestern Nachmittag, als dieser Freiburger Ratsherr zu Tode kam.»

Sofort spannten sich bei Serafina alle Muskeln an, und auch der Wächter war mit einem Mal ganz Ohr.

«Was genau habt Ihr gesehen?», fragte sie.

«Nun, ich hab ja mein Zelt auf dem Kirchhof aufgebaut, gleich beim Tanzboden, und musste mal eben austreten. Ich war schon fast bei der Baustelle, wo man meist seine Ruhe zum Pinkeln hat, wenn dort nicht gerade besoffene Kerle herumstreiten und sich raufen. Das geschieht ja ständig auf der Kirchweih, aber unsereins kümmert sich da nicht weiter drum. Diesmal aber war alles sehr seltsam: Da rannte nämlich ein vermeintliches Weib an mir vorbei, mitten hinein in die dunkle Baustelle, und ihm dicht auf den Fersen der junge Seiltänzer aus der Straßburger Compania.» Bevor sie weitersprach, legte sie Madlena voller Mitgefühl die Hand auf die Schulter. «Das Weib war aber gar keines, weil ihm das falsche Haar vom Kopf gerutscht war. Ich bin dann wie festgewurzelt stehen geblieben, weil's mir angst und bange wurde. Die haben sich angeschrien, so etwas wie «Hab ich dich, du Dreckskerl» der Alessandro, und der andere: «Lass mich los, ich warne dich!» Dann war plötzlich Stille. Heraus aus der Baustelle kam nur noch der andere und rannte davon, als sei der Leibhaftige hinter ihm her, weg vom Jahrmarkt in die nächste enge Gasse. Da wusste ich, es war was Schlimmes geschehen.»

Serafina hatte ihr atemlos zugehört. «Habt Ihr das dem Schultheißen gemeldet?»

«Ach gute Frau, mir als Fahrender glaubt ja eh keiner. Aber wie ich gehört hab, dass sie den jungen Vitus verdächtigen, bin ich heute früh doch zum Schultheißen. Ein Herr namens Schneehas war auch dort und hat mich beiseitegenommen. Er sagte, dass er als Heimlicher Rat die Untersuchung leiten würde, und so habe ich ihm alles erzählt. Er hat sich sogar bedankt. Ich musste ihm aber schwören, nicht darüber zu reden, bis die Sache abgeschlossen ist.»

«Ha!» Der Wächter war mit zwei Schritten bei ihr. «Und was hast du grad getan, Weib? Das werde ich umgehend dem Gericht melden.»

«Dann tut das, Herr», gab Fortunata furchtlos zurück. «Aber alle Welt soll wissen, dass der Mörder des Ratsherrn und des Seiltänzers nicht Vitus war.»

«So habt Ihr den verkleideten Mann erkannt?», fragte Serafina ungläubig.

«Das nicht gerade. Es ging ja so schnell, und die waren auch gleich im Dunkel der Baustelle verschwunden. Aber eines weiß ich: Es war keiner von uns, sondern ein mir fremder junger Mann. Bloß ob ich ihn wiedererkennen würde, weiß ich nicht. Weil ich ihn doch zuvor nie gesehen habe.»

«Ein fremder junger Mann also!», rief Adalbert aus, der auf einmal mitten in der Diele stand, mit einem verdutzten Stadtschreiber an seiner Seite. «Habt Ihr das dem Schneehas genau so gesagt?»

«Aber ja!»

Auf Adalberts Stirn zeigte sich eine Zornesfalte. «Und dann erdreistet sich der Kerl, weiter an Vitus als Mörder festzuhalten und uns obendrein hier einzusperren? Das ist doch die Höhe!»

«So, das reicht jetzt.» Der Wächter zückte seinen Knüppel und trat auf die beiden Gauklerinnen zu. «Hinaus mit euch!»

«Mäßigt Euch gefälligst in Eurem Tonfall, Büttel!», mischte sich jetzt der Stadtschreiber ein. «Habt Ihr vergessen, dass Ihr Euch in Gesellschaft zweier angesehener Herren befindet?»

Sofort fiel der Mann in sich zusammen, doch Fortunata stand schon bei der Tür.

«Wir wollten ohnehin gehen. Ich habe alles Wichtige gesagt. Und Ihr, liebe Frau», erneut sah sie Serafina so durchdringend an, als könne sie in ihrer Seele lesen, «braucht keine Angst zu haben. Alsbald schon wird der Richtige am Galgen baumeln.»

Sie nahm Madlena beim Arm und verließ die Diele, gefolgt von dem sichtlich verunsicherten Büttel.

Kopfschüttelnd sah Adalbert ihnen nach. Dann geleitete er seinen Gast zur Tür. «Es tut mir leid, lieber Stadtschreiber, dass Ihr Zeuge dieser unschönen Vorstellung wurdet. Ich hätte Euch vorher sagen sollen, dass dieser Wächter nicht zu unserem Schutz vor dem Haus steht, sondern zu unserer Bewachung. Meine liebe Frau steht unter häuslichem Arrest, und ich selbst darf keinen Schritt mehr allein vor die Tür.»

«Ich werde hierüber Beschwerde beim Schultheißen einlegen», erwiderte Johans von Gloter und nickte Serafina beruhigend zu. «Schneehas hat den Bogen eindeutig überspannt. Ich hätte ihn für klüger gehalten, nach allem, was er mit seiner Beginenhetze vor drei Jahren ins Rollen gebracht hat.»

Fast freundschaftlich schlug er Adalbert auf die Schulter und fuhr mit einem Augenzwinkern fort: «Wahrscheinlich trägt er Euch noch immer nach, dass Ihr ihn nicht zu Eurer Hochzeit eingeladen hattet.»

Mit einem freundlichen Gruß in Serafinas Richtung trat er durch die Tür und wäre dort fast mit Catharina zusammengestoßen.

«Ah, die Meisterin der Christoffelsschwestern!», rief er aus.

«Gott zum Gruße, Mutter Catharina, tretet nur ein. Ich hoffe, dieser übereifrige Wächter hat Euch nicht belästigt.»

«Gott zum Gruße, Herr Stadtschreiber. Nein, der gute Mann hat sich nicht um mich gekümmert. Ist er zu *Eurer* Bewachung abgestellt?»

Johans von Gloter lachte. «Ich vermag schon selbst auf mich aufzupassen.»

Dann ging er gemächlichen Schrittes seiner Wege.

«Komm herein, damit ich's dir erklären kann.» Serafina zog sie in die Diele. «Möchtest du mit uns zu Mittag essen?»

«Danke, aber ich habe nicht viel Zeit. Hier, deine Sachen.» Sie reichte ihr ein Kleiderbündel. «Die lagen noch in Theresias Kammer. Deinen heimlichen Ausflug ins Kloster hättest du besser lassen sollen, wie ich sehe.»

Serafina spürte, wie sie rot wurde. «Es tut mir leid, dass ich Theresia und Grethe mit hineingezogen habe. Das Ganze war wirklich eine große Dummheit.» Ihr Blick ging unwillkürlich zu Adalbert, in dessen Augen aber keinerlei Groll mehr zu lesen war. «Immerhin», fuhr sie fort, «haben wir jetzt eine Zeugin, die Vitus' Unschuld beweisen kann. Du glaubst gar nicht, wie sehr mich das erleichtert!»

Catharina sah sie bass erstaunt an, und Serafina berichtete ihr von Fortunatas Beobachtungen.

«Dann war der Seiltänzer also dem fliehenden Mörder gefolgt», murmelte die Meisterin, «und hat ihn zu fassen gekriegt. Damit hat er auch gesehen, wer hinter der Verkleidung steckte.»

«So ist es», bekräftigte Serafina. «Und deshalb musste Alessandro sterben. Jetzt tut es mir von Herzen leid, dass ich ihn bis vor Kurzem ebenfalls dieser Tat verdächtigt hatte. Ganz davon abgesehen hatte Vitus mir heute Morgen berichtet, dass er kräftige Schritte hinter sich gehört hatte, bevor er niedergeschlagen wurde, was ganz und gar nicht zu dem Seiltänzer passt.»

Sie wandte sich Adalbert zu: «Wir wissen nun also, dass der Täter kein Gaukler war. Und ein jüngerer Mann. Nur wer? Und warum? Oblathus' Sohn Clausmann vielleicht, um den Misshandlungen seiner Mutter ein Ende zu machen? Oder Gschydlins Sattlergeselle Cunrat, da das Opfer seiner Liebe im Weg stand?»

Adalbert strich sich nachdenklich über die hohe Stirn. «Wir sollten auch den Sattlermeister selbst nicht außer Acht lassen. Der Streit zwischen ihm und Oblathus war heftig gewesen. Gschydlin ist zwar bereits in deinem Alter, wenn du mir erlaubst, das zu sagen, liebe Serafina, aber er könnte von Weitem durchaus noch als junger Mann durchgehen. Und hat er nicht dieselbe schlanke Statur wie Vitus?»

«Das stimmt. Aber stand er nicht während der Vorstellung in deiner Nähe?»

«Nur zu Anfang. Nach seinem Streit mit Oblathus ist er mir jedenfalls unter den Zuschauern nicht mehr aufgefallen.»

Serafina blieb skeptisch. «Trotzdem sollten wir zunächst dem Gesellen Cunrat und dem jungen Clausmann auf den Zahn fühlen.»

«Wir?» Adalbert legte den Kopf schief. «Du meinst wohl eher mich. Gut, ich will gleich nach dem Mittagessen unseren Freund Laurenz aufsuchen und nach Cunrat befragen. Als Nachbar wird er den Sattlergesellen wohl recht gut kennen. Vor allem aber muss er als Schöffe wissen, dass wir eine Zeugin haben. Eine, die Schneehas uns unverschämterweise einfach verschwiegen hat und von der wir den Schultheißen umgehend unterrichten werden.»

Catharina räusperte sich. «Da ist noch etwas: Ich bin nicht

nur gekommen, um die Kleider zurückzubringen, sondern weil soeben ein Bote von Bruder Matthäus bei mir war. Dieser zweite Heimliche Rat, dieser Quintlin, war an der Klosterpforte und hat ihm angekündigt, dass Vitus nun höchst amtlich des zweifachen Meuchelmordes angeklagt sei. Nach einem solchen Gewaltverbrechen werde der Klosterfriede nach drei Tagen null und nichtig, somit wird der Schultheiß morgen mit einer starken Mannschaft das Kloster durchsuchen. Wenn ihr mich fragt, sollte Vitus morgen früh aus Sankt Wilhelm verschwunden sein.»

Entgeistert starrte Serafina sie an. «Aber man muss die Anklage jetzt zurücknehmen, nach allem, was Fortunata beobachtet hat!»

«Das sehe ich genauso», pflichtete Adalbert ihr bei. «Und aus diesem Grund werde ich auf der Stelle zu Wetzstein gehen. Cunrat und Clausmann müssen unbedingt vorgeladen und befragt werden.»

Catharinas Miene drückte tiefe Zweifel aus.

«Ich möchte euch beiden nicht diese letzte Hoffnung nehmen, aber eine Wahrsagerin vom Jahrmarkt ist als Zeugin vor Gericht nicht viel wert. Erst recht nicht, wenn einer wie Schneehas und sein Busenfreund Quintlin die Zügel in der Hand halten.»

Ein eiskalter Schauer fuhr Serafina über den Rücken. Sie wusste, dass die Meisterin recht hatte. Bis heute Nacht mussten sie Vitus heimlich aus der Stadt bringen. Bloß wie?

Kapitel 25

Nicht gerade hoffnungsvoll kehrte Adalbert von seinem Besuch bei Laurenz Wetzstein zurück, den er zum Glück beim Mittagessen angetroffen hatte. Tatsächlich hatte ihn auf dem Weg dorthin auf lächerliche Weise ein Kanzleibüttel begleitet, den sein Freund allerdings voller Empörung weggeschickt hatte, bevor sie zusammen zum Schultheißen geeilt waren. Dort wenigstens hatten sie einen kleinen Erfolg errungen: Adalberts Bewachung sowie Serafinas Hausarrest wurden umgehend zurückgenommen, was gewiss auch daran lag, dass man nun Vitus' Versteck kannte. Was die Zeugin Fortunata betraf, so wollte Paulus von Riehen den Silberkrämer bei der heutigen Gerichtssitzung auf dieses «Versäumnis», wie er es genannt hatte, ansprechen. Die Hoffnung, dass der Schultheiß als oberster Gerichtsherr die Anklage gegen Vitus würde fallen lassen, sah Adalbert indessen schwinden: Nach wie vor hielt Paulus von Riehen Serafinas Sohn für einen der Hauptverdächtigen. Und die beiden Heimlichen Räte Schneehas und Quintlin taten dies erst recht, so viel war klar.

Adalbert mochte gar nicht daran denken, was Laurenz ihnen heute Nachmittag von der Sitzung berichten würde. Er kam sich so hilflos vor. Er konnte kaum noch mit ansehen, wie sehr sich Serafina quälte. Auch ihm war Vitus längst ans Herz gewachsen, aber für eine Mutter musste es schier unerträglich sein, das eigene Kind unschuldig vor dem Blutgericht zu wissen. Nein, er konnte es ihr nicht verdenken, dass sie sich entgegen aller Vernunft ins Kloster geschlichen hatte, zumal nicht abzusehen gewesen war, dass sich Schwarzfärber an ihre Fersen heftete. Er selbst hätte an ihrer Stelle wahrscheinlich dasselbe getan. Und möglicherweise hatte Schneehas es ohnehin längst geahnt, wo Vitus sich versteckt hielt, war ihm doch die gute Beziehung zwischen Serafina, Meisterin Catharina und Bruder Matthäus bekannt.

Als er die Küche betrat, fand er dort Irmla allein vor. Schweigend schöpfte sie ihm ein Schüsselchen mit dem warm gehaltenen Eintopf voll, aber er hatte keinen Appetit und aß nur ihr zuliebe ein paar Happen. Im ganzen Haus herrschte Stille. Grabesstille, dachte sich Adalbert. Es war die Zeit von Kathrins Mittagsschlaf, den gemeinhin auch die beiden alten Frauen zum Ausruhen nutzten.

«Ich ziehe mich dann ebenfalls zurück, Doctor Adalbert. Und seid bitte leise, Eure Frau ist mit Kathrin zusammen eingeschlafen. Sie war aber auch völlig erschöpft heute Mittag.»

Nachdem Irmla verschwunden war, schüttete er seinen Essensrest zurück in den Topf, dann schlich er auf Zehenspitzen die Treppe hinauf zu ihrer Schlafkammer. Vorsichtig zog er den Vorhang des Himmelbetts zurück und setzte sich auf die Kante. Mutter und Tochter schliefen fest, Kathrin mit geröteten Bäckchen, Serafina ganz blass um die Nase. Immer wieder zuckten ihre Finger, als wolle sie nach etwas greifen.

Voller Liebe betrachtete er die beiden Menschen, die sein ganzes Lebensglück ausmachten. Er wusste, er selbst würde bis zum Äußersten gehen, wenn Serafina oder seinem Kind Gefahr drohte. Und Serafina im umgekehrten Falle ebenso. Er musste ihr also zuvorkommen, bevor sie wegen Vitus wieder etwas

Unbedachtes tat. Wie konnte er den Jungen bloß unbemerkt aus der Stadt schaffen? Seit dem Mord an Oblathus waren die Wärter an den äußeren Stadttoren angehalten, jedermann zu überprüfen, und nachts waren die Tore ohnehin verschlossen.

Sosehr er sich mühte – ihm kam kein rettender Gedanke. Sein Kopf war wie leer gefegt. Schließlich streifte er die Hauspantoffeln ab und legte sich auf seiner Bettseite nieder. Über Kathrins kleinen Körper hinweg griff er nach Serafinas Hand und hielt sie fest.

So lagen sie eine ganze Weile beieinander. Fast wäre er selbst eingeschlafen, als ihre Arme wieder zu zucken begannen. Zugleich hörte er sie voller Angst rufen: «Komm! So komm doch!»

«Serafina, Liebes, ich bin bei dir. Beruhige dich.»

Sie öffnete die Augen, während Kathrin zwischen ihnen selig weiterschlief.

«Warst du bei deinem Freund Laurenz?», fragte sie leise, noch kaum richtig wach.

«Ja.» Er richtete sich auf. «Er will heute Nachmittag bei der Gerichtssitzung alles tun, was in seiner Macht als Beisitzer steht, und Schneehas wird vom Schultheißen höchstselbst eine Rüge bekommen, weil er Fortunatas Aussage nicht umgehend weitergegeben hat. Die Schlacht ist also noch nicht verloren.»

Das sollte zuversichtlich klingen, dabei spürte er selbst, wie hohl seine Worte klangen. «Was den Sattlergesellen Cunrat betrifft», fuhr er fort, «der hat sich nach Laurenz' Worten wahrhaftig auffallend erleichtert gezeigt über Oblathus' Tod. Aber Ottilia wusste zu berichten, dass Cunrat vorgestern einen Sattel nach Waldkirch gebracht hatte und erst am frühen Abend zurück war. Er kann es also nicht gewesen sein. Bleibt noch Clausmann Oblathus, der vorgeladen und befragt werden muss. Und Laurenz ist ganz meiner Meinung, dass auch der hoch verschuldete Gschydlin überprüft werden sollte. Zumindest sollten wir herausfinden, wo genau er während der Tat war.»

Sie nickte geistesabwesend. «Weißt du, was ich eben gerade geträumt habe? Dass sich Vitus mit mir zusammen auf eine Fähre retten konnte.»

Verdutzt sah Adalbert sie an. «Auf eine Fähre?»

«Ja. Wie du weißt, bin ich in einem Dorf bei Radolfzell aufgewachsen, im Hinterland des Bodensees also. Dort gilt auch die Fähre als Freistätte. Erreicht ein Verfolgter das Boot, darf der Fährmann ihn ungehindert ans Konstanzer Ufer übersetzen, womit er außer Landes ist. Mehr noch: Kommen Scherge und Verfolgter zugleich beim Boot an, kann der Fährmann nach altem Recht den Verfolgten nach vorn setzen, sich selbst in die Mitte und den Schergen nach hinten – somit hat der Fliehende am anderen Ufer einen Vorsprung. Das haben mir jedenfalls meine beiden Brüder damals erzählt.» Sie seufzte leise. «Leider liegt Freiburg nur an der Dreisam, und das Gebiet am anderen Ufer gehört ebenfalls zur Stadt.»

Er strich ihr über die Wange. «Ich werde eine Lösung finden, das verspreche ich dir.»

Am späten Nachmittag erschien wie versprochen Laurenz Wetzstein. Der sonst so besonnene Bäckermeister war außer sich.

«Es ist nicht zu fassen! Schneehas und sein Busenfreund Quintlin behaupten, dass die Wahrsagerin lügt, aus Verbundenheit mit ihren Jahrmarktsgenossen. Mehr noch: Wahrscheinlich habe sie sich vom Prinzipal kaufen lassen. College Magnus Pfefferkorn und ich haben uns vergebens den Mund fusselig geredet. Leider sieht es der Schultheiß keinen Deut anders – Fortunatas Zeugenaussage wird also nicht berücksichtigt.»

Sie standen alle drei in der Diele, da Laurenz in Eile war. Serafinas maßlose Enttäuschung war ihr im Gesicht abzulesen.

«Was ist mit Clausmann Oblathus?», fragte sie tonlos.

Laurenz schnaubte. «Clausmanns Vorladung, die Pfefferkorn und ich so dringlich angeraten haben, ist abgeschmettert worden. Ihr hättet Schneehas sehen sollen. Der hat sich aufgeführt, als ginge es ihm selbst an den Kragen. Es sei die Höhe, hat er gezetert, den eigenen Sohn des Opfers zu verdächtigen, nur aufgrund der Aussage eines närrischen alten Jahrmarktweibes. Die arme Familie sei schließlich gestraft genug.»

Adalbert nickte müde. Fast hatte er das schon erwartet. «Wie geht es nun weiter?»

Laurenz zögerte sichtlich. «Das Vorverfahren ist hiermit abgeschlossen, und der Endliche Rechtstag zur Urteilsverkündung wurde auf morgen zur dritten Nachmittagsstunde festgesetzt. Wie immer öffentlich in der Gerichtslaube.»

Serafina entfuhr ein unterdrückter Aufschrei. «Morgen schon? So schnell?»

Laurenz blickte so jammervoll drein, als habe er diese Nachricht selbst verschuldet. «Es tut mir von Herzen leid, liebe Serafina. Aber du darfst die Hoffnung trotzdem nicht aufgeben, noch ist nicht alles verloren. Letztendlich wird das Urteil vom Rat der Vierundzwanziger gefällt. Auch wenn diesem Ausschuss weder Adalbert noch unsere engeren Freunde angehören und wir Beisitzer am Rechtstag nichts mehr zu vermelden haben, so kann das Urteil nach Gnade und Barmherzigkeit noch immer in Milde umgewandelt werden. Es müssen nur genügend Gnadenbitten eingereicht werden, und an denen wird es nicht mangeln, da bin ich mir sicher.»

Wie ein geprügelter Hund verabschiedete er sich und ging zur Haustür. Dort drehte er sich noch einmal um.

«Ihr müsst mir nicht sagen, ob Vitus tatsächlich bei den Wilhelmiten ist. Aber ihr solltet wissen, dass das Kloster ab jetzt Tag und Nacht bewacht wird.»

«Danke, Laurenz», murmelte Adalbert. «Danke für alles.»

Er schloss die Tür hinter dem Freund und wagte kaum, Serafina anzuschauen. In seinem Kopf hämmerte nur noch ein einziger Gedanke: Wie konnten sie Vitus in Sicherheit bringen, wenn das Kloster jetzt unter Beobachtung stand? Seltsamerweise hatte er das dumpfe Gefühl, der Lösung ganz nahe zu sein. Und die hatte auf irgendeine Weise mit Serafinas Bericht von der Bodenseefähre als Freistätte zu tun.

Plötzlich sprang der Funke über: Das war der Schlüssel! Serafina hatte von ihren Brüdern gesprochen! Peter, der Ältere, war im Frühjahr vor zwei Jahren urplötzlich in Freiburg aufgetaucht, abgerissen und völlig mittellos, und hätte Serafina und ihn ums Haar ins Verderben gestürzt. Beide hatten sie ihm längst verziehen, und Peter selbst war wieder auf die Beine gekommen, hatte sich im fernen Hegau erfolgreich eine Pferdezucht aufgebaut und schickte ihnen alle paar Monate einen dankbaren Brief. Doch jenen Sonntag, als Adalbert gefesselt und geknebelt im Schweinekoben des Roten Matthes lag, würde er nie vergessen. Dieser Erzlump hatte Serafinas Bruder auf hinterhältige Weise zu seinem Komplizen gemacht und Adalbert nach dessen Gefangennahme endgültig beseitigen wollen. Und zwar in einem Kloakenfass!

Er drehte sich zu Serafina um. «Ich weiß jetzt, wie wir Vitus unbemerkt aus der Stadt bekommen. Noch heute Nacht wird er in Sicherheit sein.»

Kapitel 26

Für das Ausschöpfen der städtischen Abortgruben waren die Kloakenkehrer zuständig, die man auch scherzhaft Goldgräber oder Heimlichkeitsfeger nannte. Diese Tätigkeit war, wie die der Henker oder Abdecker, alles andere als ehrenhaft, da sie mit dem Gestank der körperlichen Ausscheidungen verbunden war und deshalb am späten Abend bei Dunkelheit verrichtet wurde. Was obendrein höchst gefährlich war. Die giftigen Miasmen konnten einen nicht nur krank machen, wenn man sich nicht mit Tüchern vor dem Gesicht schützte – ein falscher Schritt im Stockfinsteren, und man stolperte in die tiefe Grube, wo einem der qualvolle Tod durch Ertrinken drohte. Aus diesem Grunde war das Kloakenkehren gut bezahlt, und den Unterhalt von Maultier und Karre, mit der die gefüllten Fässer nachts hinausgefahren wurden, übernahm die Stadt.

In Adalberts Augen war diese Tätigkeit keineswegs anrüchig, sondern lebensnotwendig. Als studierter Arzt und Mann von gesundem Menschenverstand wusste er um die Bedeutung von Sauberkeit, gerade in einer eng besiedelten Stadt. Tierabfälle, menschliche Exkremente und sonstiger Unflat mussten nun einmal regelmäßig entsorgt werden, und somit begegnete er weder Kloakenkehrern noch Abdeckern mit Standesdünkel.

Zu Bertlin hingegen, dem, unterstützt von zwei Hilfsknechten, die Freiburger Abortreinigung unterstand, hatte Adalbert eine eher zwiespältige Beziehung. Bertlin war der jüngere Bruder des Roten Matthes, der ihn damals niedergeschlagen und entführt hatte. Bei seiner Befreiung hatte Matthes mit Bertlins Hilfe fliehen können und war nie wieder in Freiburg aufgetaucht. So hatte man ihn in Abwesenheit zum Brandmarken der Stirn verurteilt und den ewigen Stadtverweis erteilt. Bertlin selbst musste, da er an Adalberts Entführung unbeteiligt war, lediglich eine Kirchenbuße von drei Pfund Wachs verrichten, nachdem man ihm zehn gelinde Rutenstreiche auf den nackten Rücken verabreicht hatte.

Das alles war lange her, doch als sich Adalbert nun bei Einbruch der Dunkelheit auf den Weg in die Predigervorstadt machte, wurden die Ängste von damals, als er sich schon tot im Hirschgraben liegen sah, wieder in ihm wach. Aber Bertlin war nun einmal der Einzige, der Vitus retten konnte, und obendrein stand er in Adalberts Schuld. Was aber, wenn er sich weigerte mitzumachen? Oder erst gar nicht daheim war? Zum Leeren der Latrinenschächte war es zwar noch zu früh, aber Bertlin konnte sich durchaus auf dem Jahrmarkt herumtreiben, der nur noch bis zum morgigen Freitag stattfand.

Angespannt näherte sich Adalbert dem schäbigen, strohgedeckten Holzhäuschen gegenüber von Sankt Maria Magdalena, einem Frauenkloster. Die Gasse war menschenleer, und zwischen den geschlossenen Fensterläden der Hütte schimmerte ein Lichtstreifen. Blieb noch zu hoffen, dass der Kloakenkehrer, von dem er wusste, dass er ledig war, keinen Besuch hatte.

Er trat an die aus Brettern zusammengenagelte Haustür. Dabei schweifte sein Blick unwillkürlich zu der verwilderten Brache nebenan, wo sich im Hintergrund der Schatten des windschiefen Schweinekobens abzeichnete, dem Ort seiner Gefangenschaft. Innerlich schüttelte er den Kopf: Was er vorhatte, war mehr als waghalsig, zumal mit diesem Burschen als Komplizen. Es hatte ihn große Überredungskunst gekostet, Serafina von seinem Plan zu überzeugen. Wahrscheinlich würde sie die ganze Nacht kein Auge zutun, und auch ihm war reichlich mulmig zumute. Aber hatten sie denn eine andere Wahl? Außerdem war sein Vorhaben wohldurchdacht, sofern Bertlin mitspielte. Und dazu würde Adalbert ihn schon bringen.

Er gab sich einen Ruck und schlug kräftig gegen die Tür. Es dauerte eine Zeit lang, bis schlurfende Schritte zu hören waren. Eine junge Stimme rief: «Wer da?»

«Stadtarzt Achaz hier. Mach bitte auf, Bertlin.»

Ein Riegel wurde zurückgeschoben, dann stand der lange, dürre Kerl vor ihm, barfuß und mit struppigem Haar. Überrascht und nicht gerade erfreut glotzte er Adalbert an.

«Was wollt Ihr von mir?»

«Bist du allein?»

«Ja.»

«Sehr gut. Du musst mir helfen. Heute Abend noch.»

«Gar nichts muss ich», kam es unwillig zurück. «Will meinen Feierabend nämlich mit einem Krug Bier auf dem Tanzboden verbringen.»

«Du weißt, dass ich noch etwas gut bei dir habe.»

«Pah! Hab meine Strafe damals abgebüßt.»

«Das ja.» Adalbert sah ihn scharf an. «Aber du vergisst, dass du nur dank meiner und Ratsherr Wetzsteins Fürsprache dein Amt weiterführen durftest.»

Bertlin biss sich auf die Lippen.

«Oder soll ich», fuhr Adalbert fort, «unserem Bürgermeister verraten, dass du deine Gülle manchmal einfach in die Dreisam kippst, anstatt sie in die Mistgruben beim städtischen Bauhof einzugraben, damit sie zu Dünger wird?»

Diese Vermutung hatte er nur ins Blaue hinein geäußert, aber er schien damit richtiggelegen zu haben.

«Blödsinn.» Bertlin kratzte sich am Kopf. «Alsdann, was soll ich tun?»

«Nicht hier draußen.» Adalbert sah sich um, dann drängte er an Bertlin vorbei über die Schwelle und schloss die Tür hinter sich. Er hätte am liebsten die Luft angehalten, so sehr stank es drinnen nach Schweiß, Ruß und, ja, auch nach Gülle. Das ganze Erdgeschoss bestand aus einem einzigen Raum, in dem, von einer Tranlampe und dem Herdfeuer in der Kochecke spärlich beleuchtet, eine heillose Unordnung herrschte.

«Hör zu, Bertlin: Noch heute Abend wirst du mit deiner Fasskarre die Schneckenvorstadt aufsuchen.»

«Hä? Die Schneckenvorstadt ist erst wieder in zwei Wochen an der Reihe. Außerdem hätte ich das vorher anmelden müssen, damit mir zur Nacht das Obertor geöffnet wird.»

«Ich weiß. Aber du sollst auch nur zu den Wilhelmitermönchen, und die haben einen eigenen Viehdurchlass zur Dreisam hin, wie du weißt. Passt da deine Dreckkarre durch?»

«Ja, gerade so. Aber der Pfad dahinter ist ziemlich holperig.»

Adalbert nickte erleichtert. Der Weg aus dem Kloster hinaus, und zwar direkt durch die Stadtmauer, in dessen Winkel es gebaut war, hatte sich ihm als größtes Hindernis dargestellt.

«Ich sehe, du kennst diesen Ausgang, und nehme an, dass du die beiden Fässer gut und sicher festzurren wirst.»

Bertlin wirkte inzwischen sichtlich verwirrt. «Wieso zwei Fässer? Für die Latrine der Weißkutten brauch ich nur eines.»

«Das zweite Fass ist auch nicht für die Kloake gedacht, sondern für eine andere Fracht. Und deshalb», Adalbert griff in seine Rocktasche und zog ein Beutelchen mit Münzen hervor, «wirst du dieses Fass jetzt auch ordentlich sauber schrubben.»

Bertlin runzelte die Stirn. «Da ist doch was faul an der Sache.»

«Es soll dein Schaden nicht sein.» Adalbert öffnete den Beutel und hielt ihn ihm unter die Nase. «Wenn du ab jetzt keine Fragen mehr stellst, ist das Geld nach getaner Arbeit dein. Das sind dreißig Kreuzer, also ein halber Gulden.»

In Bertlins Augen trat ein Glitzern. «Einverstanden, Medicus. Ich mach mich gleich ans Ausputzen, die Fässer stehen hinter dem Haus. Aber darf ich wenigstens wissen, für was das zweite Fass gedacht ist?»

Adalbert räusperte sich. «Nun ja, darin wirst du mich unbemerkt ins Kloster bringen.»

«Wie bitte?» Bertlin machte ein Gesicht, als hätte ihm soeben jemand verkündet, dass König Sigismund ihn besuchen kommen wolle. «Warum klopft Ihr nicht einfach an der Pforte an?»

Adalbert zögerte einen Moment, da er dem Burschen keineswegs voll und ganz vertraute. «Weil die Stadtwache davorsteht und man mich nicht einlassen würde.»

«Aha.» Erneut kratzte sich Bertlin am Kopf. «Und zur Stadt hinaus werdet Ihr ebenfalls im Fass sitzen?»

«Nein, da werde ich mich auf deiner Karre unter einer Decke verstecken, um ein Auge auf dich zu haben.»

«Das verstehe ich nicht. Und was ist mit dem leeren Fass?»

«Darum brauchst du dich nicht zu kümmern. Ich habe dir doch gesagt, du sollst keine unnötigen Fragen stellen.»

«Haltet mich nicht für blöde, Herr Stadtarzt, aber mich beschleicht da eine Ahnung. Kann es sein, dass ich einen Menschen aus der Stadt schmuggeln soll? Vielleicht zufällig diesen

Mörder des Ratsherrn, der sich irgendwo versteckt hält und der mit Eurem Eheweib verwandt sein soll? Ihr wollt mich wohl in Teufels Küche bringen!»

Adalbert war zusammengezuckt. So tumb schien der Bursche offenbar doch nicht zu sein. Er beschloss, ihm reinen Wein einzuschenken, auch wenn das ein großes Wagnis sein mochte.

«Nein, Bertlin, bei dem Gesuchten handelt es sich ganz und gar nicht um einen Mörder. Wenn du mir hilfst, rettest du im Gegenteil einem Unschuldigen das Leben, und das wird dir in den Augen des Herrgotts große Gunst erweisen. Außerdem solltest gerade du dich nicht päpstlicher als der Papst aufführen, wo du damals deinem gewalttätigen Bruder zur Flucht verholfen hast.»

Als Bertlin zögerte, legte er ihm väterlich die Hand auf die Schulter.

«Glaub mir, jetzt tust du etwas wirklich Gutes. Mehr noch: Als Christenmensch ist es deine Pflicht zu helfen. Und ein halber Gulden Lohn für deine Mühe ist ja wohl auch nicht zu verachten. Du bekommst das Geld, sobald wir den Freiburger Gerichtsbann hinter uns haben. Vorausgesetzt, du machst keinen Fehler oder verrätst uns, sollte dich jemand ansprechen.»

Bertlin legte die Stirn in tiefe Falten, dann nickte er schließlich. «Ihr könnt Euch auf mich verlassen, Herr Stadtarzt.»

Kapitel 27

Adalbert kauerte zusammengekrümmt in tiefschwarzer Finsternis und wurde bei jedem Schlagloch gegen die hölzernen Dauben geschleudert. Vor allem aber bekam er kaum noch Luft unter dem Tüchlein, das er sich vor Mund und Nase hielt. Obwohl Bertlin unter seiner Aufsicht das Fass von oben bis unten geschrubbt und mehrfach mit Regenwasser ausgespült hatte, stank es noch immer ekelhaft nach Kloake.

Die Fahrt durch die Prediger- und Schneckenvorstadt kam Adalbert wie eine Ewigkeit vor. Er hätte, nachdem das Maultier eingespannt war, bis in die Oberrieter Gasse auch zu Fuß gehen können, doch es erschien ihm zu gefährlich, erst mitten in der Schneckenvorstadt in das Fass zu klettern, selbst bei Dunkelheit. Noch waren zu viele Menschen unterwegs, da der Michaelismarkt bis zur neunten Abendstunde geöffnet hatte. Hin und wieder drang von draußen trunkenes Gelächter an sein Ohr oder die Musik von Fiedeln und Sackpfeifen, manchmal hörte er auch Bertlin fluchen, weil ihm die Leute nicht rasch genug aus dem Weg gingen. Inzwischen fragte er sich selbst, ob er von allen guten Geistern verlassen war, wie Serafina es ausgedrückt hatte. Jetzt erst wurde ihm so richtig bewusst, wie viel er aufs Spiel setzte. Mit Ehrenstrafe und Stadtverweis musste er rechnen, wenn man ihn erwischte, womit sein Amt, sein Wohlstand, sein Ansehen verloren wären. Doch dann wies er diesen Gedanken weit von sich. Sein Familienglück mit Serafina und Kathrin würde ihm keiner rauben können, und wenigstens würde er sich niemals vorwerfen müssen, nicht alles für Vitus getan zu haben.

Als ihm in seiner engen Behausung schon fast die Beine abgestorben waren, kam die Karre mit einem Ruck zum Stehen.

«Wir sind gleich da», rief Bertlin halbwegs leise. «Vorne am Tor steht ein Wachmann.»

Adalbert schickte ein Stoßgebet zum Himmel. Seine Anspannung wuchs. Nun würde sich zeigen, ob auch das nächste Hindernis gefahrlos zu überwinden war. Der Klosterpförtner rechnete nämlich keineswegs für diesen Abend mit einer Kloakenreinigung, und der abgestellte Büttel durfte nur ja keinen Verdacht schöpfen. Aus diesem Grund hatte er Bertlin eingeschärft, was er dem Bruder Portarius zu sagen hatte, und ihn den genauen Wortlaut dreimal wiederholen lassen.

Das Maultier zog wieder an. Er hörte Bertlin der Wache einen Gruß zurufen, dann hielt die Karre erneut.

«Na, wieder mal auf nächtlicher Goldsuche, Bertlin?», tönte es zurück, und zu Adalberts großer Erleichterung war es nicht Sackpfeiffers Stimme. Der wäre womöglich misstrauisch geworden, dass ausgerechnet an diesem Abend die Fasskarre vorfuhr.

«Na ja, einer muss ja den Dreck der Leute wegmachen. Einen schönen Abend noch, Kunz.»

«Danke. Zum Glück werde ich bald von der Nachtwache abgelöst. Puh, deine Karre stinkt ja noch zehn Schritte gegen den Wind!»

Das Maultier schnaubte leise. Mit angehaltenem Atem spitzte Adalbert die Ohren. Die Glocke der Klosterpforte ertönte, ein Quietschen verriet ihm, dass die Luke geöffnet wurde.

«Einen guten Abend, Bruder Pförtner», rief Bertlin so laut, dass es auch der Wächter hören konnte, und seine Stimme hatte einen gänzlich unbekümmerten Tonfall. «Der Herr Prior hat nach der Fasskarre geschickt. Eure Latrine soll wohl verstopft sein.»

Was der Pförtner antwortete, war nicht zu verstehen, doch der Kloakenkehrer redete bereits wie abgesprochen weiter.

«So fragt ihn halt danach, Bruder Pförtner, ich warte solange hier. Und sagt ihm bitte auch, dass ich die Arzeney gegen den Veitstanz dabeihabe. Das ist ganz wichtig.»

Der Junge machte seine Sache wirklich gut. Bruder Matthäus würde die Botschaft sofort verstehen: Der Heilige Veit, in dieser Gegend Vitus genannt, war Namensgeber jener unerklärlichen Krankheit, die in der gelehrten Medizin auch als Chorea bezeichnet wurde. Und das Wort Arzeney sollte dem Prior verraten, dass Adalbert selbst mit im Spiel war.

Zu seiner Überraschung öffnete sich gleich darauf mit lautem Knarren das Klostertor, und die Karre rumpelte in den Wirtschaftshof. Kein Ave Maria später blieb sie stehen.

«Dich schickt der Stadtarzt, nicht wahr?», hörte er den Pförtner flüstern.

«Ja, das heißt nein.» Bertlin senkte ebenfalls die Stimme, sodass er eben noch zu verstehen war. «Er ist bei mir.»

Kurz darauf wurde der Deckel des Fasses geöffnet, und Adalbert erblickte über sich, im Schein einer Pechfackel, Bertlins breit grinsendes Gesicht. Dem Laienbruder neben ihm blieb der Mund offen stehen.

«Gütiger Herr im Himmel! Der Herr Medicus!»

Die beiden halfen ihm herauszuklettern. Adalbert holte tief Luft und streckte erst einmal alle Glieder von sich. Ein Blick Richtung Klostertor sagte ihm, dass sie weit genug davon entfernt waren, sodass der Wächter draußen sie nicht hören konnte. Und der beißende Geruch verriet, dass sie sich nahe der Abortgrube befanden.

Er reichte dem Pförtner die Hand. «Danke, dass Ihr uns sofort eingelassen habt, Bruder.»

«Nun, die Losung war mehr als deutlich. Wir alle hier zerbrechen uns schon den ganzen Tag den Kopf, wie wir den armen Vitus vor dem Zugriff der Obrigkeit bewahren können. Aber wir werden ja leider gut bewacht, auch draußen vor dem Durchlass in der Stadtmauer.»

Adalbert nickte. «Das dachte ich mir. Aber so, wie wir hereingekommen sind, werden wir auch herauskommen.»

«Nein, nein, nein – was Ihr für Einfälle habt! Aber jetzt gehe ich Bruder Matthäus holen. Den Vitus findet Ihr im Gästehaus.»

«Und ich», Bertlin zog Schaufel und Spitzhacke vom Wagen, «füll schon mal Kloake ein. Allzu viel wird's ja nicht sein, wo ich erst letzten Monat hier war.»

Als Adalbert die Stube des Gästehauses betrat, fand er Vitus in der braunen Kutte der Laienbrüder am Tisch vor. Mit dem Rücken zur Tür saß er aufrecht und reglos vor einem Becher Wein.

«Vitus?»

Der Junge fuhr herum und starrte ihn ungläubig an. Im Kerzenlicht wirkte seine Haut ungesund fahl, unter den Augen lagen dunkle Schatten, und der geschorene Schädel ließ sein bartloses Gesicht noch schmaler erscheinen.

Er sprang auf. «Adalbert!»

Sie umarmten einander, und Adalbert spürte, dass Vitus den Tränen nahe war.

«Wieso haben dich die Büttel hereingelassen?», fragte er schließlich.

«Das erkläre ich dir gleich. Wie geht es dir, mein Junge?»

«Gar nicht gut. Morgen kommen sie mich holen. Und dann muss ich vor das Blutgericht.»

«Nein, Vitus. Weil wir dich jetzt nämlich wegbringen von hier.»

Adalbert wollte gerade ansetzen, sein Vorhaben zu erklären, als Bruder Matthäus durch die Tür stürmte.

«Ich glaube es nicht! Ihr wollt Vitus wahrhaftig mit der Kloakenkarre fortbringen? Diesen Einfall hat Euch der Himmel geschenkt.»

Er zog Adalbert voller Freude in die Arme.

«Kloakenkarre?» Verständnislos sah Vitus die beiden an.

Da berichtete Adalbert ihm, wie er hereingekommen war und was er vorhatte.

«Hinter dem Zollhaus im Dreisamtal», schloss er, «endet die Freiburger Herrschaftsgewalt. Nur eine Viertelwegstunde dahinter liegt das Dörfchen Ebnot. Dort im Pfarrhaus bist du erst einmal in Sicherheit, und bis dorthin werde ich dich auch begleiten. Ich denke nicht, dass die Straße am Zollhaus jetzt in Friedenszeiten zur Nachtstunde überwacht wird, aber falls uns doch ein Zöllner anhalten sollte, wird Bertlin ihm sagen, dass er bei seiner Braut in Ebnot übernachten will. Und für dich geht es dann weiter zu Serafinas Bruder Peter.»

«Ich weiß nicht …», unterbrach ihn Bruder Matthäus und wiegte voller Bedenken den Kopf. «Was, wenn jemand Euren nächtlichen Besuch im Pfarrhaus bemerkt und es meldet? Ebnot gehört den Herren von Snewlin-Landeck, und die sind mit dem Schultheißen verschwippt und verschwägert. Womöglich würde man Vitus ohne Bedenken an Freiburg ausliefern. Ich mache Euch einen besseren Vorschlag: Ihr lasst Ebnot links liegen und marschiert weiter bis ins Oberrieter Tal.»

Er wandte sich an Vitus.

«In unserem Waldkloster bist du wirklich sicher. Es ist weit genug weg, und das ganze Gebiet rundum gehört zur Grundherrschaft unseres Ordens. Die Freiburger Obrigkeit hat dort also rein gar nichts zu vermelden. Dort könntest du eine Weile bleiben oder zumindest warten, wie das Gerichtsurteil ausfällt. Vielleicht helfen dir ja unser aller Gnadenbitten. Ich will gleich ein Schreiben aufsetzen an Bruder Klaus, meinem dortigen Stellvertreter. Auf dass er Bescheid weiß.»

«Danke, Bruder Matthäus», stieß Vitus hervor. «Ich danke Euch von ganzem Herzen.»

«Nun, wie du vielleicht weißt, ist das Waldkloster vor einigen Jahren fast vollständig abgebrannt. Du kannst dich also beim Aufbau gerne nützlich machen. Und jetzt nimm von dem Wein und dem Brot, du hast den ganzen Tag kaum etwas gegessen. Es sind immerhin drei Wegstunden bis zum Waldkloster.»

Nachdem Bertlin mithilfe eines Klosterbruders seine Arbeit beendet hatte, standen auch Adalbert und Vitus bereit. Mit dem Kloakenkehrer vereinbarten sie, dass der sie bis zum Abzweig nach Ebnot auf der Fasskarre mitnehmen würde, von dort an wollten sie die restlichen zwei Stunden zu Fuß gehen. Vitus hatte seine Kutte vorsichtshalber anbehalten, da ein wandernder Laienbruder zu nächtlicher Stunde noch den geringsten Verdacht erregte.

Adalbert spürte, wie er zunehmend ruhiger wurde. Die Nacht war zwar kühl, aber mondhell, und auf Bertlin würden sie sich verlassen können, wo der Prior auf dessen Lohn noch einen halben Gulden draufgelegt hatte. Blieb nur zu hoffen, dass sie unterwegs in keine missliche Lage gerieten. Zumal sie sich die erste halbe Stunde noch immer auf Freiburger Gemarkung befinden würden.

Bruder Matthäus wünschte ihnen noch viel Glück und Gottes Segen, dann kletterte Vitus in sein Fass, und Adalbert kauerte sich hinter dem Kutschbock neben dem Werkzeug zusammen, verborgen unter einer dicken Pferdedecke. Auch Vitus bekam eine solche Decke zur Hand, als Schutz gegen die Kälte und gegen die Stöße des Karrens.

Die schmale Seitenpforte des Klosters, die durch die Festungsmauer hindurch direkt aus der Stadt hinausführte, knarrte erst ein wenig, dann fiel sie leise hinter ihnen ins Schloss. Würde der Wächter am Durchlass, von dem der Pförtner gesprochen hatte, die Dreckkarre unbehelligt ziehen lassen?

Doch schon im nächsten Augenblick hielt die Karre abrupt an, und Adalbert erschrak bis ins Mark.

«Sieh da, der Bertlin!», rief eine ihm wohlvertraute Stimme.

Gallus Sackpfeiffer!

Adalberts Muskeln krampften sich zusammen. Jetzt konnte ihnen nur noch der Herrgott helfen.

«Einen schönen guten Abend, Stadtbüttel», erwiderte Bertlin betont munter. «Wenn Ihr mich bitte durchlasst? Will die Kloake der Wilhelmiten noch eben zu den Gruben hinter der Bleiche bringen und dann meinen Feierabend genießen.»

«Das darfst du gerne tun. Aber zuvor wollen wir doch mal sehen, was du sonst noch so auf deiner Karre geladen hast. Also runter mit dir vom Kutschbock.»

Da wusste Adalbert: Sie waren verloren!

Kapitel 28

Wie aus dem Nichts erschien ein Trupp schwer bewaffneter Reiter und stellte sich der Maultierkarre in den Weg. Die eisernen Harnische glänzten im Mondlicht, aus den Nüstern der schnaubenden Pferde stiegen Atemwölkchen in die kühle Nachtluft.

Der Anführer zückte sein Schwert und richtete es gegen Bertlins Brust. «Wo steckt der Kerl? Etwa in deinem dreckigen Jauchefass?»

Sofort riss Bertlin flehentlich die Arme in die Höhe. «Ich kann doch nichts dafür. Der Stadtarzt hat mich gezwungen.»

Der Anführer holte aus und kappte mit zwei kräftigen Hieben die Seile, mit denen die Fässer festgezurrt waren. Jenes, in dem Vitus sich verbarg, fiel mit einem dumpfen Schlag zu Boden, rollte noch ein Stück weiter, während aus dem Inneren unterdrücktes Stöhnen zu hören war.

«Los, Leute, holt euch den Mörder.»

«Niemals!» Adalbert kroch aus seinem Versteck. «Er ist unschuldig!»

Er sprang von der Karre, rannte mit geballten Fäusten auf den Anführer zu. Der, noch immer hoch zu Ross, holte abermals aus. Adalbert erstarrte, dann fuhr die Klinge des Schwerts in unwirklicher Langsamkeit durch die Luft und senkte sich in seinen Hals …

«Nein!», schrie Serafina und fuhr schweißgebadet von ihrem Kopfkissen auf. Erschreckt fing Kathrin neben ihr zu weinen an.

«Entschuldige, mein Schatz. Ich hab nur schlecht geträumt.» Sie zog die Kleine an sich. «Schlaf weiter, es ist noch dunkel draußen.»

Sie selbst fand nicht mehr in den Schlaf zurück. Und das, obwohl sie vor diesem schrecklichen Traum bereits die halbe Nacht wach gelegen war. Zu sehr quälte sie die Sorge um Adalbert und Vitus, zu groß waren ihre Selbstvorwürfe. Zugleich verspürte sie eine solch tiefe Dankbarkeit gegenüber ihrem wagemutigen, selbstlosen Mann, dass es fast schmerzte. Ja, sie hätte sein Vorhaben vielleicht verhindern können oder sollen, aber gab es denn einen anderen Ausweg?

Als endlich fahles Tageslicht durch die Dachluke drang und von unten die Schritte der Frauen auf dem Dielenboden zu hören waren, erhob sie sich und kleidete sich an. Ihr Kind schlief selig weiter, es wusste zum Glück noch nichts von den Gefahren und Boshaftigkeiten dieser Welt.

Völlig übernächtigt betrat Serafina die Küche, wo Irmla das Feuer anschürte.

«Ihr seht ganz elendig aus, Frau Serafina», sagte die Magd besorgt.

«So fühle ich mich auch.» Sie ließ sich auf die Bank sinken. «Wo ist Gisla?»

«Am Brunnen, Wasser holen.»

«Und Adalbert ist noch immer nicht zurück», murmelte Serafina.

Inzwischen war sie sich fast sicher, dass den beiden etwas zugestoßen sein musste. Sein Plan war gewesen, Vitus ins Ebnoter Pfarrhaus zu bringen, da er mit dem dortigen Pfarrer gut bekannt war. Nach ein paar Stunden Schlaf wollte er noch vor Sonnenaufgang wieder aufbrechen, um bei Öffnung der Tore zurück in Freiburg zu sein. Vitus hingegen sollte sich erst noch mit einem guten Frühstück stärken, um hernach weiter über die Wagensteige in Richtung Hegau zu ihrem Bruder zu wandern. Sie hatte ihm einen Brief an Peter mitgegeben, mit der Bitte, Vitus vorerst bei sich aufzunehmen. Serafina war überzeugt, dass Peter dies mit Freuden tun würde, schon allein, um sich wegen der Sache von damals endlich erkenntlich zeigen zu dürfen.

Sie schrak zusammen, als sie von der Gasse her Trommelschläge vernahm: Der Stadtknecht rief bereits den anstehenden Gerichtstag aus!

Eine warme Hand legt sich ihr auf die Schulter.

«Der Doctor Adalbert», sprach die Magd beruhigend auf sie ein, «ist sicher bald zu Hause und Euer Vitus in Sicherheit. Ganz bestimmt.»

«Aber von Ebnot hierher ist es gerade einmal eine gute Stunde Fußmarsch, wenn man so flott einherschreitet wie mein Mann. Und jetzt ist es schon taghell!»

In diesem Augenblick klopfte es unten gegen die Haustür, während Kathrin in der Dachkammer lautstark verkündete, dass sie wach war.

«Na also», brummte Irmla. «Unser Herr Doctor hat bestimmt mal wieder den Hausschlüssel vergessen. Geht Ihr nur die Kleine holen, ich mach schon auf.»

Doch es war Catharina, die kurz darauf in der Küche stand und ihrem verschlafenen Patenkind einen Kuss auf die Wange drückte.

Überrascht sah Serafina sie an. «Ist die Frühmesse bei den Barfüßern schon zu Ende?»

«Nein, ich war gar nicht dort. Stell dir vor, die Scharwache war soeben bei uns.» Dankend nahm sie den Becher mit warmer Milch entgegen, den Irmla ihr reichte. «Sie haben unser ganzes Anwesen durchsucht. Selbst den Ziegenstall, den Dachboden und Mettes Kerzenwerkstatt haben sie auf den Kopf gestellt.»

«Ach herrje!» Erschrocken ließ Serafina den Löffel sinken, mit dem sie ihrer Tochter Milchbrei in den Mund schob. «Wegen Vitus?»

«Ja. Sie haben ihn bei uns vermutet, nachdem man ihn bei den Wilhelmiten offensichtlich nicht vorgefunden hat.»

Serafina stieß erleichtert die Luft aus. «Dann ist ihm die Flucht geglückt!»

«Hoffen wir es.» Durchdringend blickte die Meisterin sie an. «Deshalb bin ich auch hier. Ich denke, du kannst mir dazu Näheres berichten.»

Serafina nickte und klärte sie in wenigen Worten darüber auf, was Adalbert vorgehabt hatte.

Ungläubig schüttelte Catharina den Kopf. «Auf der Dreckkarre des Abortkehrers? Ich fasse es nicht. Ein solcher Einfall kann nur von dir kommen.»

«Nein, nein, das war ganz und gar Adalberts Einfall, das schwöre ich dir. Aber ich mache mir große Sorgen, denn er sollte längst zurück sein.»

«Vielleicht hat er ja im Pfarrhaus verschlafen. Das wäre nach einer solch tollkühnen nächtlichen Unternehmung ja auch kein Wunder.»

«Das glaube ich nicht. In solchen Dingen ist auf Adalbert vollkommen Verlass.»

«Wenn du willst», Catharina stellte den leeren Becher auf dem Tisch ab, «gehe ich jetzt gleich hinüber ins Kloster und frage Bruder Matthäus, ob gestern Nacht alles geklappt hat und ob er Nachrichten hat. Oder möchtest du mit mir kommen?»

«Nein, ich warte lieber hier. Aber es würde mich sehr beruhigen, wenn du mir Bescheid gibst. Womöglich hat Adalbert ja seine Pläne geändert.»

«Gut, dann mache ich mich gleich auf den Weg und berichte dir danach.»

«Danke!»

Gerade als Catharina die Küche verlassen wollte, klappte unten die Tür.

«Adalbert, bist du das?», rief Serafina freudig und folgte Catharina zur Treppe.

«Nein, ich bin's nur», ertönte Gislas Stimme, die vom Wasserholen zurück war, und ihre Stimme klang ernst. «Kommst du bitte herunter, liebe Serafina? Stadtbüttel Sackpfeiffer möchte mit dir reden.»

Serafinas Hand krampfte sich in Catharinas Arm. Das konnte nichts Gutes bedeuten.

Gemeinsam eilten sie hinunter in die Diele, wo Gallus Sackpfeiffer sichtlich angespannt von einem Bein aufs andere trat. Dabei knetete er unablässig die Krempe seines Huts in den Händen.

«Können wir unter vier Augen reden, Frau Serafina?», fragte er mit Seitenblick auf Gisla und die Meisterin.

«Aber ja.» Serafinas Gefühl der Beklommenheit wuchs. «Gehen wir ins Behandlungszimmer.»

«Bis später dann», verabschiedete sich Catharina mit sorgenvollem Blick.

Serafina nickte nur stumm und führte den Büttel nach nebenan.

«Ihr seid wegen meinem Mann hier, nicht wahr?», begann sie geradeheraus. «Ist ihm etwas zugestoßen?»

Sackpfeiffer kniff grimmig die Augen zusammen. «Um es kurz zu machen: Ich habe ihn gestern Abend erwischt. Ihn und Euer Patenkind Vitus, versteckt auf Bertlins Fasskarre, wie sie gerade durch die Pforte in der Stadtmauer das Wilhelmitenkloster verließen. Die Herren vom Gericht haben also recht gehabt mit ihrer Vermutung, und Ihr habt es die ganze Zeit über gewusst.»

Die Wände des Zimmers begannen sich vor ihren Augen zu drehen, und sie musste sich an der Tischplatte festhalten.

«Wo sind die beiden jetzt?», stieß sie hervor.

«Das weiß ich nicht. Aber eines will ich Euch sagen: Ihr und Euer Mann bringt mich noch in Teufels Küche.»

«Wie – Ihr wisst nicht, wo sie sind?»

Sackpfeiffer fuhr sich mit der Hand durch den schwarzen Vollbart, was fast verzweifelt wirkte.

«Weil ich verdammt noch mal die Fasskarre bis hinters Zollhaus begleitet habe. Um sicherzugehen, dass die beiden unbehelligt über die Stadtgrenze kommen. Danach bin ich zurück auf Posten gegangen, wollte auch gar nichts weiter wissen vom Ziel ihrer Flucht.»

Es brauchte einen Moment, bis sie begriff.

«Ihr habt ihnen geholfen, statt sie festzusetzen?», fragte sie schließlich verwirrt.

«Ja, weil ich nämlich ein gefühlsduseliger Esel bin und obendrein von Vitus' Unschuld überzeugt. Aber wenn das herauskommt, bin ich nicht nur mein Amt los, sondern verbringe die nächste Zeit im Turm, wenn nicht Schlimmeres.»

Ohne nachzudenken, sprang Serafina auf und umarmte ihn in überschäumender Dankbarkeit.

Sichtlich verlegen machte sich der Büttel los und räusperte sich.

«Begegnet ist uns unterwegs zum Glück niemand, aber man weiß ja nie.»

«Von Adalbert und mir erfährt niemand etwas, das schwöre ich Euch. Ach, lieber Sackpfeiffer, ich weiß wirklich nicht, wie ich Euch danken soll.»

«Lasst gut sein, Frau Serafina. Mir war es nur wichtig, dass Ihr Bescheid wisst. Ich muss jetzt auch hinüber in die Kanzlei. Soll dort vermelden, ob ich bei meiner nächtlichen Wache etwas Verdächtiges bemerkt habe.»

«Und was werdet Ihr vermelden?»

Der Büttel nahm Haltung an und begann plötzlich, über das ganze Gesicht zu grinsen.

«Nun, dass durch die Hauptpforte Bertlins Kloakenkarre hineingefahren ist und durch den Mauerdurchlass wieder hinaus. Und dass ich bei der Ausfahrt ordnungsgemäß festgestellt habe, dass außer zwei stinkenden Güllefässern nichts geladen war.»

Kapitel 29

Serafina kniete auf dem Schaffell in der Wohnstube und lauschte den Glockenschlägen des Münsterturms, während sie ihrer Tochter eine frische Windel anlegte. Zehn Uhr schlugen die Glocken. Sackpfeiffers Besuch war nun schon über zwei Stunden her, und Adalbert war noch immer nicht zu Hause. Wo steckte er bloß? Hoffentlich würde sie von Catharina mehr erfahren, sobald sie von den Wilhelmiten zurück war.

Zusehends ungeduldig, zog sie der Kleinen ein frisches Hemd und das wollene Kleidchen über, da die Tage inzwischen spürbar kühler wurden, dann drückte sie ihr einen Kuss auf die Stirn.

«Gehen wir nach draußen und warten dort auf deinen Vater.»

Als sie vor die Haustür trat, wäre sie fast mit Adalbert zusammengestoßen. Ihr fiel ein ganzer Berg Steine vom Herzen.

«Endlich!» Mit dem Kind auf dem Arm warf sie sich ihrem Mann an die Brust. «Ich bin so froh, dass du wieder da bist!»

Er wirkte müde, aber unversehrt. Wenngleich er ziemlich unangenehm roch, wie sie feststellte, als sie sich von ihm löste.

«Ich bin auch mehr als glücklich.» Strahlend nahm er ihr die Kleine ab. «Wo doch ums Haar alles schiefgegangen wäre.»

«Ich weiß. Sackpfeiffer war hier. Wo hast du nur so lange gesteckt?»

In diesem Augenblick eilte mit gerafften Rockschößen Catharina heran. Sie wirkte mehr als verblüfft, Adalbert wohlbehalten vor sich zu sehen.

«Ihr hier? Und wo ist Vitus? Der Prior hat mir soeben ganz entsetzt berichtet, dass Sackpfeiffer Euch vor der Stadtmauer aufgelauert hat. Hat er Euch denn nicht gefangen genommen?»

Adalbert lächelte. «Ganz und gar nicht. Aber gehen wir lieber hinein.»

In der Diele setzte er sich Kathrin auf die Schultern, was sie so sehr liebte, und begann endlich zu berichten. Vor Catharina konnte er frank und frei sprechen, da sie nicht nur eine gute Freundin, sondern auch verschwiegen wie ein Grab war.

«Unser Stadtbüttel ist fürwahr ein braver Kerl! Ihr könnt euch meinen Schrecken vorstellen, als er mich auf der Karre entdeckt hat. Aber bevor ich überhaupt zu irgendeiner Erklärung ansetzen konnte, hat er mir aufgeholfen und geraten, mich doch lieber auf den Kutschbock zu setzen. Das sei eine weitaus angenehmere Art zu reisen als liegend unter einer stinkenden Decke. Und ich sei sicherlich zu einem nächtlichen Krankenbesuch unterwegs, deshalb wolle er mich bis hinter den Stadtbann begleiten. Um sicherzugehen, dass mir auf Freiburger Gebiet nichts zustoße.»

«Hat er denn gar nicht nach Vitus gefragt?», fragte Serafina ungläubig.

«Nein. Er wollte auch nicht wissen, wohin wir unterwegs waren. Ihr hättet Bertlins Gesicht sehen sollen. Der konnte es ebenso wenig fassen wie ich. Das werde ich dem Gallus niemals vergessen, und wir sollten uns ihm bald schon erkenntlich zeigen.»

«Das werden wir tun, ganz bestimmt.» Serafina musste an

sich halten, nicht vor Erleichterung zu weinen. «Aber warum kommst du so spät?»

«Ach so, ja … Wir waren gar nicht im Pfarrhaus von Ebnot, sondern haben uns am Abzweig zum Dorf von Bertlin verabschiedet und sind weiter ins Waldkloster der Wilhelmiten marschiert. Du hättest uns beide sehen sollen: Vor lauter Freude und Erleichterung sind wir die erste Zeit Arm in Arm gelaufen. Wie zwei alte Zechbrüder.»

«Wieso ins Waldkloster von Oberriet?»

«Das war der Einfall von Bruder Matthäus, und der war goldrichtig. Sein Stellvertreter, Bruder Klaus, hat Vitus mit offenen Armen empfangen. Der weiß natürlich, dass dein Junge einst dem Prior das Leben gerettet hat. Und fürs Erste wird Vitus dort bleiben. Zu tun gibt es in dem halb abgebrannten Kloster ja genug.» Er grinste. «Vielleicht tritt er ja sogar in den Orden ein. Dann muss er wenigstens nicht mehr mit diesen Gauklern durch die Lande ziehen. Du wirst sehen, Serafina: Alles wird gut!»

«Dem Allmächtigen sei Dank!», sagte Catharina. «Dieser Brummbär Sackpfeiffer hat doch wahrhaftig ein großes Herz. Da seid Ihr ja gerade noch einmal davongekommen, lieber Medicus. Schon im Morgengrauen wurde das Kloster der Wilhelmiten bis in den hintersten Winkel durchsucht. Eine ganze Scharwache kam angerückt, unter der Ägide des Silberkrämers Schneehas höchstselbst. Aber keiner der Mönche hat geredet. Der Gesuchte sei nicht da, hatten sie ihm wahrheitsgemäß gesagt. Auf Schneehas' Beharren, dass sich Vitus mit Sicherheit im Kloster versteckt gehalten hätte, haben sie allesamt geantwortet: Das könne durchaus sein, aber wenn, dann hätten sie nichts bemerkt. Eine kleine Notlüge also vor dem Herrn. Ich denke, fürs Erste könnt ihr alle beruhigt sein.»

Nachdenklich sah Serafina sie an. «Fürs Erste vielleicht.»

Sie spürte, wie ihre Erleichterung verflog und die alte Verzweiflung wieder in ihr aufstieg. Mit Vitus' geglückter Flucht war die Sache noch längst nicht ausgestanden.

«Heute wird das Urteil gesprochen», sagte sie gequält. «Dabei haben wir nicht die kleinste Spur, wer es wirklich gewesen sein könnte.» Sie ergriff ihre Freundin beim Arm. «Ich werde den Gedanken einfach nicht los, dass der Schlüssel zu dieser Freveltat bei der Familie des Opfers liegt. Bitte, Catharina, begleite mich zur Witwe! Vielleicht können wir über sie doch noch etwas in Erfahrung bringen, was uns weiterhilft.»

Adalbert schüttelte den Kopf. «Jetzt lass gut sein für heute! Vitus ist doch in Sicherheit.»

«Wir *müssen* aber den Mörder finden, versteht ihr das nicht? Sonst wird Vitus nie wieder nach Freiburg dürfen, wenn er nicht gehängt werden will.»

Er strich ihr über die Wange. «So weit kommt es nicht, Serafina. Das Gericht wird Milde walten lassen, da so viele von den Bürgern ihre Gnadenbitten vorbringen wollen.»

«Dein Mann hat recht», pflichtete Catharina bei. «Auch wir Beginen, genau wie die Wilhelmiten, werden für Vitus Fürsprache halten. Aber wenn du unbedingt möchtest, gehen wir heute Nachmittag gemeinsam zur Familie Oblathus. Jetzt muss ich leider schleunigst los, im Armenspital wartet man auf mich.»

Nachdem die Meisterin gegangen war, fragte Adalbert mit besorgtem Blick: «Wirst du denn mitkommen zum Endlichen Rechtstag?»

Sie schüttelte heftig den Kopf. «Ich kann das nicht.»

Mehr als einmal hatte sie solch einen Endlichen Rechtstag miterlebt, der nichts weniger als die Urteilsverkündung bedeutete und in aller Öffentlichkeit stattfand. Bei kleinen Freveln, wie damals bei ihrem Bruder Peter, wurde in der offenen Holzlaube am Fischmarkt gerichtet, bei einem großen Frevel wie Mord und Totschlag hingegen tagte das Blutgericht vor der Südseite des Münsters. Feierlich und unter Glockenläuten zogen dann der Schultheiß, die Heimlichen Räte mit ihren Schöffen und der Rat der Vierundzwanzig dort ein, unter den Augen der zahllosen Gaffer, bevor als Erstes der Gerichtsschreiber mit lauter Stimme das Geständnis des armen Sünders verlas, das, wie Serafina sehr wohl wusste, meist unter Folter zustande kam. Doch eine solche Urgicht gab es in diesem Falle nicht einmal, lediglich die Anklage der Heimlichen Räte. Der allerdings ging erst einmal eine schier endlose Folge von Reden und Gegenreden voraus, von so unsinnigen Fragen wie nach der richtigen Tageszeit, dem richtigen Ort oder irgendwelchen alten Bräuchen des kaiserlichen Rechts. Dieses unaufhörliche Palaver zwischen den hohen Herren wirkte wie einstudiert, um das anwesende Volk gehörig zu beeindrucken. Wenn dann der Schultheiß als oberster Richter von jedem einzelnen der anwesenden Ratsherren in gestelzten und umständlichen Formeln ihre Urteilsempfehlungen erfragte, wichen die in aller Regel nicht voneinander ab. In Serafinas Augen war diese öffentliche Verhandlung nur eine einzige traurige Posse, denn in Wirklichkeit stand zu diesem Zeitpunkt das Urteil, das der Schultheiß am Ende verkündete, längst fest, im Geheimen ausgehandelt von einer Handvoll Gerichtsherren.

Adalberts Miene drückte Mitgefühl aus. «Ich kann dich gut verstehen, wenn du lieber daheimbleiben willst. Aber gerade die Fürbitten von Verwandten und Freunden haben großes Gewicht. Und ich bin ja bei dir.»

«Vielleicht hast du recht», erwiderte sie zögernd, obgleich

sie jetzt schon fürchtete, dass ihr die Verlautbarung eines Todesurteils das Herz brechen würde. «Ich überlege es mir noch einmal. Schließlich bin ich das Vitus als Mutter schuldig.»

Da Kathrin auf seinen Schultern zu quengeln begann, reichte er sie an Serafina zurück.

«Bist du mir böse, wenn ich mich vor dem Mittagessen nochmals kurz aufs Ohr lege?», fragte er. «Bin wohl doch nicht mehr der Jüngste, so erschöpft, wie ich mich gerade fühle.»

«Tu das, Adalbert. Weißt du eigentlich, wie dankbar ich dir für alles bin, was du bisher für meinen Jungen getan hast?» Sie lehnte sich an seine Schulter, und spürte wieder diese tiefe Liebe zu ihrem Mann. Zugleich musste sie unwillkürlich die Nase rümpfen. «Du riechst wirklich ein wenig streng, irgendwie nach … nach Kloake. Vielleicht solltest du dich in der Küche erst noch waschen und das Hemd wechseln, bevor du dich hinlegst.»

Er trat einen Schritt zurück und lächelte sichtlich verlegen. «Da hat meine nächtliche Ausfahrt wohl doch Spuren hinterlassen.»

Auf halber Treppe drehte er sich nochmals um und schlug sich gegen die Stirn.

«Fast hätte ich's vergessen: Ich soll dir von Vitus ausrichten, dass er jetzt weiß, wonach es hinter ihm gerochen hat, bevor er im Zelt niedergeschlagen wurde. Nach Urin.»

«Nach Urin?»

«Ja, genau. So hat er es mir gesagt. Bis später also.»

Damit verschwand er die Treppe hinauf.

Verblüfft blickte sie ihm nach. Was hatte das nun zu bedeuten? Hatte etwa der Abortkehrer Bertlin oder einer seiner Knechte ihren Sohn niedergeschlagen? Innerlich schüttelte sie den Kopf. Das ergab doch überhaupt keinen Sinn.

Kapitel 30

Womöglich war es doch besser, dass Serafina nicht mitgekommen war. Gerade als Adalbert und sie sich auf den Weg zum Blutgericht machen wollten, hatte sie einen Schwächeanfall erlitten, sodass er sie mit Irmlas Hilfe zu Bett bringen musste. Nein, sie hätte es nicht ertragen, wie nun nach einem schier endlos langen Vorspiel Schneehas mit schnarrender Stimme seine Anklage vorbrachte und dabei ebenso drastisch wie ausführlich dem abwesenden Vitus einen blutrünstigen zweifachen Meuchelmord unterstellte, begangen aus dem Beweggrund der Eifersucht, da er seine Braut, ebenfalls eine aus dem fahrenden Volk, belästigt sah.

«An den Galgen mit dem Malefizkerl!», tönte es aus der Menge, wenn auch nur vereinzelt.

Vor der Südseite des Münsters drängten sich die Menschen so dicht, dass man sich kaum rühren konnte. Bereits lange vor der dritten Nachmittagsstunde hatten sich die meisten hier versammelt. Adalbert hatte sich neben Catharina und ihren Mitschwestern eingereiht, keine zwanzig Schritte vor den im offenen Rechteck aufgebauten Holzbänken nahe der Friedhofsmauer. Dennoch sah er von den Herren des Blutgerichts und dem Schultheißen als obersten Richter lediglich die Hüte. Er wusste, dass diese Männer sowohl die Anklage wie auch das Urteil bereits zu Mittag dem Gerichtsschreiber in die Feder gesprochen hatten, hinter verschlossenen Türen im sogenannten Vorgericht.

Schneehas beendete seine Anklage mit der althergebrachten Frage: «Wie nun ist der arme Sünder zu strafen, auf dass er es nimmermehr tue?»

Unwillkürlich reckte Adalbert den Hals. Die Reihe war jetzt an Schultheiß Paulus von Riehen, der diese Frage aufnahm, um sie jedem einzelnen der Urteiler aus dem Rat der Vierundzwanzig zu stellen. Dazu erhob er sich. Deutlich erkannte Adalbert den Schwertgriff in seiner Armbeuge und den hölzernen Stab in seiner rechten Hand, beides Insignien seines hohen Amtes als Richter.

Was folgte, war vorhersehbar. Dennoch schmerzte es Adalbert zu hören, wie ein Ratsherr nach dem anderen in gestelzter, formelhafter Art und Weise vorbrachte, dass der Missetäter zu henken sei, zwischen Himmel und Erde am lichten Galgen, sobald er denn auf den Gerichtsbann der Freien Stadt Freiburg seinen Fuß setzen würde.

Keiner von ihnen wagte, obwohl es rechtens gewesen wäre, ein anderes Urteil zu nennen. Was eigentlich verwunderte, bestand dieser Ausschuss des Magistrats doch aus denjenigen Ratsherren, die als Vertreter der vornehmen Geschlechter ihr Amt auf Lebenszeit innehatten. Doch bei dem Beklagten handelte es sich schließlich nur um einen hergelaufenen Gaukler, und man wollte das Verfahren offensichtlich zu einem schnellen Abschluss bringen. Alle sprachen sie also denselben Wortlaut und beendeten ihn mit den Worten: «So spreche ich bei meinem richterlichen Eid und bei Gott und allen Heiligen.»

Nachdem Ratsherr und Stadtschreiber Johans von Gloter als Letzter diesen schauerlichen Reigen beendet hatte, wenn auch mit stockender Stimme, trat gespannte Stille ein. Catharina sah

Adalbert aufmunternd an. «Treten wir vor», sagte sie mit einem entschiedenen Nicken.

«So möge nun das Volk zu Wort kommen», hörten sie den Schultheißen sagen. «Nach altem Brauch und Herkommen hat ein jeder unbescholtene Freiburger Bürger, eine jede Bürgersfrau das Recht, für den armen Sünder um Milde und Gnade zu bitten. Dies sei Euch jetzt gewährt, sofern die nächsten Angehörigen nicht auf die Sühne des Henkens bestehen. Aus diesem Grunde bitte ich zunächst die Witwe des Getöteten, Benedicta Oblathus, sofern sie anwesend ist, vor die Schranke zu treten und gegebenenfalls ihren Einspruch gegen das Abbitten zu erheben.»

Adalberts Muskeln verkrampften sich augenblicklich. Dass die Witwe verhindern konnte, Gnadengesuche zuzulassen, daran hatte er überhaupt nicht gedacht! Suchend sah er sich um und entdeckte sie nicht weit entfernt an der Friedhofsmauer lehnend, zu ihrer Linken ihre Kinder, zu ihrer Rechten Kaufmann Schwarzfärber, der äußerst besorgt dreinschaute. Sorgte er sich um das Wohl der Witwe oder darum, dass das Urteil durch Fürsprachen abgemildert werden könnte?

Benedicta Oblathus selbst schien mit sich zu kämpfen. Da geschah etwas Seltsames: Sattlermeister Gschydlin, wie immer schreiend bunt gewandet, trat vor die kleine Gruppe und zog den weitaus schmächtigeren Kaufmann fast gewaltsam mit sich weg, wobei er unaufhörlich und äußerst gereizt auf ihn einredete. Schwarzfärbers Miene wirkte, als fühle er sich bedroht. Dann verschwanden die beiden aus Adalberts Blickfeld. Ausgerechnet in dem Moment, in dem man die Gnadengesuche vorbringen konnte. Wollte Gschydlin verhindern, dass der Kaufmann etwas kundtat? Was zum Teufel hatten die beiden miteinander zu schaffen?

«Ich bitte die Witwe Benedicta Oblathus ein letztes Mal vor die Schranke», ertönte erneut die Stimme des Schultheißen.

Noch immer zögernd, trat die Oblathin, mit gebeugten Schultern und gestützt von ihren Kindern, vor das Gericht.

«So lasst die Gnadenbitten meinetwegen zu», verkündete sie mit leicht zitternder Stimme, «und sprecht hernach mit Gottes Hilfe Euer endgültiges Urteil.»

Adalbert fiel ein Stein vom Herzen. Mit seiner und Meisterin Catharinas Fürsprache mussten sie sich indessen gedulden: Als sie beide sich der Schranke des Blutgerichts näherten, hatte sich dort schon eine lange Schlange gebildet. Adalberts Herz schlug schneller, diesmal vor Freude und Erleichterung. So viele Freiburger, darunter auch einige Bürgersfrauen wie die Wetzsteinin und die Grieswirthin, wollten also um Milde bitten. Einige kannte Adalbert nicht einmal. So manch einer allerdings bat angesichts von Vitus' jungen Jahren lediglich um Milderung der Todesstrafe: Man möge den Missetäter nicht zur schimpflichen Galgenstrafe verurteilen, sondern zum ehrenvollen Köpfen, damit ihm wenigstens eine christliche Bestattung gewährt sei.

Als die Turmuhr des Münsters die fünfte Stunde schlug und die Gerichtsherren ob der zahlreichen flammenden Reden schon ungeduldig auf ihren Bänken hin und her rutschten, war endlich die Meisterin an der Reihe, die im Namen aller Freiburger Beginen sprach. In anrührenden Worten beschrieb sie Vitus' sanftes und hilfsbereites Wesen, das niemals zu einer solchen Tat fähig sei, und erinnerte, wie bereits Bruder Matthäus zuvor, an den selbstlosen Mut, den Vitus vor drei Jahren auf der Falkensteiner Burg bewiesen hatte und dem drei Menschen ihr Leben verdankten.

«Gott ist barmherzig», schloss sie. «Möget Ihr Herren dieses

Gerichts Euch ebenfalls als barmherzig erweisen und Euer Urteil zurücknehmen.»

Auch nach ihrer Rede brandete Beifall auf, und Adalberts Blick fiel in diesem Moment auf Oblathus' jungen Knecht Hannes, der sich wie aus dem Nichts nach vorne gedrängt hatte. Sein kurzes, dunkles Haar stand struppig in alle Richtungen, seine Miene war angespannt. Adalbert fragte sich, ob auch er sich für Gnade ausgesprochen hätte, wo er seinem gewalttätigen Herrn nicht gerade wohlgesonnen gewesen war. Doch als minderjährigem Knecht war ihm dieses Bürgerrecht ohnehin verwehrt.

Adalbert erwies sich als letzter der Fürbitter. Er trat vor die Schranke und verneigte sich.

«Ehrwürdiges Gericht, Ihr kennt mich als langjährigen Stadtarzt und Mitglied des großen Rats der Achtundvierzig. Ihr wisst, dass ich ein besonnener Mensch bin und ein Mann der Gerechtigkeit. Aus diesem Grund kann ich mich der Rede von Meisterin Catharina und dem Prior der Wilhelmiten nur anschließen, denn auch ich verdanke dem hier fälschlicherweise Verdächtigten mein Leben, und ich kann bestätigen, dass dieser junge Mann niemals auch nur einer Fliege etwas zuleide tun könnte.» Er machte eine kurze Pause, dann fuhr er fort: «Ich sagte eben *fälschlicherweise* – und darauf möchte ich nun hinaus. Wo ist der Beklagte? Kann er, wie es das alte Recht erlaubt, sein Geständnis widerrufen und den Unschuldsbeweis fordern? Nein, das kann er nicht, denn er ist nicht hier. Wurde er auf handhafter Tat ertappt? Nein, das wurde er nicht – beobachtet wurde lediglich ein Täter, der seine Verkleidung trug. Liegen zu Euren Füßen Beweise wie sonst bei Missetaten? Nein, da ist nichts zu sehen, weder ein Schuh noch ein Halstuch oder das Mordwerkzeug. Hat die Voruntersuchung durch die Heimlichen Räte und deren Beisitzer die zweifelsfreie Schuld des Beklagten ergeben? Nein, das hat sie nicht, denn es wurde eine wichtige Zeugenaussage erst gar nicht berücksichtigt. Deshalb erwarte ich um der göttlichen Gerechtigkeit willen, dass dieser Rechtstag zur Urteilsfindung für null und nichtig erklärt wird.»

Erstauntes Raunen erhob sich, hie und da ertönte zaghafter Beifall, der jedoch rasch lauter wurde.

«Dies ist beileibe keine Gnadenbitte zu nennen», rief der Edle Hanman von Todtnau aus den Reihen der Vierundzwanziger aufgebracht, «sondern schlichtweg eine Unverschämtheit!»

«Ich bitte um Ruhe!» Der Schultheiß reckte seinen Stab. «Wie ich sehe, ist noch eine Fürsprecherin aufgetaucht. Medicus, lasst bitte Euer Weib Serafina Achazin vortreten.»

Adalbert fuhr mehr als überrascht herum. «Du?»

Serafina nickte ihm stumm zu. In ihren Augen las er Entschiedenheit und den Mut der Verzweiflung.

«Ehrwürdiges Gericht, Ihr hohen, ehrsamen Herren!», begann sie und beugte zum Gruß das Knie. «Ich weiß, dass das Wort einer nahen Angehörigen besonderes Gewicht hat. Und als solche stehe ich hier. Viele von Euch wissen, dass Vitus mein Patenkind ist, aber er steht mir noch weitaus näher: Er ist mein eigen Fleisch und Blut!»

Adalbert starrte sie entgeistert an, während es rundum mäuschenstill geworden war. Nun also war es heraus: Serafina bekannte sich vor der ganzen Stadt zu ihrem Sohn! Er wusste nicht, ob er hierüber entsetzt oder erleichtert sein sollte. Wie viel würde sie preisgeben?

«Eine Mutter, die ihr Kind liebt», fuhr sie mit fester Stimme fort, «kennt es besser als jeder andere Mensch auf der Welt. Und deshalb glaubt mir bitte: Niemals wäre mein Sohn Vitus zu einer solchen Tat fähig. Im Gegenteil, er wurde selbst zum Opfer, zum Opfer einer heimtückischen Machenschaft. Der wahre Frevler hat ihn niedergeschlagen, um in seiner Verkleidung den armen Ratsherren Oblathus zu erstechen und hernach seinen Verfolger, den jungen Seiltänzer Alessandro, niederzuschlagen.»

«Hört, hört!», ertönte es allenthalben und zugleich: «Sie ist die Mutter! Unglaublich!»

«Ihr fragt Euch wahrscheinlich», sie blickte mit erhobenem Kinn in die Runde, «warum ich Vitus bislang als mein Patenkind ausgegeben habe. Nun, aus einem einfachen Grund: Er ist, wie man so sagt, von unehrlicher Geburt. Doch was heißt in diesem Falle ‹unehrlich›? Als junges, unschuldiges Ding von nicht einmal fünfzehn Jahren wurde ich Opfer einer schrecklichen Gewalttat im Hause meines damaligen Dienstherrn. Aber unehrlich, ganz und gar ehrlos war diese *Tat* und nicht das Kind, das hieraus hervorging und das ohne seine Mutter aufwachsen musste. Denn die Frucht dieser Schändung wurde mir nur wenige Monate nach der Geburt weggenommen und in ein Kloster gebracht. Deshalb flehe ich Euch an, Ihr Herren Richter: Nehmt mir meinen Sohn nicht ein zweites Mal!»

Die Erregung, die dieses Bekenntnis rundum auslöste, war laut hörbar. Einige Frauen begannen sogar vor Rührung zu weinen, und auch Adalbert standen längst Tränen in den Augen. Was für eine unerschrockene Frau! Wahrhaftig wie eine Löwenmutter kämpfte sie um ihr Kind.

Serafina trat von der Schranke zurück und klammerte sich an Adalberts Arm fest. «Ich musste das tun», flüsterte sie ihm zu. «Verzeih mir bitte.»

Er brachte nichts weiter als ein Nicken hervor und zog sie an sich.

Derweil räusperte sich Paulus von Riehen vernehmlich. «Nun, die Worte einer Mutter haben selbstredend großes Gewicht. Die Frage ist nur, ob eine Mutter, die ihr Kind jahrelang nicht gesehen hat, es auch wirklich kennt. Hinzu kommt, dass sich der Verdächtige dem Arm des Gesetzes willentlich entzogen hat und noch immer entzieht.»

«Was für seine Schuld spricht», wandte Schneehas mit donnernder Stimme ein, wofür Adalbert ihm am liebsten an den Kragen gegangen wäre. «Zumal nach unseren gewissenhaften Untersuchungen niemand anderes als dieser hergelaufene Gaukler als Missetäter infrage kommt. Und mit Verlaub, Frau Serafina: Kann es nicht auch sein, dass Ihr Euch schämt für Euren Sohn, wo Ihr ihn so lange verheimlicht habt?»

«Schweigt!», fuhr Adalbert ihn zornig an. «Habt Ihr nicht zugehört? Habt Ihr keine Ohren, keine Augen, kein Herz?»

Liebevoll blickte er Serafina an, die sichtlich in sich zusammengesunken war. «Alles wird gut, glaub mir.»

Der Schultheiß hob die Hand. «Genug! Bringen wir den Gerichtstag nun zu seinem Abschluss. So frage ich denn nach all diesen Fürbitten erneut die Herren Vierundzwanziger, ob sie bei ihrem Urteil bleiben oder ob sie für Gnade oder gar Unschuld stimmen und damit diesen Rechtstag für nichtig erklären.»

Adalberts große Hoffnung, dass alles zu einem guten Ende kommen könnte, zerstob zu nichts, da einer nach dem anderen das Urteil wiederholte. Lediglich der Stadtschreiber sprach sich am Ende für die Aufhebung aus, doch diese eine Stimme war keinen Pfennig wert.

Er wagte es kaum, Serafina anzusehen, als der Schultheiß den Stab in die Luft hielt, in zwei Teile brach und zu Boden warf. In seiner Brust wurde es eng: Ihr mutiger Schritt nach vorn war also, was das Urteil betraf, umsonst gewesen.

«So helfe Gott dem armen Sünder, ich kann ihm nicht mehr helfen.» Paulus von Riehen trat an die Schranke. «Bürger und Hintersassen unserer Reichsstadt Freiburg! Höret nun das Urteil über den abwesenden ledigen Gaukler Vitus von Konstanz: Infolge gründlicher Untersuchung seitens unserer Heimlichen Räte und deren Beisitzer sowie nach gewissenhafter Urteilsfindung durch den ehrsamen und weisen Rat der Vierundzwanzig ergeht heute, dem Freitag nach Michaelis im Jahre nach der Fleischwerdung des Herrn 1419 das folgende Urteil getreu dem guten alten Recht. Wegen zweifellos begangener Missetat des zweifachen Meuchelmordes aus dem niederträchtigen Beweggrund der Eifersucht heraus hat das Hochgericht zu Freiburg im Breisgau folgende Strafe beschlossen: Da sich der vormals erwähnte Vitus von Konstanz durch Flucht die Möglichkeit der Aussage und Reue selbst verwehrt hat, wird den Gnadenbitten nicht stattgegeben. So sei der erwähnte Vitus von Konstanz in Abwesenheit zum Tode durch Henken zwischen Himmel und Erde am lichten Galgen verurteilt, sobald er denn einen Fuß auf unsere Gemarkung setzt.»

Eine Welle der Empörung brandete auf, einige Frauen begannen zu schluchzen. Serafina hingegen behielt die Fassung. Noch immer an seinen Arm geklammert, zog sie Adalbert mit sich fort aus der Menge.

«Ich habe es kommen sehen», sagte sie leise, als sie den Kirchplatz hinter sich gelassen hatten. Sie wirkte plötzlich vollkommen ruhig. Fühlte sie sich befreit? Seltsamerweise war auch er selbst erleichtert ob ihres Bekenntnisses. Die Heimlichtuerei hatte ein Ende. Natürlich würden ihnen so einige Bürgerinnen und Bürger fortan mit Hohn, ja Verachtung begegnen, doch das war ihm ganz und gar gleichgültig.

Er wollte Serafina etwas Aufmunterndes entgegnen, doch

Catharina, die ihnen gefolgt war, kam ihm zuvor. «Dennoch hast du das Richtige getan. Und damit meine ich auch, dass du dich nicht mehr verstecken musst als Mutter deines Sohnes.»

Serafinas Augen, unter denen tiefe Schatten lagen, leuchteten auf, und sie lächelte tapfer. Einmal mehr dachte Adalbert, wie sehr er diese Frau liebte.

«In meinem Kopf dreht sich noch alles», erwiderte sie leise. «Ja, es hat unendlich gutgetan, zu Vitus als meinem Sohn zu stehen und es aller Welt zu sagen. Aber es hat ihm nichts gebracht. Habe ich ihm und uns wirklich damit genutzt? Ach Adalbert, sie werden auch auf dich mit dem Finger zeigen.»

Er strich ihr zärtlich über die Wange. «Um mich mach dir keine Gedanken. Es war das einzig Richtige, Serafina.»

«Dann trägst du es mir nicht nach?»

«Nie und nimmer. Und ich schwöre dir, ich werde alles daransetzen, dass dieses Urteil aufgehoben wird. Bis dahin ist Vitus in Sicherheit, niemand kann ihm im Waldkloster etwas anhaben.» Er wandte sich an die Meisterin. «Bringt Ihr Serafina nach Hause? Ich komme gleich nach, will nur eben noch bei Gschydlin vorbeischauen.»

Überrascht sah Serafina ihn an. «Was hast du vor?»

«Ich will herausfinden, was er mit Kaufmann Schwarzfärber zu schaffen hat. Kurz vor den Gnadenbitten hat er ihn nämlich äußerst angriffslustig bedrängt. Erst sein Streit mit Oblathus während des Possenspiels, dann seine Aufdringlichkeit gegenüber der Witwe bei der Beerdigung, und jetzt das mit dem Kaufmann, der doch der beste Freund des toten Ratsherrn war. Irgendetwas stimmt da nicht.»

«Geh nur, Adalbert, vielleicht findest du es heraus. Aber bleib nicht zu lange weg.»

«Keine Sorge, ich bin gleich zurück.»

Mit großen Schritten machte er sich auf den Weg Richtung Fischmarkt. Er wusste, dass er jetzt besser an der Seite seiner Frau hätte bleiben sollen, indessen wurde er das Gefühl nicht los, dass der Sattlermeister, der sich vorhin so merkwürdig verhalten hatte, doch etwas mit Oblathus' Tod zu tun hatte. Denn wenn es einen Weg gab, Serafina und ihren Sohn wieder zusammenzubringen, dann einzig und allein der, den wahren Täter zu entlarven.

Kapitel 31

Der Sattlergeselle Cunrat blickte von seiner Arbeit auf, als Adalbert durch die nur angelehnte Tür die Werkstatt betrat.

«Wir schließen gleich, Herr», beschied der junge Mann ihm ein wenig unwirsch und rückte das aufgepolsterte Leder des Kummets näher ans Licht. «Außerdem ist mein Meister noch beim Rechtstag am Münster. Kommt also besser morgen früh wieder, wenn Ihr was kaufen oder bestellen wollt.»

«Nein, ich brauche nichts, habe nur ein paar Fragen. Kennst du mich denn nicht? Ich bin der Stadtarzt Adalbert Achaz.»

«Jetzt, wo Ihr es sagt …» Cunrat blinzelte ihn mit einer Mischung aus Neugier und Misstrauen an. «Seid Ihr nicht verwandt mit diesem Gaukler, den alle Welt als Mörder sucht?»

«Das stimmt, aber der Gesuchte ist kein Mörder.» Adalberts Blick fiel auf das Tischchen neben dem Gesellen, wo ein Sortiment von Riemenmessern ausgelegt war. Mit Sicherheit waren sie allesamt scharf geschliffen, doch als Tatwaffe kamen sie nicht infrage, da sie halbmondförmig geformt oder stark gebogen waren. Er sah wieder auf. «Und du? Bist du nicht der heimliche Bräutigam von Hedwig Oblathus, der Tochter des Opfers?»

«Das bin ich sehr wohl, aber das *heimlich* könnt Ihr inzwischen streichen. Alle Welt darf jetzt wissen, dass wir heiraten werden, sobald ich meinen Meistertitel habe.» Plötzlich wurde er puterrot. «Nicht, dass Ihr denkt, ich wäre froh, dass …»

Er brach ab. In diesem Augenblick betrat Filibertus Gschydlin die Sattlerei. Er hatte tatsächlich dieselbe schlanke, jungenhafte Statur wie Vitus, dachte sich Adalbert sofort. Mit ausreichend Schminke und falschem Haar mochte er durchaus überzeugend eine junge Magd spielen.

«Sieh da, der Herr Medicus!» Mit ausholender Geste zog Gschydlin seinen lächerlichen roten Turban vom Kopf und warf ihn geschickt über einen fertigen Sattel. «Hab Ihr Euch etwa ein Pferd zugelegt und braucht jetzt Sattel und Zaumzeug?»

«Beileibe nicht, Meister. Einen Gaul besteige ich nur in höchster Not. Aber habt Ihr einen Moment Zeit für mich? Unter vier Augen?»

Falls diese Bitte den Sattler verunsicherte, so ließ er es sich jedenfalls nicht anmerken.

«Nimm die Handkarre», wies er seinen Gesellen an, «und hol bei Clausmann Oblathus die bestellten Rinderhäute ab.»

«Sehr gerne, Meister.» Cunrat strahlte und verschwand augenblicklich.

«Euer Geselle», bemerkte Adalbert wie beiläufig, «kann von Glück sagen, dass der Gerbermeister seiner Liebe nicht mehr im Wege steht.»

«Allerdings. Am liebsten würde er vor Freude den ganzen Tag im Kreis herumtanzen. Dem Burschen musste ich erst mal mit harter Hand zeigen, dass die Arbeit nach wie vor an erster Stelle steht.»

Adalbert nickte. «Fast könnte man in Betracht ziehen, *er* könne der Frevler gewesen sein. Doch wie ich erfahren habe, war er zur Tatzeit den ganzen Tag in Waldkirch.»

«Das ist richtig, er hat einen Sattel auf die Kastelburg gebracht.» Gschydlin wies auf den Holzschemel vor der Werkbank. «So setzt Euch doch. Darf ich Euch etwas zu trinken anbieten? Einen Becher guten Burgunderwein vielleicht?»

Sosehr Adalbert edle Weine liebte, lehnte er ab. Außerdem wurde ihm allmählich unwohl in seiner Haut. Wie sollte er diesem reichlich selbstgefälligen und sich dabei überaus gastfreundlich gebenden Mann mit seiner Frage kommen? Bislang schien sich Gschydlin kein bisschen in die Enge gedrängt zu fühlen. Oder war seine Selbstsicherheit nur gespielt?

«Habt Dank», erwiderte er. «Aber ich will Euch nicht lange die Zeit stehlen. Ich habe nur zwei, drei Fragen.»

Der Sattler lachte ein wenig künstlich. «Ich nehme an, es geht Euch um den zweifachen Meuchelmord, den Euer … nun, nennen wir es ‹Stiefsohn› begangen haben soll. Ich war nämlich wie Ihr auch soeben beim Blutgericht und damit Zeuge des wahrhaft verblüffenden Bekenntnisses Eurer Ehefrau. Ich denke, das wird die nächste Zeit Stadtgespräch bleiben. Habt Ihr eigentlich keine Sorge um Eure Reputation, da Ihr als angesehener Stadtarzt nicht nur eine Begine geheiratet habt, sondern mit der Hochzeit gleich noch einen unehelichen Sohn dazubekommen habt?»

«Meinen guten Ruf lasst nur meine Sache sein», winkte Adalbert scheinbar unbeeindruckt ab. Dabei hatte Gschydlin durchaus einen wunden Punkt getroffen. Es fing also schon an mit den Sticheleien. Er musste sie an sich abprallen lassen, sich einen gewissen Schutzpanzer zulegen, auch wenn er ganz und gar hinter Serafina stand. Denn wenn eines klar war: In nächster Zeit würde er noch häufiger solche mehr oder weniger bissigen Bemerkungen zu hören bekommen.

«Wobei es mich wundert», fuhr er fort, «dass Ihr die Fürbitte meiner Frau mit eigenen Ohren gehört haben wollt. Seid

Ihr nicht vorher schon mit Kaufmann Schwarzfärber vom Gerichtsort verschwunden? Und zwar nicht gerade in Eintracht?»

Gschydlin kniff die Augen zusammen. «Worauf wollt Ihr hinaus?»

«Ihr scheint den Kaufmann sowie die Familie Oblathus, deren Vertrauter Schwarzfärber ist, recht gut zu kennen.»

«Meine Beziehung zu Ezechiel Oblathus war rein geschäftlicher Natur. Ich beziehe aus seiner Gerberei das Leder, auch jetzt noch.»

«Und Ihr seid bei der Familie verschuldet, wie ich weiß. Habt Ihr Euch deshalb kurz vor der Mordtat mit Oblathus gestritten? Wie auch eben gerade mit Kaufmann Schwarzfärber? Alle Welt weiß, dass Ihr über Eure Verhältnisse lebt.»

Aus Gschydlins Gesicht war alle Freundlichkeit verschwunden.

«Das ist eine bodenlose Unverschämtheit und geht Euch rein gar nichts an!»

«Und ob mich das etwas angeht.» Adalbert hatte Mühe, ruhig zu bleiben. «Soeben ist der Sohn meiner Frau in Abwesenheit zum Tode verurteilt worden, während der wahre Mörder noch immer frei herumläuft. Und was Euch betrifft: Ihr seid der Familie Oblathus alles andere als wohlgesinnt. Selbst auf dem Friedhof habt Ihr Euch erdreistet, die arme Witwe um Stundung Eurer Schulden anzusprechen. Wo wart Ihr also, während der Gerbermeister ermordet wurde?»

Gschydlins Hände krampften sich um seinen mit Silbernieten beschlagenen Gürtel.

«Zum Teufel mit Euch! Seid Ihr von Sinnen, mich zu verdächtigen? Meine Unstimmigkeiten mit Schwarzfärber und der Familie Oblathus betreffen einzig und allein unsere Geschäfte und gehen Euch einen Dreck an!»

Für einen kurzen Moment sah es aus, als wolle der Mann auf ihn losgehen, und Adalbert wich unwillkürlich einen Schritt zurück.

«Außerdem», Gschydlin stieß hörbar die Luft aus, «habe ich gestern den Großteil meiner Schulden bei der Witwe bezahlt.»

«Nun gut, wenn Ihr nichts zu verbergen habt, dann sagt mir doch schlicht und einfach, wo Ihr während des Possenspiels wart.»

«Mag sein, dass der wahre Mörder frei herumläuft – ich aber war es nicht und kann es Euch beweisen.» Der Sattler griff nach seiner Kopfbedeckung. «Gehen wir.»

Als Adalbert das Haus von Kaufmann Löw in der Webergasse verließ, wusste er, dass er den Falschen verdächtigt hatte. Löw, der neben dem Fernhandel mit Getreide und indischem Pfeffer auch die Wechselstube zu Marktzeiten betrieb, hatte bestätigt, dass Gschydlin während der Aufführung der Straßburger Compania bei ihm in der Laube gewesen war und um eine größere Summe Geldes gebeten hatte.

«Wir hatten gerade um die Höhe des Zinses geschachert», waren seine Worte gewesen, «als uns das Geschrei vom nahen Christoffelstor zu Ohren kam. Kurz darauf erfuhren wir, dass einer der Gaukler den armen Oblathus erstochen hatte.»

Vor Löws Haustür streckte Adalbert dem Sattler die Hand entgegen. «Es tut mir leid, Meister. Da war ich wohl zu voreilig.»

Ohne einzuschlagen, machte Gschydlin auf dem Absatz kehrt und verschwand in Richtung der Großen Gass. Gedankenverloren sah Adalbert ihm nach, als ihm jemand auf die Schulter tippte.

«Auf ein Wort, Herr Stadtarzt.»

Adalbert fuhr herum. Vor ihm stand Kaufmann Simon

Schwarzfärber. Der hatte ihm gerade noch gefehlt. Stellte er ihm etwa nach? Andererseits war das die Gelegenheit, ihm wegen der Zwistigkeit mit Gschydlin nun ebenfalls auf den Zahn zu fühlen.

«Verfolgt Ihr nun auch mich?», fragte er ihn zunächst nicht gerade freundlich.

«Ich bitte Euch, werter Ratscollege! Ich kam nur zufällig des Weges, als Ihr und der Sattler aus Löws Haus tratet.»

«Zufällig also? So wie neulich, als Ihr meiner Frau bei den Wilhelmiten aufgelauert und in der Kanzlei angeschwärzt habt?»

Adalbert spürte, wie gut es ihm tat, seinen Unmut wegen der Sache mit dem häuslichen Arrest herauszulassen.

Da reckte Schwarzfärber herausfordernd das Kinn. «Ihr habt diesem Gaukler zur Flucht verholfen, gebt es zu. Seid Ihr noch immer blind dafür, dass er der Mörder ist? Nur weil er mit Eurem Weib verwandt ist? O verzeiht, sie ist sogar die Mutter, wie heute alle Welt erfahren durfte. Und jetzt verdächtigt Ihr sogar unbescholtene Bürger! Von der Toreinfahrt nebenan konnte ich Eure Worte nämlich genau verstehen. Ihr glaubtet also wahrhaftig, dass der gute Gschydlin diese scheußlichen Taten begangen hat? Das ist doch lächerlich! Wem schnüffelt Ihr und Euer Weib als Nächstes nach?»

Zornig funkelte Adalbert ihn an. «Andersherum wird ein Schuh daraus. Ihr habt mich ja sogar belauscht, wie Ihr gerade zugebt. Sagt mir lieber, warum der *gute* Gschydlin, wie Ihr ihn nennt, Euch vorhin beim Blutgericht bedroht hat. Nach einem freundschaftlichen Gespräch sah das, was ich vor Augen hatte, jedenfalls nicht aus.»

Täuschte er sich, oder war Schwarzfärber bei seinen letzten Worten zusammengezuckt?

«Ha! Das geht Euch überhaupt nichts an!» Fahrig strich sich der Kaufmann das schüttere Haar aus der Stirn. «Aber eines will ich Euch sagen: Wenn *mir* dieser Gaukler zwischen die Finger gerät, dann Gnade ihm Gott! Da braucht's dann keinen Henker mehr, um das Urteil zu vollstrecken!»

Damit eilte er in seinen Trippelschritten davon.

Was für ein unschöner Tag, dachte Adalbert grimmig. Obendrein war er keinen Schritt weitergekommen. Er hatte nur noch den einzigen Wunsch, diesen Tag in Frieden mit Frau und Kind zu Ende zu bringen.

Zu Hause fand er Irmla und Gisla allein mit der kleinen Kathrin in der Küche vor.

«Wo ist Serafina? Geht es ihr nicht gut?»

«Doch, doch», erwiderte Irmla. «Sie war nur ein wenig aufgewühlt. Kein Wunder. Wenn Ihr Eurer alten Magd eine Bemerkung erlaubt, Doctor Adalbert: Es ist gut, dass das Versteckspiel um Vitus und seine Herkunft endlich ein Ende hat.»

Die alte Kräuterfrau nickte bekräftigend. «Für Mutter und Sohn war das schon eine arge Tortur.»

Die Worte der beiden Alten machten ihn plötzlich betroffen. Aus gutem Grund hatte Serafina all die Jahre mit ihrer Vergangenheit hinter dem Berg gehalten. Dass sie nach jener grausamen Schändung allzu jung Mutter geworden und hernach aus Not in die Prostitution geraten war, brauchte niemand zu wissen außer den engsten Freunden. Trotzdem hätte er sie nach ihrer Heirat dazu ermutigen sollen, sich zu Vitus als ihrem Sohn zu bekennen. Warum hatte er das nie getan? Hatte ihn womöglich doch die Furcht davor abgehalten, das könne seinem Ruf schaden? War er ein solcher Feigling?

«Wo steckt sie also?», wiederholte er seine Frage, ohne weiter auf diese heikle Sache einzugehen.

Irmla füllte ihm einen Becher Apfelmost ab. «Sie war mit Mutter Catharina hier, um uns von der Urteilsverkündung zu berichten. Danach sind sie gemeinsam weiter zur Witwe Oblathus, kein Vaterunser, bevor Ihr gekommen seid. Ihr hättet Euch fast begegnen müssen. Aber sie hat versprochen, bis zum Abendessen zurück zu sein.»

Kapitel 32

Auf dem Brückchen über dem Stadtbach blieb Serafina stehen. Schneehas' boshafte Bemerkung, dass sie sich für ihren Sohn schäme, ging ihr nicht mehr aus dem Kopf. War dem so? Schämte sie sich womöglich wirklich, ein uneheliches Kind zu haben, das obendrein als ehrloser Gaukler durch die Lande zog? Hatte sie ihn deshalb bis zum heutigen Tag als ihr Paten- und Schwesterkind ausgegeben?

«Ist dir nicht wohl?», fragte Catharina besorgt. «Wenn dir der Besuch im Gerberhaus heute zu viel ist, können wir gerne umkehren.»

«Nein, das ist es nicht. Ich frage mich nur, warum …» Sie zögerte. «Warum ich Vitus so lange verleugnet habe.»

«Das kann ich dir sagen: Du hast deinen Mann schützen wollen. Immerhin ist er ein bekannter und angesehener Stadtarzt und langjähriger Ratsherr. Dass er eine von uns Beginen geheiratet hat, war ja für manch engstirnigen Bürger schon anstößig genug.»

«Aber du hast ja selbst gehört, wie selbstverständlich er es aufgenommen hat. Warum habe ich nur so lange damit gewartet? Weil ich mich für meine Vergangenheit als … als Hure schäme?»

«Nein, Serafina. Ich kenne dich lange und gut genug, um zu wissen, dass du mit deiner Vergangenheit abgeschlossen hast, indem du hinnimmst, was nicht zu ändern ist. Nicht zuletzt dank Achaz, diesem großherzigen Mann. Wahrscheinlich wolltest du ihn aus Dankbarkeit schonen, was verständlich ist. Auch Vitus hat sein Dasein als vermeintliches Patenkind immer respektiert.»

«Glaubst du, meine Worte heute vor Gericht werden Adalbert schaden?»

Catharina lächelte. «Man wird sich in nächster Zeit gehörig das Maul über euch zerreißen, ganz bestimmt. Aber das geht vorbei, sobald das nächste aufregende Ereignis die Runde macht. So sind die Leute nun mal.»

«Wahrscheinlich hast du recht. Was aus Vitus wird, ist schließlich viel wichtiger. Gehen wir also. Und hoffen wir, dass die Witwe mich überhaupt zu sich lässt, als Mutter des angeblichen Mörders ihres Mannes.»

Da die Haustür verschlossen war, betraten sie das Anwesen durch das Werkstatttor, wo Serafina der Geruch nach Gerbsäure heute besonders beißend in die Nase stieg. Knecht Hannes und der Sattlergeselle Cunrat waren gerade dabei, einen breiten Handwagen mit Leder zu beladen, als sie im Hintergrund die Oblathustochter erkannte. Das strohblonde Mädchen, das beim Begräbnis noch so verhärmt gewirkt hatte, lehnte an einem Balken und bedachte die beiden mit scherzhaften Neckereien. Alle drei verstummten sie, als Serafina und Catharina näher traten. Nicht einmal einen Gruß brachten sie über die Lippen. Galt ihr wortloses Glotzen womöglich ihr, Serafina? Sie musste sich wohl oder übel daran gewöhnen, dass jeder in der Stadt über sie Bescheid wusste.

«Gott zum Gruße», sagte Catharina freundlich. Und zu Hedwig gewandt: «Ist deine Mutter im Haus?»

«Ja, sie ist in der Küche.» Das Mädchen stierte Serafina jetzt noch unverhohlener an. «*Ihr* seid also die Mutter von dem, der meinen Vater getötet haben soll?»

Erstaunlicherweise klang dies keineswegs feindselig. Eher erstaunt.

«Vitus hat niemandem etwas getan», gab Serafina denn auch ruhig zurück. Plötzlich durchfuhr sie der Gedanke, dass Hedwig den wahren Mörder kannte. «Und ich hoffe von ganzem Herzen, dass auch deine Mutter mir das glaubt.»

Das Mädchen zuckte nur unbestimmt die Achseln. «Soll ich Euch hinaufbringen?», fragte sie.

Catharina machte eine abwehrende Handbewegung. «Nicht nötig, wir kennen den Weg.»

Benedicta Oblathus empfing sie mit verschlossener Miene, nachdem Catharina gegen die halb offene Küchentür geklopft und sie begrüßt hatte. Zusammen mit der Köchin stand sie am Herd und war offenkundig mit der Vorbereitung des Abendessens beschäftigt. Serafina würdigte sie zunächst keines Blickes. Womöglich war es doch kein so guter Gedanke gewesen, Catharina zu begleiten. Andererseits: Was hatte sie, Serafina, schon zu verlieren?

«Wie geht es Euch heute, Meisterin?», fragte Catharina mit einem teilnahmsvollen Lächeln. «Kommt Ihr denn zurecht?»

«Es muss. Das Leben geht weiter», erwiderte die Oblathin.

«Und die Gerberei?», hakte Catharina nach. So hatten sie es ausgemacht: dass Serafina sich vorerst zurückhalten sollte.

Die Witwe wirkte um einiges gefasster als noch am Nachmittag vor Gericht. «Unsere Werkstatt bleibt bestehen. Mein Sohn hat sich bereits bei der Zunft für die Meisterprüfung angemeldet. Bis dahin übernimmt der Zunftmeister unsere rechtlichen Angelegenheiten, und Simon … also Kaufmann Schwarzfärber unterstützt uns ebenfalls, wo er nur kann.»

«Das ist gut, dass Ihr einen engen Freund des Hauses an Eurer Seite habt.»

Täuschte sich Serafina, oder errötete die Oblathin bei diesen Worten?

«Wir Beginen», fuhr Catharina fort, «lassen unsererseits nicht nach, täglich für die Seele Eures lieben Mannes zu beten.»

«Darüber bin ich auch sehr froh.» Benedictas Blick wanderte zu Serafina. Es lag Misstrauen darin, aber keinerlei Hass. «Weshalb seid Ihr mitgekommen?»

Fast erleichtert über dieses Angebot, das Wort zu ergreifen, trat Serafina einen Schritt vor. «Womöglich ist es ja unpassend, dass ich als Mutter eines vermeintlichen Mörders Euer Haus betrete, aber ich möchte Euch von ganzem Herzen danken, dass Ihr die Gnadenbitten zugelassen habt. Auch wenn es fürs Urteil nichts genutzt hat.»

«Ich habe die Gnadenbitten nicht Eurem Jungen zuliebe zugelassen, sondern aus meiner Pflicht als Christenmensch heraus. Nur der Herrgott mag wissen, ob er schuldig ist.»

Serafina schluckte. «Hättet Ihr denn trotzdem ein halbes Stündlein Zeit für mich?»

Benedicta nickte. «Gehen wir nach nebenan. Hier ist es gar zu verraucht.»

In der gut eingeheizten Wohnstube nahmen sie auf der Eckbank Platz, während sich die Witwe ihnen gegenüber auf einen der ledergepolsterten Stühle setzte. Gleich darauf brachte die Köchin ein wenig Brot und Most, doch Serafina lehnte dankend ab. Sie hätte jetzt nichts heruntergebracht.

«Seit dem Endlichen Rechtstag heute», begann sie, «wisst Ihr, dass ich die Mutter des Verdächtigen bin. Ihr seid selbst Mutter, und so möchte ich frank und frei mit Euch sprechen.

Mein Junge ist unschuldig, nie zuvor hat er auch nur die Hand gegen seine Mitmenschen erhoben. Ihr könnt Euch denken, dass mir das grausame Urteil der Herren Richter das Herz zerreißt. Es gibt nur einen einzigen Weg, meinen Sohn zu retten: Der wahre Mörder muss gefunden werden. Und deshalb frage ich Euch: Wer könnte Eurem Mann nach dem Leben getrachtet haben? Mit wem lag er im Streit, wem hat er vielleicht einmal Unrecht angetan?»

Benedicta Oblathus schwieg. Kämpfte sie mit sich? Erstmals fiel Serafina auf, dass die ehemals so schwergewichtige Frau in diesen Tagen sichtlich abgenommen hatte.

«Oder glaubt Ihr etwa selbst daran, dass mein Sohn ein Mörder ist?», setzte Serafina besorgt nach.

Die Witwe wich ihrem Blick aus. «Ich sagte es schon: Nur der Allmächtige kennt die Wahrheit.»

«Aber wir Menschen können versuchen, sie herauszufinden. Bitte, Meisterin, denkt nach», flehte Serafina. «Vielleicht kommt Euch doch noch etwas in den Sinn. Eine Kleinigkeit etwa, die im Nachhinein von Bedeutung scheint.»

Die Oblathin starrte ins Leere, schließlich schüttelte sie mit ausdrucksloser Miene den Kopf. «Ich wüsste niemanden, mit dem Ezechiel ernsthaft Streit gehabt hätte. Glaubt mir, Frau Stadtärztin, ich kann Euren Schmerz verstehen, aber möglicherweise war es doch so, wie das Gericht gesagt hat: dass die Eifersucht Euren Sohn übermannt hat. Mein Ehegefährte war kein Heiliger, er hat gerne einmal mit jungen Mädchen gescherzt und getändelt. Vielleicht ja auch mit der Braut Eures Jungen.»

«Gescherzt und getändelt?» Mit einem Mal erschien Clausmann im Türrahmen. «So nennst du das also, Mutter? Hast du seine regelmäßigen Besuche im Hurenhaus etwa schon vergessen? Hast du vergessen, dass er dich jedes Mal, wenn du ihn deshalb zur Rede gestellt hast, grün und blau geschlagen hat?»

Der junge Mann ballte die Fäuste, bevor er fortfuhr: «Dieser vermeintliche große Wohltäter der Stadt, den ich nicht mehr meinen Vater nennen will, war nichts als ein geiler alter Bock!»

«Still!», rief Benedicta, doch ihr Sohn war nicht mehr zu halten. Er wandte sich Catharina zu.

«Leider scheint meine Mutter ihm schon vergeben zu haben. Aber wegen mir müsst ihr Beginen nicht mehr für ihn beten. Meine Schwester und ich wären froh, wenn er jetzt in der Hölle schmort. Und wisst Ihr, warum?»

Serafina hielt den Atem an, während die Witwe in sich zusammensackte und das Gesicht in den Händen verbarg.

Clausmanns Miene war mittlerweile wutverzerrt.

«Ja, schau du nur weg, Mutter. Du hast es nie wahrhaben wollen, dass dein Ehemann seine eigene Tochter angefasst hat. Seit zwei, drei Jahren geht das schon. Als sich mir Hedwig offenbart und ich ihn zur Rede gestellt hatte, hat er mich ebenfalls verprügelt.»

«Ist das wahr?», fragte Serafina und stellte fest, dass sie nur wenig überrascht war. Ihre dahin gehende Vermutung erwies sich also als richtig.

«Ich habe keinen Grund zu lügen, das könnt Ihr mir glauben. Euch gegenüber würde es Hedwig wohl niemals zugeben, ebenso wenig vor Gericht, falls Ihr das erwartet. Ihre Scham ist zu groß. Aber ich glaube ihr jedes Wort, weil ich es schon lange geahnt habe.» Clausmann schnaubte. «Wisst Ihr, was ich gedacht habe, als ich den Stadtarzt beim Leichnam meines Vaters knien sah? Dem Himmel sei's gedankt! Nur um diesen Seiltänzer tut es mir leid, und um Euren Sohn auch.»

«Warst du das etwa?» Benedicta sprang von ihrem Stuhl auf

und packte ihren Sohn beim Kragen. «Ja, du warst es! Du hast deinen eigenen Vater erstochen!»

Sofort waren Serafina und Catharina bei ihr und nahmen sie rechts und links beim Arm.

«So beruhigt Euch, ganz ruhig», redete Catharina auf sie ein und führte sie zum Stuhl zurück. Dort brach die arme Frau in Tränen aus.

«Es tut mir leid, Mutter», murmelte Clausmann. «Es tut mir leid, dass die Wahrheit über deinen Ehemann und unseren Vater so grausam ist. Und nein, ich habe ihn nicht erstochen. Wegen so einem Lumpen würde ich nicht mein Leben ruinieren wollen.»

Dann drehte er sich um und verließ die Stube.

Serafina lief ihm nach.

«Du warst unter den Zuschauern, ich weiß es.»

«Na und? Auch wenn meine Mutter mich verdächtigt, niemand kann mir etwas beweisen. Da waren Hunderte. Außerdem stand ich viel zu weit weg, als dieser Tumult ausbrach. Jetzt entschuldigt mich, ich habe noch zu tun.»

Damit stieg er die Treppe hinunter und ließ kurz darauf die Haustür mit lautem Krachen hinter sich zufallen. Sollte sie ihm glauben, dass er die Tat nicht begangen hatte? Gründe genug dafür hätte er gehabt.

Als Serafina zurück in die Stube wollte, kam ihr Catharina bereits entgegen.

«Sie hat uns gebeten zu gehen. Das war wohl alles zu viel für sie.» Sie reckte den Kopf in Richtung Küchentür. «Köchin, würdet Ihr bitte nach Eurer Herrin sehen? Es geht ihr nicht gut.»

«Ich komme sofort», tönte es zurück.

«Gut, gehen wir.» Serafina merkte, wie sehr auch sie dieses

traurige Schauspiel mitgenommen hatte. «Vielleicht sollten wir auch ihrer Tochter Bescheid geben.»

Doch in der Werkstatt war nur noch der Knecht zugange, der über dem Schabebaum gebeugt mit seinem Scherdegen die Fleisch- und Fettreste von einer rohen Haut entfernte.

«Ist Hedwig nicht mehr da?», fragte sie ihn.

Hannes sah auf und schüttelte den Kopf. «Die ist ein Stück weit mit ihrem Bräutigam mitgegangen.»

«Sag ihr bitte, sie soll nach ihrer Mutter sehen, wenn sie zurück ist.»

«Mach ich.»

Serafina schob das Werkstatttor auf, als der Knecht hinter ihnen hergelaufen kam.

«Wartet … Ihr seid doch die Frau Stadtärztin, nicht wahr?»

«Ja, warum?»

«Na ja, ich war zufällig beim Blutgericht dabei und habe dort erfahren, dass der Verurteilte Euer Sohn ist.» Er fuhr sich durch das struppige Haar und begann zu stottern. «Das … das tut mir sehr leid. Wisst ihr wenigstens, ob er in Sicherheit ist? Ich meine, außerhalb des städtischen Gerichtsbannes …»

Das erstaunte Serafina nun doch. «Ich hoffe es, bei Gott.»

Draußen auf der Gasse musste sie erst einmal tief Luft holen. Die Lohgerberei war doch ein im Wortsinne ziemlich anrüchiges Handwerk.

«Du siehst ganz bleich aus», bemerkte Catharina, als sie sich auf den Heimweg machten.

«Das alles geht mir schon sehr nah. Und dazu der Gestank da drinnen. Sag, glaubst *du*, dass Clausmann unschuldig ist?»

«Er scheint zumindest voller Genugtuung über den Tod des verhassten Vaters. Aber ob er selbst Hand angelegt hat? Das mag sein oder auch nicht.»

Serafina nickte. «Du bist dir also auch unsicher. Ach Catharina, wenn doch Laurenz Wetzstein ihn nur zur Vernehmung vor Gericht hätte laden dürfen. Dann wäre es womöglich gar nicht erst zu Vitus' Verurteilung gekommen. Da ist aber noch etwas anderes: Hast du nicht auch den Eindruck, dass die Witwe dem Kaufmann Schwarzfärber ziemlich nahesteht?»

«Ich weiß nicht ... Du hast doch auch ein herzliches Verhältnis zu Ratsherr Wetzstein, dem engsten Freund deines Mannes.»

«Nun ja, ich hatte den Eindruck, dass sie rot geworden ist, als Schwarzfärbers Unterstützung zur Sprache kam.» Serafina zuckte die Schultern, obgleich sie sich ihrer Beobachtung sicher war. «Außerdem finde ich es seltsam, dass der Sohn so voller Hass ist, während die Tochter in der Werkstatt mit ihrem Bräutigam scherzt.»

«Ich nehme an, Hedwig ist einfach nur erleichtert. Vor allem, wo sich bald ihr Traum mit der Heirat erfüllt. Du glaubst doch nicht etwa, dass *sie* ihren Vater ...»

«Nein, das traue ich ihr nun wirklich nicht zu. Außerdem hat die Wahrsagerin an der Münsterbaustelle in dem Fliehenden eindeutig einen Mann gesehen. Aber Clausmann hätte allen Grund, dem Elend in seiner Familie endgültig ein Ende zu bereiten. Weißt du was? Egal, ob er es nun bestreitet oder nicht: Wir bringen diese Fortunata hierher, jetzt gleich. Wir müssen herausfinden, ob Clausmann schuldig ist oder nicht. Vielleicht erkennt sie ja den Mörder, wenn er vor ihr steht.»

Leider kamen sie zu spät. Das schwarze Zelt neben dem Tanzboden war verschwunden, obwohl am heutigen Freitag der Jahrmarkt zu Ende ging. Da herrschte erfahrungsgemäß noch einmal großer Andrang.

Sie fragten den Elephantenwirt Jordan nach der Wahrsagerin.

«Die hat schon gestern Abend ihre Siebensachen gepackt», berichtete er. «Und zwar, nachdem unser großkopferter Freund, Ratsherr Schneehas, bei ihr gewesen ist. Entweder hat der ihr ein Säcklein Münzen zugesteckt oder ihr gedroht – jedenfalls hatte es die welsche Alte ziemlich eilig gehabt, von hier wegzukommen.»

Kapitel 33

Noch vor dem sechsten Glockenschlag und somit rechtzeitig vor dem Abendessen traf Serafina im Haus Zum Pilger ein. Kaum hatte sie die Tür aufgesperrt, stand Adalbert auch schon vor ihr.

«Wo warst du so lange?», fragte er fast barsch.

Erstaunt sah sie ihn an. «Mit Catharina im Gerberhaus – haben die Frauen dir das nicht ausgerichtet? Na ja, danach waren wir noch kurz am Münster, um diese Wahrsagerin zu Clausmann Oblathus mitzunehmen, in der Hoffnung, sie könnte ihn wiedererkennen, aber …»

«Hör auf damit», unterbrach er sie und begann, vor ihr auf und ab zu gehen. «Hör auf mit deinen Nachforschungen.»

In seiner Miene las sie Angst, Vorwürfe, Zorn – alles zusammen.

«Was soll das, Adalbert? Was ist denn nur los mit dir?»

«Das will ich dir sagen.»

Er hielt inne und zog etwas aus der Tasche seines Hausmantels. Serafina erkannte ein beschriebenes Stück Papier, genauer gesagt, einen von einem größeren Bogen abgerissenen Zettel.

«Was ist das?»

«Eine Drohung.» Er warf den Fetzen auf Serafinas Arbeitstisch, seine Stimme zitterte. «Lies selbst.»

Sie blickte auf die ungelenken Buchstaben, die vor ihren

Augen zu flimmern und zu tanzen begannen: «Geppt entlich Ruh, sonst stirpt euer kleines Kint!»

Sie musste die Worte ein zweites und ein drittes Mal lesen, bis sie den Sinn wirklich begriff. Ihr Kind, ihre unschuldige kleine Tochter wurde mit dem Tode bedroht! Ihr war, als würde der Boden unter ihren Füßen zu schwanken beginnen.

Schwer atmend ließ sie sich auf ihrem Schemel nieder. «Wo hast du das her?»

«Jemand hat es unter der Tür hindurchgeschoben. Ich habe es gerade erst gefunden.»

«Ist Kathrin oben? Wir müssen sie sofort von hier wegbringen.»

«Wohin? Außerdem wird es bald dunkel.»

Serafina war wieder aufgesprungen und lief nun ihrerseits auf und ab. In ihrem Kopf jagten sich die Gedanken wie aufgescheuchte Hühner. Sie mussten Kathrin von hier wegbringen, möglichst weit weg. Irgendwohin, wo sie niemand vermutete. Und Serafina würde mit ihr gehen. Aber wollten sie sich wirklich tage- oder gar wochenlang versteckt halten?

«Wer tut so etwas?», fragte sie, und ihre eigene Stimme klang ihr fremd. «Wer kann uns so etwas Entsetzliches androhen?»

Im Gegensatz zu ihr schien sich Adalbert einigermaßen gefasst zu haben. «Ich weiß es nicht. Aber eines ist klar: Dieser Hundsfott will verhindern, dass wir weitere Nachforschungen anstellen.»

Er trat ihr in den Weg und hielt sie am Arm fest.

«Bitte bleib stehen und lass uns gemeinsam nachdenken. Wir dürfen jetzt nicht den Kopf verlieren.»

«Du hast recht.»

Sie lehnte sich an ihn, und er schloss sie in seine Arme. Seine Nähe tat ihr gut.

«Weißt du, wer mir als Erstes einfällt? Clausmann Oblathus. Mein Besuch heute könnte ihn in die Enge getrieben haben, und das fehlerhafte Deutsch würde zu einem Handwerker passen.» Sie spürte, wie ihr Atem ruhiger wurde. «Clausmann hat Angst, dass wir ihn durchschaut haben. Er hasst nämlich seinen Vater! Stell dir vor, er hat uns offenbart, dass Oblathus sich an seiner Schwester vergangen hat. Der Vater an der eigenen Tochter! Und ein Schläger war dieser vermeintliche Wohltäter obendrein.»

«Ein Wolf im Schafspelz.» Adalbert verzog fast schmerzvoll das Gesicht. «Die arme Tochter!»

Dann schüttelte er den Kopf.

«Ich denke, das unbeholfene Deutsch ist nur Ablenkung. Die Worte sind auf teures, handgeschöpftes Papier geschrieben. Auf dem Zettel ist das Wasserzeichen der Ravensburger Papiermühle deutlich zu erkennen. Nein, ein solches Papier findet sich nicht in einem Gerberhaus. Schon eher bei einem Kaufmann.»

In wenigen Worten berichtete er ihr von seiner unerfreulichen Begegnung mit Simon Schwarzfärber.

«Wenn er es ist, der uns droht», bemerkte Serafina nachdenklich, «dann heißt das doch nichts anderes, als dass er den wahren Mörder kennt und schützen will. Damit bleibt Clausmann weiterhin verdächtig.»

«Oder der Kaufmann selbst hat die Tat begangen», entgegnete Adalbert.

«Schwarzfärber?» Serafina runzelte die Stirn. «Als engster Freund des Toten?»

«Wissen wir wirklich, ob die beiden Freunde waren? Gschydlin und Cunrat jedenfalls, die ich bislang am stärksten in Verdacht hatte, scheiden aus. Der Sattler war beim Kaufmann Löw, wie der mir heute bestätigt hat, und sein Geselle war auf der Kastelburg, als die Tat geschah.»

Sie löste sich aus seiner Umarmung und sah ihn zweifelnd an. «Aber der Fischhändler hat behauptet, dass Schwarzfärber die ganze Zeit über betrunken am Weinausschank herumsaß. Außerdem hat die Wahrsagerin den Flüchtigen als jungen Mann beschrieben, und Schwarzfärber ist älter als du, schätze ich.»

«Sie kann sich getäuscht haben, und dieser schwatzhafte Fischhändler redet viel, wenn der Tag lang ist. Weißt du was? Ich frage selbst nach. Der Bärenwirt, der den Weinausschank betreibt, ist ein verlässlicher Mann. Sag Irmla Bescheid, ihr sollt mit dem Essen nicht auf mich warten.»

«Du willst jetzt gleich auf den Jahrmarkt?»

«Ja.»

Er streifte seinen Hausmantel ab und hängte ihn an den Haken neben der Tür. Seine Bewegungen wirkten kraftvoll und entschlossen, was ihr Zuversicht gab.

«Auf dem Rückweg hole ich den Hund bei den Christoffelsschwestern ab. Für heute Nacht ist mir das sicherer, mit einem Wachhund im Haus. Und morgen sehen wir weiter wegen Kathrin.»

«Soll ich Irmla und Gisla von der Drohung erzählen?»

«Tu das. Hier im Haus sollten wir keine Geheimnisse mehr voreinander haben. Wenn tatsächlich Schwarzfärber hinter dieser Schweinerei steckt, dann wird er mich kennenlernen. Und schiebe beide Riegel hinter mir zu und lass keinen herein, hörst du?»

Betroffen saßen die Frauen um den Küchentisch, während der Gemüseeintopf vor ihnen im Topf allmählich kalt wurde. Niemand hatte Hunger, von Kathrin abgesehen, die in letzter Zeit sichtlich an Größe und Gewicht zunahm.

«Vielleicht ist es ja nur eine leere Drohung», sagte Gisla in die bedrückte Stille hinein, «aber bei Bürgermeister und Schultheiß anzeigen solltet ihr es auf jeden Fall. Gleich morgen früh. Vielleicht stellt man dann ja auch einen Wachtposten vor eurem Haus ab.»

Irmla verzog das Gesicht. «Jetzt könnten wir tatsächlich einen Wächter brauchen.»

«Adalbert wird morgen früh alles in die Wege leiten.» Serafinas Hand zitterte, während sie Kathrins Löffel erneut mit Haferbrei belud. «Trotzdem müssen wir die Drohung ernst nehmen. Die Kleine darf das Haus nicht mehr verlassen.»

«Damit habt Ihr vollkommen recht, Frau Serafina.» Irmla erhob sich, um die Kerzen im Leuchter anzuzünden, da es allmählich dunkel wurde. «Ich würde sogar noch einen Schritt weiter gehen: Außerhalb von Freiburg wäre das Kind sicherer. Ich meine, der Gedanke mit Michel als Wachhund ist gut und schön, aber ja wohl keine Lösung auf Dauer.»

Fast hätte Serafina aufgelacht. Nach Meinung der Magd gehörte ein Hund nicht ins Haus, sondern in Hof oder Garten. In einer reinlichen Haushaltung hatten Tiere nichts zu suchen, nur ein Bauer ließ Hund, Katze oder Federvieh ins Haus.

«Daran habe ich auch schon gedacht», erwiderte sie.

«Hat euer Freund Laurenz Wetzstein nicht eine Schwester in Breisach?», fragte Gisla. «Als Kathrins Götte würde er diese Möglichkeit ganz bestimmt unterstützen.»

«Ach Gisla, mir widerstrebt es ganz und gar, mit Kathrin so weit fortzugehen. Wir müssen Vitus' Unschuld beweisen, versteht ihr denn nicht? Jetzt erst recht, und zwar möglichst schnell.»

Die Kräuterfrau tauschte einen Blick mit Irmla aus, die daraufhin nickte.

«*Wir beide* könnten doch mit der Kleinen fortgehen. Wir sind ihr vertraut, wie eine Großmutter es wäre.»

«Das würdet ihr tun?» Serafina war gerührt. «Gut, besprechen wir es nachher mit Adalbert, wenn er zurück ist.»

Sie zuckte zusammen, als es in diesem Moment laut gegen die Haustür klopfte.

«Ihr bleibt hier, Frau Serafina», beschied die Magd ihr. «Ich frage nach, wer es ist.»

Doch dann war ein erwartungsfrohes Bellen zu hören, und Serafina eilte nach unten. Nachdem sie die Tür entriegelt hatte, sprang Michel außer sich vor Freude an ihr hoch. Um den Hals trug er ganz vorschriftsmäßig seine Blechmarke, die man jedes Jahr aufs Neue im Henkershaus erstehen musste, zum Zeichen, dass das eigene Tier kein Streuner war und vom Hundeschläger getötet werden durfte.

«Unseren kleinen Zerberus hätten wir dann schon mal für heute Nacht bei uns.» Adalbert lächelte. «Und eine gute Nachricht bringe ich obendrein: Mutter Catharina lässt dir ausrichten, dass du mit Kathrin gerne die nächste Zeit zu ihnen ins Christoffelshaus kommen kannst. Ein Platz zum Schlafen würde sich allemal finden. Wir sollen das in Ruhe besprechen.»

«So machen wir es.» Sie verspürte eine erste Erleichterung. «Wir haben übrigens mit dem Essen auf dich gewartet.»

Er legte die zusammengerollte Decke, die er unter dem Arm trug, auf den Boden. «Der Hund soll hier unten schlafen. Wobei ich inzwischen glaube, dass wir uns in unserem ersten Schrecken viel zu sehr haben ängstigen lassen. Es wird wohl kaum jemand nachts hier einbrechen wollen und Kathrin aus unserem gemeinsamen Bett entführen.»

Serafina nahm ihm Mantel und Kappe ab. «Trotzdem ist mir wohler mit dem Hund. Sobald sich jemand der Haustür auch nur nähert, schlägt er an. Hast du vom Bärenwirt etwas erfahren über Schwarzfärber?»

«Ich fürchte, wir sind keinen Schritt weiter.» Er schlüpfte in seine Hauspantoffeln. «Schwarzfärber war tatsächlich die ganze Zeit am Ausschank der Weinlaube und hat während des Possenspiels einen Krug mach dem anderen bestellt. Der Bärenwirt erinnerte sich noch genau daran. Übrigens habe ich dort auch den Schultheißen und den Bürgermeister getroffen. Ich habe ihnen von dem infamen Drohschreiben erzählt und gesagt, dass das in meinen Augen der sichere Beweis für Vitus' Unschuld ist. Dass nur ein Freiburger Bürger dahinterstecken kann. Weißt du, was sie geantwortet haben? Das sei doch nichts als ein Dummejungenstreich. Aber wenn ich unbedingt wollte, könnte ich es morgen früh in der Kanzlei zur Anzeige bringen.»

Verärgert schüttelte er den Kopf.

«Jedenfalls können wir Schwarzfärber als Täter streichen.»

«Dann war es also doch Clausmann!», beharrte Serafina auf ihrem Verdacht.

«Aber Serafina, woher sollte der Bursche wissen, wann die Magd ihren Auftritt mit dem Messerangriff hatte? Er kannte das Stück doch gar nicht.»

Kapitel 34

Adalberts Bemerkung hatte Serafina völlig verblüfft. Warum hatte sie sich diese so wichtige Frage nicht selbst gestellt? So drehten sich ihre Gedanken während des Abendessens immer wieder um Clausmann: Woher hätte er das Possenspiel so genau kennen können, um zu wissen, wann der richtige Moment gekommen war, Vitus niederzuschlagen und dessen Verkleidung zu übernehmen? Gewiss, er wusste mit Sicherheit, dass sein Vater unter den Zuschauern weilte, schließlich musste der Ratsherr als Mitglied des Jahrmarktsausschusses auch eine laufende Vorführung auf Anstand und Sittlichkeit überprüfen. Aber warum hatten die anderen Gaukler, die einander so gut kannten, nichts von dem falschen Spiel gemerkt? Das konnte doch schier nicht sein. War der junge Oblathus nicht sichtlich kräftiger als Vitus?

Sosehr sie auch versuchte, sich einen Reim darauf zu machen – sie war zu erschöpft nach diesem Tag. Selbst als sie besprachen, was mit Kathrin geschehen sollte, um sie bestmöglich vor Gefahren zu schützen, konnte sie dem Gespräch bei Tisch kaum noch folgen. Schließlich erhob sie sich und nahm die Kleine auf den Arm, der vor Müdigkeit ebenfalls fast die Augen zufielen.

«Wenn ihr nichts dagegen habt, lege ich mich jetzt zusammen mit Kathrin schlafen. Das war heute alles recht viel für mich. Und ich denke, es ist das Beste, ich nehme Catharinas Angebot an und gehe morgen mit der Kleinen für ein paar Tage ins Christoffelshaus. Ich möchte Laurenz Wetzstein ungern belästigen, zumal wir seine Breisacher Schwester kaum kennen.»

«Wie du möchtest», gab Adalbert zurück und half ihr fürsorglich von der Bank auf. «Soll ich dich nach oben begleiten?»

«Bleib nur sitzen und trinke deinen Wein in Ruhe aus.» In dem Versuch, unbekümmert zu wirken, zwinkerte sie ihm zu. «Wenn dir danach ist, kannst du ja den Frauen beim Abwasch helfen.»

In der Tür drehte sie sich noch einmal zu ihm um. «Wollen wir gleich morgen früh zusammen zum Schießrain hinaus? Da der Michaelismarkt heute Abend zu Ende geht, wäre das die letzte Gelegenheit, noch einmal Don Giacomo und seine Leute zu befragen. Vielleicht ist ihnen ja doch noch etwas aufgefallen. Eine winzige Kleinigkeit, die uns und Vitus weiterhelfen könnte …»

«Ja, das machen wir. Und jetzt geht schlafen, ihr beide. Ich bleibe auch nicht mehr allzu lange auf.»

Da begann Michel in der Eingangshalle anzuschlagen, wie es seine Aufgabe war, und gleich darauf klopfte es. Serafina schrak zusammen. Ihre Müdigkeit machte augenblicklich der Sorge Platz, was das zu bedeuten hatte zu dieser späten Stunde. Hatte man womöglich Vitus' Zufluchtsort ausfindig gemacht? Oder würden sie gleich ein weiteres Drohschreiben auf der Türschwelle finden?

Adalbert war bereits aufgesprungen. Auch seine Miene war angespannt.

«Wer da?», rief er laut und vernehmlich ins Treppenhaus.

«Wir sind es. Deine Freunde Laurenz und Eberhart.»

Serafina stieß einen Seufzer der Erleichterung aus. In diesen Tagen ging es hier wahrhaftig zu wie im Taubenschlag. Dabei sehnte sie sich nur noch nach Ruhe. Trotzdem folgte sie ihm mit Kathrin auf dem Arm nach unten. Falls Wetzstein und Grieswirth neue Erkenntnisse überbrachten, so wollte sie dies unbedingt erfahren.

«Entschuldigt bitte, wenn wir euch so überfallen.» Laurenz Wetzstein drückte seinem Patenkind zur Begrüßung einen Kuss auf die Wange, während der dicke Grieswirth ängstlich auf den Hund schielte, den Serafina bei sich Platz nehmen ließ. «Oder stören wir euch beim Abendessen?»

«Nein, wir sind schon fertig», erwiderte Adalbert. «Außerdem seid ihr uns immer willkommen. Was gibt es denn?»

«Heute endet doch der Jahrmarkt, und da wollten wir euch fragen, ob ihr uns nicht vielleicht auf ein, zwei Bier zur Laube des Elephantenwirts begleiten mögt.»

«Euch natürlich eingeschlossen, Frau Serafina», setzte Grieswirth hinzu. «Unsere Frauen sind schon dort.»

«Was mich betrifft, auf keinen Fall», winkte Serafina ab und warf Adalbert einen bittenden Blick zu.

Er schien verstanden zu haben. «Unter anderen Umständen wäre ich gerne mitgekommen. Bloß habe ich inzwischen wahrhaftig keine Lust, mit denjenigen auf einer Bank zu sitzen, die Vitus an den Galgen bringen wollen.»

«Ach komm, alter Freund.» Laurenz legte ihm die Hand auf die Schulter. «Du weißt doch, dass die Herrschaften der Vierundzwanzig die vornehme Weinlaube bevorzugen. Ein bisschen Ablenkung würde dir wirklich guttun.»

Adalbert schien mit sich zu ringen.

«Seid mir nicht böse», sagte er schließlich. «Aber mir ist derzeit wirklich nicht danach, unter viele Menschen zu gehen.»

Serafina ahnte, dass es nicht nur darum ging, sie nicht mit Kathrin allein zu lassen. Er wollte sich nicht den gaffenden Blicken der Leute aussetzen, ihrem Tuscheln, dass sein Weib die Mutter eines Mörders war. Und sie machte ihm keinen Vorwurf daraus.

«Nur auf ein Stündchen», ließ Grieswirth nicht locker. Dann zeigte er auf Michel, der sofort leise zu knurren begann. «Seit wann habt ihr einen Wachhund?»

«Das ist es ja – wir werden nun auch noch bedroht!», platzte es aus Adalbert heraus.

Mit einer tiefen Zornesfalte auf der Stirn griff er sich den Zettel vom Arbeitstisch, den sie beide seit Serafinas Rückkehr nicht mehr angerührt hatten.

«Lest selbst.»

Wetzstein und Grieswirth steckten die Köpfe über dem Schreiben zusammen. Auf ihren Gesichtern zeichnete sich blankes Entsetzen ab.

«Das ist ja unerhört», stieß Wetzstein hervor. «Hast du eine Ahnung, wer das geschrieben haben könnte?»

«Ich bin mir sicher, es war Simon Schwarzfärber. Weil er nämlich etwas zu vertuschen hat. Der Kerl verfolgt neuerdings jeden unserer Schritte. Ihr erinnert euch, dass er Serafina vor dem Wilhelmitenkloster abgepasst hat? Heute nun hat er *mich* verfolgt, besser gesagt, mir vor dem Haus des Juden Löw aufgelauert.»

Er berichtete kurz, was dort vorgefallen war.

Wetzstein strich seinen Kinnbart glatt. «Ein Beweis ist das nicht gerade, aber trotzdem solltet ihr die Drohung ernst nehmen. Und sie natürlich zur Anzeige bringen.»

Unwillkürlich drückte Serafina ihre Tochter fester an sich. «Ja, das tun wir beides. Aus diesem Grund werden Kathrin und ich morgen für ein paar Tage zu den Christoffelsschwestern gehen.»

«Glaubst du wirklich, dort seid ihr sicherer als daheim?» Zweifelnd blickte Wetzstein sie an. «Eine Handvoll Beginen sind nicht gerade sehr wehrhaft, wenn ein Mannsbild oder gar mehrere sich Zutritt verschaffen wollen. Nein, ich mache dir einen anderen Vorschlag, liebe Serafina: Morgen früh zur zehnten Stunde hole ich euch ab und bringe euch zu meiner Schwester nach Breisach. Sie hat selbst zwei kleine Kinder, sie wird dich und Kathrin gerne für einige Zeit aufnehmen.»

«Ist das dein Ernst?» Adalbert umarmte seinen Freund herzlich. «Du weißt gar nicht, was für einen großen Dienst du uns erweist. Ich komme natürlich mit, die Untersuchung von Pfefferkorns fehlsichtigen Augen kann ich auch auf Montag verschieben, das eilt nicht.»

Im Gegensatz zu Adalbert war Serafina weniger begeistert. Selbstredend hatte Wetzstein recht, was den Schutz ihrer Kleinen betraf. Aber Breisach am Rhein lag mehr als fünf Wegstunden von Freiburg entfernt, eine halbe Tagesreise also. Dort würde sie, was Vitus betraf, zur Tatenlosigkeit verurteilt sein. Kurz dachte sie daran, den Vorschlag von Irma und Gisla anzunehmen, Kathrin an ihrer Stelle zu begleiten. Sie verwarf es aber wieder, auch wenn Laurenz Wetzstein sicherlich damit einverstanden gewesen wäre. Mit jeder Faser ihres Körpers spürte sie nämlich plötzlich, dass sie nicht auf Tage oder gar Wochen von ihrem Kind getrennt sein wollte.

Adalbert sah sie ob ihres Zögerns fragend an.

«Vielleicht ist das mit Breisach wirklich der beste Ausweg», murmelte sie schließlich. «Ich danke dir für dieses großherzige Angebot. Und jetzt entschuldigt mich bitte, aber ich muss Kathrin zu Bett bringen. Bis morgen also, lieber Laurenz.»

Kapitel 35

Nachdem seine Freunde gegangen waren, kehrte Adalbert in die Küche zurück, um seinen halb vollen Becher Wein auszutrinken und dabei die beiden Frauen von ihrem Vorhaben für den kommenden Tag zu unterrichten.

«Ach herrje, das wird aber still werden im Haus ohne die Kleine», entfuhr es Gisla.

Irmla trocknete sich die Hände an ihrem Schurz ab. «Habt Ihr dem Ratsherrn nicht vorgeschlagen, dass wir beide mit nach Breisach gehen könnten?»

«Nein. Ich glaube, Serafina will sich von Kathrin nicht so lange trennen.»

Die Magd verschränkte die Arme. «Und wenn man gar nicht herausfindet, wer die Drohung geschrieben hat? Sollen dann Euer Weib und Kind auf ewig in Breisach bleiben?»

Darüber hatte er auch schon nachgedacht. Man müsste den Schultheißen dazu bringen, sowohl Schwarzfärber als auch den jungen Oblathus vorzuladen, um eine Schriftprobe mit ihnen zu machen.

«Es wird sich schon ein Weg finden», gab er ausweichend zur Antwort.

«Euer Wort in Gottes Ohr, Doctor Adalbert.» Sie klopft auf die Tischplatte. «Mit der Küche sind wir fertig. Wir gehen dann ebenfalls schlafen, wenn Ihr erlaubt.»

«Tut das. Gute Nacht, Irmla, gute Nacht, Gisla.»

Als er wenig später nach Frau und Kind schaute, waren beide bereits fest eingeschlafen. Gerührt betrachtete er sie eine Weile und betete, dass Serafina endlich eine ruhige Nacht haben würde. Er selbst war inzwischen wieder hellwach. Vielleicht hätte er Laurenz und Grieswirth doch begleiten sollen.

Um sich von seinen Sorgen abzulenken, beschloss er, noch ein wenig die Schrift des griechischen Arztes Galenos von Pergamon zu studieren, die er unlängst aus der Bibliothek der Wilhelmiten ausgeliehen hatte. Hierzu schenkte er sich abermals einen Becher Wein ein, ging nach unten in sein Arbeitskabinett, wo er die Kerzen entzündete und die in Schweinsleder gebundene Handschrift auf sein Lesepult legte. Während er das Kapitel über die vier Elemente Feuer, Erde, Luft und Wasser aufschlug, kringelte sich Michel zufrieden neben seinen Beinen zusammen.

Im Haus war es mittlerweile still geworden. Durch das Fenster zum Hof drangen Musik und Stimmengewirr der Feiernden nur gedämpft an sein Ohr – noch bis zur neunten Stunde, dann würde das Jahrmarktstreiben sein Ende finden und in der Stadt allmählich Ruhe einkehren.

Vergeblich versuchte er, Galenos Ausführungen über die Mischungsverhältnisse der Elemente und deren innewohnenden Qualitäten zu folgen, und gab schließlich auf. Was nicht etwa an mangelnder Kenntnis der lateinischen Sprache lag, die er beherrschte wie wohl kaum jemand sonst in der Stadt. Nein, seine Gedanken schweiften immer wieder rastlos ab. Wie sehr hatte sich Serafina seit Wochen auf diesen Michaelismarkt gefreut, und nun das! Der eigene Sohn musste sich in einem einsamen Waldkloster versteckt halten, um nicht am Galgen zu baumeln, und ihre Tochter wurde von einem Wahnsinnigen bedroht.

Ja, er war heilfroh um Wetzsteins Angebot, auch wenn er Serafina und die Kleine schmerzlich vermissen würde. Seine Aufgabe war es nun, diesen Schmierfink aufzuspüren, der den Mörder mit Sicherheit gut kannte. Seit er das vermaledeite Drohschreiben in der Hand gehalten hatte, wurde er das Gefühl nicht los, der Lösung ganz nahe zu sein. Nur leider entzog die sich ihm wie ein hakenschlagender Hase dem Jäger.

Ob eine Anzeige in der Kanzlei von Nutzen sein könnte, das bezweifelte er hingegen. Die Niederschrift würde doch nur hinter einem Aktendeckel verschwinden. Weitaus sinnvoller erschien ihm eine Vorladung der beiden Hauptverdächtigen – auch Clausmann mochte er nach Serafinas Worten nicht mehr ausschließen, trotz der Ungereimtheit mit dem Zeitpunkt des Auftritts. Mehr noch: Der ganze Mordfall musste wieder neu aufgerollt werden. Doch er befürchtete jetzt schon, dass er den Schultheißen selbst mit Wetzsteins Unterstützung hierzu nicht bringen konnte.

Er klappte das Buch wieder zu. Warum nur sperrte sich Paulus von Riehen gegen alles, was Vitus entlasten konnte? Von Riehen war als Schultheiß eigentlich kein schlechter Mann und dumm schon gar nicht. Hatte Schneehas etwa einen solch großen Einfluss auf ihn? Dass der Silberkrämer alles unternahm, was in seiner Macht stand, um seiner Familie zu schaden, war klar. Schließlich hätte ihm damals ums Haar die von ihm angefachte Beginenhetze, die Serafina und er aufgedeckt hatten, das Bürgerrecht gekostet.

Zu seinen Füßen begann Michel, leise zu knurren.

«Was ist? Träumst du?»

Doch der Hund war hellwach. Lauschend hob er den Kopf, knurrte lauter und rannte zur Haustür. Von dort war deutlich ein unterdrücktes Hüsteln zu hören. Etwa ein Festheimkehrer, der seine Notdurft gegen die Hauswand verrichtete? Oder gar Simon Schwarzfärber?

Adalbert beeilte sich, zur Tür zu kommen, bevor alle im Haus aufwachen würden.

«Ganz ruhig, Michel», flüsterte er. Und lauter: «Wer ist da? Da ist doch jemand?»

«Ich bin's, Medicus», erkannte er Sackpfeiffers Stimme. «Lasst mich bitte ein.»

«Seid Ihr allein?»

«Aber ja, warum fragt Ihr?»

Rasch öffnete Adalbert die Tür und zog den Büttel in die Diele, der sich für die späte Störung entschuldigte.

«Seid bitte leise, hier schlafen schon alle», bat er ihn.

Sackpfeiffer nickte. «Euch ist wohl nicht nach Musik und Tanz … Trotzdem müsst Ihr mit mir mitkommen.»

«Was ist geschehen?»

«Ein dritter Toter. Wiederum in der Baustelle am Münster.» Der Büttel schnaubte. «Das scheint mir ein wahrer Totentanz zu werden.»

«Gütiger Himmel! Wisst Ihr schon, wer es ist?»

«Ja. Sattlermeister Gschydlin. Er wurde erschlagen.»

«Gschydlin?» Bestürzt starrte er Sackpfeiffer an. Das konnte kein Zufall sein. «Wartet kurz, ich will meiner Frau nur eben eine Nachricht schreiben.»

Er nahm die Schiefertafel von der Wand und verschwand nach oben. Vorsorglich gab er auch Irmla und Gisla Bescheid, die zum Glück noch wach lagen, und bat sie, Augen und Ohren offen zu halten, da er zu einer Leichenschau müsse. Als er zurückkehrte, um sich Mantel und Schuhe überzuziehen, lehnte der Hund vertrauensvoll an Sackpfeiffers Beinen und ließ sich von ihm streicheln.

«Ist das nicht der Hund von den Christoffelsschwestern?», fragte der Büttel. «Das ist mir ja mal ein wunderbarer Wachhund.»

«Er weiß eben zwischen Gut und Böse zu unterscheiden. Gehen wir.»

Kapitel 36

Der Zugang zur Baustelle war mit Seilen abgesperrt und von Männern mit Knüppeln bewacht, die Mühe hatten, die größer werdende Menge an Gaffern im Hintergrund zu halten. Unterwegs hatte Adalbert dem obersten Stadtbüttel von der Drohung gegen ihr Kind berichtet, und so nahm Sackpfeiffer prompt einen der Wächter beiseite.

«Weißt du, wo der Stadtarzt wohnt?»

«Ja, Meister.»

«Gut. Dort beziehst du Posten, bis er zurück ist. Jetzt sofort.»

Dankbar drückte Adalbert ihm die Hand, dann bückte er sich unter dem Seil hindurch. Die halb fertigen Säulen und Mauern des künftigen neuen Chors, wenn er denn überhaupt jemals fertig werden würde, lagen im Stockdunklen. So leuchtete ihm Sackpfeiffer mit seiner Laterne den Weg zu dem schwachen Lichtpunkt im Inneren, der den Tatort auswies. Trotz aller Vorsicht wäre er fast über einen losen Stein gestolpert und zu Boden gegangen.

Ein vierschrötiger Mann im grünen Rock der städtischen Büttel wartete neben dem toten Sattlermeister. Der lag seitlich zusammengekrümmt zwischen zerbrochenen Gerüsthölzern. Kragen und Saum seines Mi-parti-gefärbten Überrocks waren blutverschmiert, ebenso Haarschopf und Stirn, der turbanartige Hut lag im Dreck. Auch wenn er für Gschydlin keine sonderliche Wertschätzung empfunden hatte, dauerte ihn dieser gewaltsame Tod, und so sprach er im Stillen ein Vaterunser.

Die Baustelle lag zwar einsam und dunkel, doch rundum tobte das Leben, mit Musik, trunkenem Gelächter und falschem Gesang. Vermutlich war die Tat, im Gegensatz zu den beiden vorigen Morden, zur Nachtstunde geschehen. Ein unbestimmtes Gefühl sagte ihm, dass Täter und Opfer sich gekannt hatten.

«Zeugen werden wir wohl kaum welche finden», bemerkte er.

«Nein», bestätigte Sackpfeiffer. «Wir haben schon alle, die in der Nähe waren, befragt. Niemand will etwas gesehen oder gehört haben.»

«Wer hat ihn gefunden?»

«Ein betrunkener Taglöhner», gab der Grüngewandete zur Antwort. «Angeblich war er zum Pissen hier und ist der Länge nach über den Leichnam gestürzt.»

«Wo ist der Mann?»

«Einer von uns hat ihn sicherheitshalber in den Christoffelsturm gebracht. Dass er der Mörder ist, glaub ich aber nicht. Viel zu besoffen war der, konnte sich kaum auf den Beinen halten. Ein Hungerhaken obendrein.»

«Das Glauben überlass besser den Pfaffen», knurrte Sackpfeiffer. «Jetzt geh den Schultheißen suchen. Ich vermute, er ist in der Weinlaube des Bärenwirts.»

«Bin schon weg.»

«Wartet!», hielt Adalbert ihn zurück. «Holt bitte auch den Ratsherrn Wetzstein her. Er ist gleich drüben am Bierausschank beim Tanzboden.»

Dann zog er ein Tuch aus seiner Arzttasche und kniete sich nieder, während Sackpfeiffer ihm leuchtete. Er schloss Gschydlin die Augenlider, was leicht zu bewerkstelligen war. Der Tod lag also nicht lange zurück. Beim Abwischen der frischen Blutspuren entdeckte er gleich auf die Schnelle tiefe Wunden: am Hinterkopf, am Jochbein und an der Schläfe. Auch die Nase war gebrochen. Stichwunden konnte er keine entdecken.

«Wie bei dem jungen Seiltänzer ist hier erst mal ein Kampf vorausgegangen. Und zwar ein heftiger.»

«Seht Ihr etwa einen Zusammenhang?», fragte Sackpfeiffer stirnrunzelnd.

«Nun, es könnte zwar ein Streit zwischen Betrunkenen gewesen sein, aber die Wunden verraten, dass die Schläge äußerst kraftvoll waren.» Er hielt sein Gesicht dicht an den offen stehenden Mund. «Und nein, Gschydlin war nicht betrunken. Das würde ich riechen. Habt Ihr den Taglöhner, den man in den Turm gebracht hat, eigentlich selbst gesehen?»

«Ja. In der Tat ein dürres Kerlchen.»

Adalbert schüttelte den Kopf. «Man wird ihn zwar befragen müssen, aber für diese Schläge muss man entweder viel Kraft haben oder eine große Wut in sich. Gschydlin hat sich auch gewehrt. Hier.»

Er zog aus der Faust des Toten einen Silberknopf und hielt ihn ins Licht.

«Den hat er seinem Angreifer vom Mantel oder Umhang gerissen. Auch aus diesem Grund wird es der Taglöhner wohl kaum gewesen sein: Ein einfacher Mann trägt keine Knöpfe aus Silber an seinem Gewand, sondern aus Horn oder Bein. Das hier war eher ein Kampf unter Standesgenossen.»

«Stimmt. Und jetzt seht Euch das an, Medicus.» Der Schein von Sackpfeiffers Laterne schwenkte weg zu den Füßen der Leiche. «Das da hat unser besoffener Taglöhner zum Glück übersehen.»

Tatsächlich glänzten neben Gschydlins lächerlich langen Schnabelschuhen eine Handvoll Silbermünzen im Staub. Die dazugehörige Geldkatze, die noch ein paar mehr Münzen enthielt, lag nicht weit davon entfernt.

Adalbert nahm sie an sich und richtete sich auf. «Die hat der Sattlermeister seinem Gegner ebenfalls entrissen, wie das entzweigegangene Lederband zeigt. Denn sein eigener Beutel hängt ihm noch am Gürtel.»

«Also ein versuchter Raub? Dann wäre der Täter zunächst Opfer gewesen und hat bei dem Versuch, sich gegen Gschydlin zu wehren, tödlich zugeschlagen. Und in seiner Eile, vom Tatort wegzukommen, hat er sein kleines Vermögen hier liegen lassen. Oder er hat den Verlust im Zweikampf gar nicht erst bemerkt.»

Adalbert betrachtete die mit kunstvoller Stickerei versehene Geldkatze und schüttelte abermals den Kopf. «Dieser Beutel gehört einem Vornehmen. Von Gschydlin ist zwar bekannt, dass er verschuldet und damit in ständigen Geldnöten war, aber dass er deshalb jemandem im Jahrmarktstrubel auflauert, um an Silber zu kommen, passt nicht zu ihm. Ich schätze, Gschydlin war mit seinem Gegenüber hier verabredet, weil er von ihm Geld verlangt hat. Dabei kam es zum Streit, mit dem Ergebnis, dass der Sattler jetzt tot im Dreck liegt.»

«Entschuldigt, Medicus, aber das scheint mir doch weit hergeholt. Wenn der Unbekannte, dem dieser Beutel gehört, nichts herausrücken wollte, hätte er doch einfach von dannen gehen können.»

«Nicht, wenn Gschydlin etwas gegen ihn in der Hand hatte.»

«Ihr meint, der Sattler hat versucht, den anderen auszupressen? Aber womit?»

«Zum Beispiel damit, dass er sein Gegenüber für Oblathus' Meuchelmörder hielt. Und zwar zu Recht.»

«Puh, das wäre fürwahr eine unerhörte Wendung. Denkt Ihr an jemanden Bestimmtes?»

Das tat Adalbert. Inzwischen dachte er sich aber auch, dass der junge Clausmann eine solch auserlesene Geldkatze ganz sicher nicht am Gürtel trug. Ein vornehmer Kaufmann hingegen schon.

Trotzdem zuckte er die Schultern. «Ich will keine voreiligen Schlüsse ziehen. Man müsste herausfinden, wem der Beutel gehört.»

«Was wollt Ihr herausfinden?», ertönte eine tiefe Stimme. Der Schein einer Laterne blendete ihn.

«Wie gut, dass Ihr gekommen seid, Herr Schultheiß. Wenn Ihr bitte das Licht aus meinem Gesicht nehmt und Euch den Toten anseht? Es handelt sich um den Sattlermeister Gschydlin.»

«Das sehe ich selbst, Physikus. Erschlagen?»

Nicht nur, dass der Schultheiß eine ganze Wolke von Weindunst verbreitete – seine Worte kamen ihm auch reichlich undeutlich über die Lippen. Er war ganz offensichtlich betrunken und musste sich an seinem Begleiter, einem der Stadtwächter, abstützen. Zu Adalberts großer Erleichterung drängte hinter ihm nun Laurenz Wetzstein vorbei und kniete sich vor den Toten.

«Allmächtiger!» Er schlug das Kreuz. «Der arme Gschydlin! Was ist mit ihm geschehen, Adalbert?»

«Mehrere harte Schläge, vielleicht mit einem der Vierkanthölzer, die hier herumliegen. Wobei der gegen die Schläfe wahrscheinlich tödlich war. Und höchstwahrscheinlich ging es um Geld.» Er hob den Beutel in die Höhe und zeigte zugleich auf die verstreuten Münzen. «Genauer gesagt, vermutlich um Gschydlins missglückten Versuch, den anderen einer äußerst unangenehmen Wahrheit wegen auszupressen.»

Paulus von Riehen schwankte ein wenig. «Was faselt Ihr da, Achaz?»

«Werter Herr Schultheiß, diese Tat hat unmittelbar mit dem Mord an Ratsherr Oblathus zu tun, und das werde ich auch vor Gericht belegen können. Der Fall muss neu aufgerollt und das Urteil über den Sohn meiner Frau für nichtig erklärt werden.»

«Ha! Ihr träumt wohl? Der arme Gschydlin ist beim Pinkeln hinterrücks überfallen worden, von einem dieser zahllosen Habenichtse, die an sein Geld wollten.»

Geduldig erklärte Adalbert ihm den Sachverhalt mit den Geldkatzen und dem abgerissenen Silberknopf. Doch der Schulheiß wollte oder konnte es in seinem Zustand nicht verstehen.

«Sackpfeiffer», befahl dieser dem Büttel mit deutlichem Lallen, «lasst den Toten nach Hause schaffen, aber mit Anstand bitte. Ihr, Achaz, kommt morgen Vormittag in die Kanzlei, um dem Schreiber alles in die Feder zu sprechen. Sagen wir zur elften Stunde, wenn wir alle ausgeschlafen haben.»

«Noch dringlicher wäre es», wandte Adalbert ein, «den Besitzer der Geldkatze zu finden. Sie gehört nämlich *nicht* Gschydlin, wie ich Euch eben zu erklären versucht habe.»

«Na, dann lauft mal los, mein Lieber, quer durch die Menschenmassen. Bestimmt findet ihr den Besitzer auf Anhieb.»

«Das braucht es nicht, weil ich eine Vermutung habe.»

Der Schultheiß verzog spöttisch die Lippen. «Ach, Ihr vermutet mal wieder? Verschont mich mit Euren Mutmaßungen. Morgen um elf in der Kanzlei, verstanden? Und diesen Beutel sowie diesen … diesen Knopf nehme ich schon mal an mich.»

Doch Laurenz war schneller. «Ihr verzeiht, Schultheiß, aber *ich* nehme die Beweismittel an mich.»

«Was fällt Euch ein, Wetzstein. Seid *Ihr* der Gerichtsherr oder ich?»

«Selbstverständlich Ihr. Aber noch», Laurenz' Tonfall wurde unerwartet scharf, «bekleide ich das Amt des Beisitzers der Heimlichen Räte und bin somit Teil des Gerichts. Es steht Euch zu, an diesem letzten Jahrmarktsabend ausgiebig zu feiern und zu zechen, doch um solch wichtige Beweismittel mit Euch zu führen, seid Ihr zu betrunken.»

Paulus von Riehen starrte ihn an. «Dass Euch der …»

Dann machte er auf dem Absatz kehrt und schwankte an der Seite seines Begleiters davon.

Kapitel 37

Was glaubst du also, wer Gschydlin erschlagen hat?», fragte Laurenz.

Sie hatten sich in einen ruhigeren Winkel des Kirchplatzes zurückgezogen, nachdem sie sich mit einem kurzen Gebet von dem Toten und dann auch von Sackpfeiffer verabschiedet hatten.

«Kaufmann Simon Schwarzfärber», erwiderte Adalbert nach kurzem Zögern, denn er wusste, dass er sich mit diesem Verdacht weit aus dem Fenster lehnte. «Die schmucke Geldkatze kam mir nämlich bekannt vor. Ich könnte schwören, sie bei meiner letzten Begegnung mit dem Kaufmann an seinem Gürtel gesehen zu haben. Außerdem hatte sich Gschydlin mit ihm während der Gerichtsverhandlung gestritten. Übrigens vermute ich, dass auch Schwarzfärber einige Blessuren davongetragen hat. Auf dem Jahrmarkt wird er sich damit wohl in diesem Augenblick kaum herumtreiben, sonst hätte ich dich gebeten, die Augen offen zu halten.»

«Dann hältst du ihn also auch für den Mörder des Ratsherrn und dieses Seiltänzers?»

«Das eher nicht, zumal er während der Tat in der Weinlaube war. Aber er deckt den Täter, will nicht, dass er entlarvt wird. Warum sonst sollte er Serafina und mir nachstellen und uns bedrohen? Und warum sonst hätte Gschydlin ihn so sehr unter

Druck setzen können, dass er dafür mit dem Leben bezahlt hat? Und sitzt Schwarzfärber nicht auch in diesem Jahrmarktsausschuss?»

Laurenz nickte bestätigend. «Zusammen mit Stadtapotheker Johans, dem bedauernswerten Opfer und natürlich dem Münsterpfarrer.»

Adalbert nahm ihn vertrauensvoll beim Arm. «Ich habe eine große Bitte an dich. Man muss den Kaufmann vorladen, morgen schon. Ihn eine Schriftprobe machen lassen, auf frische Verletzungen prüfen, nach seinem Geldbeutel fragen …»

«Du hast recht, Adalbert. Mit diesem Drohbrief und dem erneuten Mord muss der Fall neu durchdacht werden. Dafür werde ich sorgen, das verspreche ich dir. Und wenn ich persönlich ein Schreiben an König Sigismund aufsetzen muss und notfalls in der ganzen Stadt verbreiten lasse, dass Schultheiß und Urteiler den wahren Mörder ganz offensichtlich schützen wollen, da er aus ihren eigenen Reihen stammt.»

«Ich bewundere deinen Mut!» Adalbert drückte ihm dankbar die Hand. «Auch eben gerade mit deinem Auftritt vor dem Schultheißen.»

«Mut? Ach was. Paulus von Riehen war doch völlig besoffen. Morgen früh weiß er nicht mal mehr, dass ich die Sachen an mich genommen habe. Sei versichert, wenn das Blutgericht nun über diesen neuerlichen Meuchelmord tagt, wird es sich auch mit dem Fall Vitus wieder auseinandersetzen müssen. Selbst ein Schneehas kommt an den neuen Erkenntnissen und Zusammenhängen jetzt nicht mehr vorbei, und Quintlin, als zweiter Heimlicher Rat, ist wie ein Fähnlein im Wind. Wenn der hört, dass wir Schwarzfärber im Blick haben, wird er umschwenken. Er ist nicht gut auf den Kaufmann zu sprechen, seitdem der ihm vor etlichen Jahren die Braut ausgespannt hat, ebenjene gut betuchte Snewlin-Tochter. Übrigens sollten wir eines berücksichtigen: Schwarzfärber kann dem Bärenwirt seine Trunkenheit auch durchaus vorgespielt haben. Und zwischendurch verschwunden sein.»

«Da hast du recht. Ich danke dir, Laurenz. Für alles.»

«Geh her, Adalbert. Das ist doch das Mindeste, was ich für euch tun kann. Sag, willst du nicht doch noch auf ein letztes Bier mitkommen? Bis zum Torschlussläuten um neun ist noch ein wenig Zeit.»

«Sei mir nicht böse, aber ich möchte nur noch nach Hause.»

«Das verstehe ich. Bis morgen also», verabschiedete sich Laurenz mit Handschlag. «Um zehn Uhr bin ich bei euch, um Serafina und mein Patenkind abzuholen. Und vorher werde ich bei Schwarzfärber vorbeischauen, ganz amtlich, in meiner Eigenschaft als Gerichtsbeisitzer. Wollen doch mal nachprüfen, ob er ein blaues Auge davongetragen hat.»

Der Heimweg führte Adalbert am Heiliggeistspital vorbei, wo er vor der Freitreppe auf die Straßburger Compania stieß. Das kam ihm gut zupass, da er sich somit den Weg morgen früh zum Schießrain ersparen konnte. Offensichtlich nutzten auch die Gaukler diese letzte Gelegenheit, eine Handvoll Freiburger Rappenpfennige zu verdienen. Viel mehr würde es wohl kaum werden, denn ihre kurzen Schwänke aus dem Stegreif, angereichert mit allerlei akrobatischen Kunststücken, zogen nicht gerade die großen Massen an. Zwar durften die Gaukler seit Vitus' Verurteilung wieder auftreten, nicht jedoch mit ihrem Bühnenwagen und erst recht nicht mit ihrem verhängnisvollen Possenspiel.

Er wartete ab, bis sich Don Giacomo nach einem seiner Auftritte in den Hintergrund zurückzog.

«Einen schönen guten Abend, Prinzipal.»

«Ah, der Herr Stadtarzt. Wie schön, Euch noch einmal zu sehen.» Er lächelte, doch seine Augen sahen traurig aus. «Wie geht es Frau Serafina, jetzt, wo Vitus … wo er verurteilt ist?»

«Nicht sehr gut, wie Ihr Euch vorstellen könnt. Aber der Junge ist immerhin an einem sicheren Ort, weit genug weg von Freiburg.»

«Wenigstens das. Ihr glaubt gar nicht, wie sehr uns das alles mitnimmt. Vor allem meine Tochter.»

Er sah hinüber zu Madlena, die gerade mit ihrem Tamburin anmutig zu den Klängen einer Fiedel tanzte. Sie immerhin zog alle Blicke der Zuschauer auf sich.

«Für Madlena ist es das Beste, wenn wir morgen weiterziehen.»

«Ja, das kann ich mir denken. Wohin geht's?»

«Nach Neuenburg am Rhein. Antonia, die Schwester des Seiltänzers, hat uns bereits verlassen. Was glaubt Ihr, Medicus? Wird man den Mörder noch finden?»

«Davon bin ich mittlerweile überzeugt. Er wird Fehler machen, hat sie vielleicht schon gemacht. Eine letzte Frage noch an Euch, Don Giacomo: Ist Euch wirklich nichts aufgefallen an der falschen Magd? Auch nicht im Nachhinein? Irgendeine Kleinigkeit vielleicht?»

Nachdenklich strich sich der Prinzipal über den aufgeklebten weißen Ziegenbart. «Nun, ich stand ja als Gutsherr oben auf der Bühne und habe diesen Malefizkerl eigentlich nur von der Seite und dann von hinten gesehen, als er vom Wagen sprang. Er hat eine Weile mit dem Messer herumgefuchtelt und plötzlich auf diesen unbeteiligten Zuschauer eingestochen, den ich erst gar nicht als Ratsherr Oblathus erkannte. Aber eines war tatsächlich anders: die Stimme. Die war viel schriller als die von Vitus. Was übrigens auch Carlos, dem Darsteller des listigen

Bauern, aufgefallen war. Das hat aber den Schultheißen bei unserer Befragung keinen Deut interessiert.»

«Ein Weib kann es nicht gewesen sein?», fragte er.

«Keinesfalls, so wie sich der Kerl bewegt hat. Das schafft unser Vitus weitaus besser.»

«Da wäre dann nur noch ein letzter Punkt. Gebt Ihr mir recht, dass der Mörder den Ablauf des Stückes ganz genau gekannt haben muss, um Vitus' Auftritt für sich zu nutzen?»

«Aber ja, zumindest den Schlussteil. Ab dem Augenblick also, wenn sich Carlos auf das Steckenpferd schwingt. Der Wortlaut der beiden Sätze, die die Magd sagen muss, hat ziemlich genau gestimmt. Jedenfalls der Reim, und der ist das Wichtigste.» Fast hilflos blickte er Adalbert an. «Und genau darüber zerbrechen wir uns immer noch den Kopf.»

«Ihr wart doch mit Madlena in der Kanzlei, um das Stück prüfen zu lassen. In welcher Form? Habt ihr es mündlich vorgetragen?»

«O nein, ich vermag zu schreiben, hab es schon als Knabe erlernt. Ich selbst hab mir die Posse ausgedacht und aufgeschrieben. Genauer gesagt, den losen Handlungsverlauf und zwischendurch die wichtigsten Reime. Damit meine Leute sie auswendig lernen können. Diese Papiere hatte ich zur Prüfung in der Kanzlei gelassen, wo sie, wie Ihr sicher von Vitus wisst, ziemlich lange liegen geblieben sind.»

«Und wen vom Ausschuss habt Ihr persönlich dort angetroffen?»

«Nur den Ratsherrn Oblathus, der meiner Madlena die ganze Zeit schöne Augen gemacht hatte, sowie einen Kaufherrn namens … namens Schwarzkopf oder so.»

Adalbert spürte, wie seine Aufregung wuchs. «Schwarzfärber?»

«Stimmt, so hieß der.»

Adalberts Herz tat einen Sprung. «Könnte sich dieser Kaufmann als falsche Magd verkleidet haben?»

Hierüber musste der Prinzipal nicht lange nachdenken. «Nein. Der ist zwar schmächtig, bewegt sich aber viel zu ungelenk. Allein beim Sprung vom Bühnenwagen hätte es den wahrscheinlich hingeschlagen. Glaubt mir, ich als Prinzipal und Possenspieler habe einen Blick für Menschen. Hinter der Verkleidung steckte ein junger, drahtiger Mann.»

Also doch Clausmann? Aber warum hätte Gschydlin sich dann mit Schwarzfärber anlegen sollen anstatt mit Clausmann? Oder gehörte die Geldkatze doch nicht dem Kaufmann, hatte seine Erinnerung ihn getrogen? Irgendwie ergaben seine ganzen Fantastereien keinen rechten Sinn mehr.

«Danke, Don Giacomo», sagte er ernüchtert und reichte ihm die Hand. «So will ich Euch nicht länger von Eurer Vorführung abhalten. Alles Gute für die Zukunft, und ich hoffe, wir sehen uns eines Tages wieder.»

«Das hoffe ich auch, Medicus.» Mit kummervoller Miene erwiderte der Prinzipal den Händedruck. «Und richtet dem Vitus bitte aus, dass wir alle hinter ihm stehen. Wir würden uns freuen, wenn er bald wieder bei uns wäre.»

Kapitel 38

Erstmals seit Tagen erwachte Serafina an diesem Samstagmorgen erholt und ausgeschlafen. Trotz der Sorge um Kathrin war sie gestern Abend sofort eingeschlafen und auch nicht zwischendurch aufgeschreckt. Adalbert saß bereits fertig angekleidet auf der Bettkante und wiegte eine frisch gewickelte Kathrin im Arm.

«Gut geschlafen, meine Liebe?», fragte er lächelnd.

«Wie ein Stein.» Sie richtete sich auf und nahm ihm die Kleine ab, die sofort mit ihrem offenen Haar zu spielen begann. Ihr Wohlgefühl verflog, als sie daran dachte, dass Kathrin und sie heute noch nach Breisach reisen würden.

«Habt ihr beiden etwa schon zu Morgen gegessen?», fragte sie in einem Anflug von Enttäuschung, denn das wäre die letzte gemeinsame Mahlzeit für eine längere Zeit.

«Nein, so spät ist es auch wieder nicht.» Er gab ihr einen Kuss auf die Stirn. «Aber Kathrin hat mich geweckt. Sie hat geweint, weil sie die Windeln voll hatte. Da habe ich sie in die Küche zu Gisla gebracht.»

Verwundert sah sie ihn an. «Und davon bin ich nicht aufgewacht?»

«Du hast auch nicht gehört, dass am Abend Sackpfeiffer hier war. Ich musste noch einmal fort.»

Augenblicklich war sie hellwach. «Warum?»

«Jemand hat Gschydlin erschlagen. Wiederum auf der Baustelle am Münster.»

Sie spürte deutlich, dass die Ruhe, mit der er die Worte gesprochen hatte, nur vorgegeben war. Auch ihre Gedanken begannen sofort wieder zu rasen.

«Weißt du schon Genaueres?»

Ein wenig umständlich, wie es seine Art war, berichtete er, was vorgefallen war und welche Beobachtungen er gemacht hatte. Auch von seinem Gespräch mit Don Giacomo erzählte er in aller Ausführlichkeit. Schwarzfärber konnten sie demnach endgültig als Oblathus' Mörder ausschließen, wenn auch nicht als Verfasser des Drohbriefs oder als Mörder des Sattlermeisters.

«Zum Schießrain brauchen wir also heute früh nicht mehr zu gehen», schloss er. «Dafür muss ich zur elften Stunde in die Kanzlei. Damit alles aufgeschrieben wird.»

«Dann glaubst du also an einen Zusammenhang mit den anderen Morden?», fragte sie, wenngleich eher ratlos.

«Ja, und unser Freund Laurenz ebenso. Er will sich dafür einsetzen, dass der Fall Oblathus neu untersucht wird. Wobei ich als Hemmschuh nicht den Schultheißen sehe, der gestern Abend leider sturzbetrunken war, sondern Schneehas. Der will sich doch den Triumph nicht nehmen lassen, dass er uns mit Vitus' Verurteilung einen grausamen Schlag versetzen konnte.»

«Laurenz wird das schon schaffen, ganz bestimmt», sagte sie, wie um sich selbst Mut zu machen. Dann stutzte sie. «So wirst du Kathrin und mich gar nicht nach Breisach begleiten können?»

«Leider nicht, wo ich doch in die Kanzlei muss. Aber ich komme euch besuchen, sobald es meine Zeit erlaubt. Außerdem werdet ihr nicht lange fortbleiben müssen. Mit dem wahren Mörder finden wir auch den, der uns auf diese infame Art Angst einjagen wollte. Und ich verspreche dir, dass ich alles dransetzen werde, ihn zu entlarven.»

Nach dem Frühstück packte sie mit Gislas Hilfe die Kindersachen zusammen, dann ein Kleiderbündel für sich selbst.

«Vergiss Kathrins bunte Bälle nicht», mahnte die alte Kräuterfrau. «Die liegen noch in der Stube. Und den Hund wolltest du auch noch zurückbringen.»

«Ja, ja», erwiderte sie geistesabwesend, während sie einen Stapel Leinenwindeln aus der Wäschetruhe zog.

Die Trennung von Adalbert würde ihr schwerfallen, doch noch schlimmer war, dass sie im fernen Breisach zum Nichtstun verurteilt sein würde. Und das, wo es einen neuerlichen Meuchelmord gegeben hatte. Natürlich fragte sie sich längst, woher der Sattlermeister, wenn denn Adalberts Annahme stimmte, wissen konnte, wer erst Oblathus, dann Alessandro getötet hatte. Wo Gschydlin doch gar nicht unter den Zuschauern gewesen war. Er musste also Zeuge von etwas ganz anderem gewesen sein. Dass sich die Herren Untersuchungsrichter die richtigen Fragen nach dem Wer, Wie und Warum stellten, bezweifelte sie stark. Wäre es doch möglich, dass sie hierbleiben und Adalbert helfen könnte, dachte sie enttäuscht.

Kaum hatte sie ihr Gepäck nach unten in die Diele gebracht, klopfte Catharina an. Michel überschlug sich schier vor Wiedersehensfreude, verzog sich dann aber in eine Ecke, als wolle er Serafina nicht so schnell verlassen.

«So hast du dich also entschieden, zu uns zu kommen?», fragte die Meisterin mit Blick auf das Reisebündel.

Serafina schüttelte den Kopf. «Ich hätte dir noch Bescheid gegeben. Der Ratsherr Wetzstein kommt uns nachher abholen.

Er hat uns angeboten, uns zu seiner Schwester nach Breisach zu bringen.»

«Das ist wahrhaftig ein großer Freundschaftsdienst. Wie lange wollt ihr bleiben?»

Serafina spürte, wie ihr die Kehle eng wurde. «Das ist es ja: Ich weiß es nicht. Gewiss, in Breisach vermutet uns niemand, das ist gut, aber es ist so weit weg von zu Hause.»

«Und jetzt wird's dir schwer ums Herz, nicht wahr?» Über Catharinas mütterliches Gesicht huschte ein mitfühlendes Lächeln. «Eigentlich bin ich gekommen, um dir einen ganz anderen Vorschlag zu machen. Auch bei uns im Christoffelshaus wärt ihr nicht sicher, das schätzt Ratsherr Wetzstein schon richtig ein. Du könntest aber ebenso mit der Kleinen zu den Dominikanerinnen von Adelhausen gehen. Ich habe soeben mit der Priorin gesprochen.»

Serafina mochte diese freudige Nachricht kaum glauben. «Ist das wirklich wahr?»

Das Adelhauser Kloster lag draußen vor der Stadt, keine halbe Stunde zu Fuß vor dem Schneckentor. Die Nonnen waren von zumeist vornehmer Abstammung, lebten in strenger Klausur und gingen ganz in ihrem Verlangen nach göttlichen Visionen und Mystik auf. Das hatte zwar nur sehr wenig mit Serafinas eigenen Glaubensempfindungen zu tun, aber sie würde dort ihre ehemalige Mitschwester Adelheid wiedersehen. Die hatte sich einstmals in den Schutz des Klosters geflüchtet, nachdem sie von den Ratsherren Schneehas und Quintlin der Ketzerei bezichtigt worden war. Vor allem aber wäre Serafina nahe genug an der Stadt, um sich hin und wieder mit Adalbert an der Klosterpforte zu treffen und die Ereignisse mitzuverfolgen, ohne dass sie befürchten musste, dass der Mann, der sie bedrohte, dies mitbekam.

«Du könntest im Gästehaus unterkommen», fuhr Catharina fort, «so lange, wie du und dein Mann es für nötig haltet. Ich denke, dort wärt ihr ebenso sicher wie in Breisach. Die Klostermauern sind hoch, und durch die Pforte kommt niemand unbemerkt hinein oder hinaus.»

Erleichtert umarmte Serafina sie. «Ich will gleich mit Adalbert darüber sprechen.»

Als sie sich umdrehte, stand der bereits in der offenen Tür zu seinem Behandlungszimmer.

«Verzeiht, wenn ich euch belauscht habe.» Auch er wirkte mehr als erleichtert. «Was für ein wunderbarer Vorschlag.»

«Nicht wahr?» Serafina strahlte ihn an. «Obendrein könnte ich mich im Apothekergarten und bei der Krankenpflege nützlich machen. Magst du Kathrin holen? Sie ist bei den Frauen in der Küche.»

«Wollt ihr etwa gleich los?»

«Ja, Adalbert, ich habe ja bereits alles gepackt.»

«Nun, bis Laurenz hier vorbeikommt, ist noch viel Zeit. Ich begleite euch also nach Adelhausen.»

Kapitel 39

Nachdem sich Serafina von Adalbert und Catharina an der Klosterpforte verabschiedet hatte, brachte eine junge Laienschwester sie ins Gästehaus, wo sie ihr eine eher winzige, aber immerhin mit Waschtisch und ausreichend großem Bett ausgestattete Schlafkammer zuwies.

«Ich bin Schwester Bertha und für Euer Wohl abgestellt, Frau Stadtärztin», plapperte derweil die Frau in der dunkelbraunen Kutte aus grobem Zwilch auf sie ein, wobei sich Serafina lieber erst einmal in Ruhe umgesehen hätte. «Wenn Ihr etwas braucht, läutet nur das Glöckchen am Eingang zum Gästehaus – ich komme dann herüber. Die Klosterbäckerei, wo ich arbeite, ist nämlich gleich nebenan. In der Gästestube unten, die auch als Redezimmer für die Nonnen dient, wenn sie Besuch haben, steht immer ein wenig Brot und Most für Euch bereit. Die Mahlzeiten nehmt Ihr mit uns im Laienrefektorium ein. Ansonsten könnt Ihr Euch im Kloster frei bewegen, auch im Kräuter- und Gemüsegarten. Na ja, die Klausur und die Nonnenempore in der Kirche dürft Ihr natürlich nicht betreten, aber das wisst Ihr als ehemalige Begine ja bestimmt. Wir Klosterfrauen freuen uns jedenfalls alle sehr, dass wir Euch und Euer Töchterlein für einige Zeit beherbergen dürfen, und falls es Euch hier zu kalt wird in den nächsten Tagen …»

«Dann weiß also auch Schwester Adelheid Bescheid, dass ich hier bin?», unterbrach Serafina ihren Redeschwall.

«Aber ja. Sie ist noch im Kapitelsaal zur Morgenlesung. Aber die müsste demnächst fertig sein, und danach hat Schwester Adelheid Zeit für Euch bis zur Terz, wie ich Euch ausrichten soll.»

Das erstaunte Serafina nun doch. «Darf sie denn einfach so über ihre Zeit verfügen?»

Bertha lachte. «Nein, natürlich nicht. Aber die Mutter Priorin hat es ihr für heute Vormittag erlaubt. Normalerweise studieren oder arbeiten die Nonnen um diese Zeit.»

Das Wort *arbeiten* hatte sie ein wenig spöttisch ausgesprochen, gingen diese vornehmen Frauen doch kaum körperlicher Arbeit nach.

«Die Mutter Priorin wird Euch sicher auch bald besuchen», fuhr sie fort. «Soll ich Euch nun hinunter in die Stube begleiten?»

«Danke, aber ich möchte die Kleine erst noch wickeln. Aber wenn Ihr mir vielleicht ein Fell oder eine Decke bringen könntet, damit sie darauf spielen und krabbeln kann?»

«Aber ja, sehr gerne.» Die Wangen der jungen Frau waren vor Eifer gerötet. «Sie ist ja auch gar zu niedlich, die Kleine. Wie heißt sie denn?»

«Kathrin.»

«Darf ich sie auf den Arm nehmen?» Erwartungsvoll sah Bertha sie an.

«Nur zu.»

Doch kaum hatte die Laienschwester Kathrin vom Bett aufgehoben, verzog die ihr Gesichtchen und begann zu greinen.

«Ach herrje, was hat sie denn?»

«Das ist, weil sie sich eingepinkelt hat.»

Der beißende Geruch stieg Serafina nun deutlich in die Nase, und prompt legte Bertha die Kleine zurück aufs Bett.

«Dann will ich mal nach einem Fell suchen gehen, Frau Stadtärztin.»

«Danke. Bringt es am besten gleich in die Stube.»

Fast war Serafina froh, dass sie die schwatzhafte Bertha fürs Erste los war. Während sie Kathrin aus ihrer uringetränkten Windel befreite und mit ihrem mitgebrachten Schwamm Unterleib und Beinchen säuberte, schoss ihr plötzlich Vitus' Bemerkung durch den Kopf. Vor dem Schlag gegen ihn hatte er Urin gerochen – warum nur hatte sie diesen Hinweis bislang nie richtig bedacht? Womöglich war genau das die entscheidende Spur! Neben der Tatsache natürlich, dass Oblathus' Mörder den Ablauf des Stückes gut gekannt haben musste. Schwarzfärber kam schon allein deshalb nicht mehr infrage. Ein vornehmer Kaufmann stank ganz gewiss nicht nach Kloake, und um zu wissen, wann er zuschlagen musste, hätte er das Possenspiel von Anfang an verfolgen müssen. Da konnte er nicht eben mal auf gut Glück aus der Weinlaube verschwinden, um sein Vorhaben in die Tat umzusetzen. Obendrein hatte sie nach wie vor das untrügliche Gefühl, dass der Mörder aus dem Hause Oblathus stammte.

«Serafina, bist du oben?», unterbrach eine wohlvertraute Stimme ihre Überlegungen.

Ihr Herz schlug vor Freude schneller. «Ich komme gleich, Adelheid.»

Sie nahm Kathrin, die nun wieder zufrieden lächelte, auf den Arm, griff nach dem Beutel mit dem Spielzeug und stieg vorsichtig die steile Treppe hinunter. In der Gästestube wurde sie von zwei jungen Frauen im schwarz-weißen Habit der Dominikanerinnen erwartet. Erst auf den zweiten Blick erkannte sie in der Nonne mit den schönen, ebenmäßigen Gesichtszügen ihre einstige Mitschwester wieder – sie wirkte noch schmaler und vergeistigter als zu Beginenzeiten.

Serafina setzte ihre Tochter auf einem der beiden weichen Schaffelle nieder, die Bertha tatsächlich herbeigeschafft hatte, und umarmte voller Wiedersehensfreude ihre alte Gefährtin. Sie hatte Adelheid von Ederlin in ihrer offenen, mitunter ungestümen Art immer gemocht, auch wenn diese ihre Zeit lieber mit geistvoller, mitunter ketzerischer Lektüre verbracht hatte als mit den profanen Aufgaben einer Begine. Adelheid war nämlich bewundernswert klug und gebildet und somit in diesem Kloster wahrscheinlich genau am richtigen Ort.

«Gut siehst du aus», sagte Serafina. «Ein wenig schmal vielleicht.»

«Wir haben hier halt keine Grethe, die uns üppig bekocht.» Adelheid lachte und zeigte dabei eine Reihe perlweißer Zähne. «Aber es ist wunderbar, hier zu leben. Erinnerst du dich noch, dass ich so gerne Andachtsbildchen gemalt habe? Hier darf ich die neuen Handschriften der Bibliothek mit Bildern versehen.»

«Wie schön!»

«Das hier ist übrigens Schwester Agatha, meine Herzensfreundin», fuhr Adelheid fort und deutete auf ihre etwas ältere Begleiterin, die sich bereits zu Kathrin auf das Fell gesetzt hatte und ihr dabei half, die Bälle aus dem Beutel zu ziehen. «Ich habe ihr viel von dir und den Christoffelsschwestern erzählt. Natürlich auch von deinem Spürsinn in Sachen seltsamer Todesfälle.»

Agatha sah auf. Sie hatte ein rundliches Gesicht, ihr Blick war sanft und auch ein wenig neugierig. «Ich freue mich sehr, Euch kennenzulernen, Frau Stadtärztin. Wir alle hier haben gehört, was bei Euch in der Stadt geschehen ist. Und dass man Euer Patenkind Vitus verurteilt hat – wie furchtbar.»

Bis zu den Nonnen von Adelhausen war der Stadttratsch demnach noch nicht vorgedrungen, und sie beschloss, es vorerst dabei zu belassen. Es würde sich sicher noch eine passendere Gelegenheit finden, den wahren Sachverhalt zu erklären. Im Augenblick war ihr nicht danach.

«Ja, das ist es leider», erwiderte sie leise und spürte einen Stich im Herzen. Wie es Vitus derzeit wohl ging? Sie zwang sich zu einem Lächeln. «Aber wollen wir nicht Du sagen? Ich bin Serafina, und meine Tochter heißt Kathrin.»

«Ich weiß.» Agatha zog den letzten Ball heraus und ließ ihn in den Schoß des aufrecht dasitzenden Kindes kullern, das sofort mit seinen Händchen danach patschte. «Nach ihrer Patin, der Beginenmeisterin. Ach, wie süß die kleine Kathrin doch ist!»

Adelheid grinste und kauerte sich ebenfalls auf den Boden. «Wie du siehst, weiß Agatha schon bestens Bescheid. Sie liebt kleine Kinder. Übrigens lässt sich die Mutter Priorin entschuldigen, sie hat noch ein wichtiges Gespräch mit unserem Priester.»

Kein Ave Maria später hockten sie alle drei am Boden und spielten mit einer sichtlich entzückten Kathrin.

«Sie mag euch», bemerkte Serafina erfreut. «Sonst ist sie eher zurückhaltend mit Fremden. Vor allem, wenn sie zu überschwänglich geherzt wird.»

«Das können die wenigsten kleinen Kinder leiden», entgegnete Agatha strahlend. «Ich bin mit einem ganzen Stall jüngerer Geschwister aufgewachsen.»

«Und trotzdem hast du dich für ein Leben in Ehelosigkeit entschieden?»

«Bis jetzt habe ich es noch nicht bereut. Obwohl …» Sie lachte verhalten. «Kurz bevor ich ins Kloster eingetreten bin, hat mir eine Wahrsagerin prophezeit, dass ich bald heiraten und viele Kinder bekommen würde. Aber da hatte mich mein Vater bereits an einen jungen Edelmann versprochen, gegen eine wahrhaft hohe Mitgift. Nur konnte ich den nicht ausstehen. Nein, Serafina, für eine gekaufte Ehe bin ich nicht zu haben.»

Verdutzt starrte Serafina sie an. Die beiden Worte *Wahrsagerin* und *gekauft* hatten bei ihr etwas zum Klingen gebracht. Hatten Schneehas und Quintlin nicht frech behauptet, die Wahrsagerin Fortunata habe sich mit ihrer Zeugenaussage vom Prinzipal kaufen lassen? Wie eine Erleuchtung kam es plötzlich über sie: Auch einen Mörder konnte man kaufen! Erst recht jemanden, der einen tiefen Groll gegen sein Opfer hegte. Und der durchaus Erfahrung im Verkleiden und Schauspielern hatte.

«Kann ich Kathrin für eine Stunde bei euch lassen? Ich habe etwas Wichtiges zu Hause vergessen.»

«Aber ja, nur keine Eile», erwiderte Adelheid freudig. «Zur Not nehmen wir sie einfach zum Stundengebet mit.»

«Danke! Das ist sehr lieb von euch.» Serafina erhob sich hastig. «Und falls sie Hunger hat, gebt ihr einfach einen Kanten Brot, das liebt sie. Ihren Milchbrei bekommt sie erst wieder zu Mittag.»

Kapitel 40

Fast im Laufschritt hatte Serafina den nicht allzu weiten Weg in die Schneckenvorstadt zurückgelegt. Ja, der Schlüssel zur Lösung lag im Gerberhaus: Zum Beizen der frischen Häute wurde nämlich, neben Hunde- und Vogelkot, menschlicher Urin benutzt. Und scharfe Messer und Dolche gab es dort zuhauf. Nur hatte sie in ihren Überlegungen *einen* Menschen die ganze Zeit übersehen, während sie sich zu sehr am Sohn des Hauses festgebissen hatte.

Mit klopfendem Herzen blieb sie vor dem Tor zur Werkstatt stehen. Sie durfte nichts überstürzen, musste sich sammeln und genauestens überlegen, wie sie am besten ihre Fragen stellte. Geschickt und mit Fingerspitzengefühl musste sie vorfühlen, ohne sofort Verdacht zu erregen. Denn in Gefahr begeben wollte sie sich keinesfalls. Was sie herausfinden wollte, wusste sie indessen ganz genau, würde damit dann umgehend nach Hause eilen, in der Hoffnung, dass Adalbert noch nicht bei seiner Vorladung in der Kanzlei war. Vielleicht würde der junge Mann ja sogar freiwillig mit ihr mitkommen, wenn sie es richtig anstellte.

In diesem Augenblick öffnete sich nebenan die Haustür, und die Witwe trat mit ihrer Tochter auf die Gasse.

«Wolltet Ihr zu mir?», fragte die Oblathin etwas unwillig.

«Nun ja, ich bin auf dem Weg ins Badhaus nebenan», flunkerte Serafina. «und wollte nur fragen, wie es Euch geht.»

«Es geht uns gut», antwortete an ihrer Stelle die Tochter. «Jetzt entschuldigt uns, wir sind auf dem Weg zum Friedhof, um am Grab meines Vaters zu beten.»

«Wollten Clausmann und Euer Knecht nicht mitkommen?»

Doch die beiden hatten sich schon grußlos abgewendet. Somit hielt sich Clausmann womöglich noch im Haus auf. Ob das gut war für ihr Vorhaben, vermochte sie nicht einzuschätzen.

Sie wartete, bis Benedicta und Hedwig Oblathus um die nächste Ecke verschwunden waren, dann drückte sie das Werkstatttor vorsichtig auf. Samstags wurde im Handwerk in aller Regel gearbeitet, zumindest bis zum frühen Nachmittag, und so war das Tor auch nur angelehnt.

Lautlos trat sie ein und sah sich um. Auf den ersten Blick war niemand zu sehen. Gleich links von ihr gab es ein Lager mit deckenhohen Holzregalen, in denen Leder gestapelt war, und einen Durchgang in die Eingangsdiele, wo sich die Treppe nach oben in den Wohnbereich befand. Von dort hörte sie Töpfe klappern. Wahrscheinlich waren Köchin oder Magd in der Küche zugange. Vor ihr lag die eigentliche Werkstatt, ein riesiger Raum mit Fässern und Schabebäumen. Auch hier gab es eine Treppe nach oben, wahrscheinlich zu den Trockenböden unterm Dach. Das Tor zum Hof mit den Gruben zum Einlegen der Häute war ein gutes Stück rechts von ihr und stand halb offen. Sie wusste, dass man auch von der Gasse her in Hof und Werkstatt gelangen konnte, da die Häute im Stadtbach gewässert wurden. Sie musste sich also beeilen.

Jetzt erst hörte sie das leicht zischende Geräusch und entdeckte im halbdunklen Hintergrund den Knecht Hannes, wie er mit einem Reisigbesen den Boden kehrte. Zum Glück war er allein. Plötzlich durchzuckte sie der Gedanke, dass sie wieder einmal zu weit vorgeprescht war. Sie hätte mit Adalbert herkommen müssen! Doch dazu war es zu spät. Sie konnte nur darum beten, dass ihr Vorhaben gelang. Angst hatte sie vor Hannes hingegen nicht. Er würde einer wehrlosen Frau niemals etwas antun, so viel Menschenkenntnis glaubte sie zu haben.

«Gott zum Gruße, Hannes», rief sie ihm zu, bemüht, ihren Tonfall unbekümmert klingen zu lassen.

«Frau Stadtärztin!» Er hielt mit dem Fegen inne. «Die Meisterin ist eben gerade zum Friedhof gegangen.»

«Ach ja? Und du wolltest nicht mit ihr am Grab beten?»

Er schüttelte den Kopf. «Hab zu tun.»

«Nun, du hast sicher auch gar keinen Grund, für Oblathus' Seelenheil zu beten.» Sie trat näher an ihn heran und fragte leise: «Hat er dich nicht auch geprügelt, genau wie seinen Sohn und die Hausherrin?»

«Was geht Euch das an?», kam es misstrauisch zurück.

«Du vergisst, dass mein Vitus zum Tode verurteilt wurde, weil er deinen Dienstherrn angeblich gemeuchelt hat.»

«Das tut mir auch sehr leid», murmelte er so leise, dass sie ihn kaum verstand.

Sie musterte ihn eingehend, was ihn noch mehr verunsicherte. Wie Vitus war er nicht allzu groß, aber um Schultern und Oberarme ungleich kräftiger, was wohl sein hartes Handwerk mit sich brachte. Sie spürte, wie sie nun ebenfalls unsicher wurde: Der Bursche strahlte nichts Böses aus. Konnte so jemand zwei Menschen meucheln? Nein, sie durfte sich nicht täuschen lassen. Niemand konnte in die Seele eines Menschen hineinschauen.

«Eine andere Frage», fuhr sie unbeirrt fort. «Dein Gesicht kam mir schon bei unserer ersten Begegnung bekannt vor: Spielst du nicht regelmäßig bei den Oster- und Fastnachtspielen der Gesellenbruderschaft mit?»

Er erbleichte sichtlich. «Was soll diese Fragerei?»

«Dann stimmt das also. Hab ich dich nicht auch schon in der Rolle der Maria Magdalena gesehen?»

Seine Hand ließ den Besen los, der zur Seite kippte. Für einen Moment sah es aus, als wolle er davonlaufen, doch da ertönte vom Hof her eine Männerstimme: «Hannes? Clausmann? Wer da?»

Serafina schrak zusammen, erst recht, als sie Kaufmann Simon Schwarzfärber erkannte. Warum musste der ausgerechnet jetzt auftauchen? Sie war sich so sicher gewesen, Hannes zu einem Geständnis zu bringen oder zumindest dazu, sich selbst zu verraten.

Mit bitterböser Miene eilte der Kaufmann auf sie zu. Der Wangenknochen unter seinem rechten Auge war blutunterlaufen. Ganz offensichtlich hatte er von seinem Kampf mit Gschydlin ein blaues Auge davongetragen.

«Was habt Ihr schon wieder hier zu suchen?», schnauzte er.

Sie zwang sich, freundlich zu bleiben. «Bin schon wieder weg, Kaufherr. Hannes hat mir bereits gesagt, dass die Witwe auf dem Friedhof ist. Einen schönen Tag noch.»

Wie selbstverständlich nahm sie den Weg durch das Lager zur Haustür, wobei ihr Herz inzwischen bis zum Halse schlug. Beim Hinausgehen hörte sie Schwarzfärber noch sagen: «Wieso ist die Meisterin schon weg? Sie wollte doch auf mich warten.»

«Das weiß ich doch nicht.»

«Und Clausmann?»

Der Tonfall des Knechts klang reichlich patzig. «Der ist in der Alten Metzig, Häute abholen.»

Möglichst geräuschvoll klappte sie die Haustür zu, ohne jedoch hinauszutreten. Ihr eigentliches Ziel hatte sie zwar verfehlt, aber dass Schwarzfärber hier auftauchte, während Familie Oblathus außer Haus war, war in ihren Augen kein Zufall, sondern Berechnung. Sie musste also nur abwarten, was er mit Hannes zu bereden hatte, dann hätte sie ebenfalls ihren Beweis. Danach würde sie zur Haustür schleichen, die nur drei Schritte von ihr entfernt war, und von hier verschwinden.

Sie drückte sich in einen dunklen Winkel zwischen den Regalen und lauschte. Dabei zog sie sich gegen den beißenden Geruch, der ihr mit einem Mal fast unerträglich wurde, den Schleier ihrer Haube vor die Nase.

«Dieses Weib schnüffelt überall herum!», hörte sie Schwarzfärber aufgebracht schimpfen. «Was wollte sie von dir?»

«Ich weiß es nicht, Herr. Aber sie hat behauptet, mich zu kennen.»

«Lass dich bloß nicht von ihr ins Bockshorn jagen, sollte sie nochmals auftauchen. Über mich hat sie nichts wissen wollen?»

«Nein, Herr. Aber da seid Ihr ja auch schon vom Hof hereingestürmt.»

«Sei's drum. Ich bin gekommen, um dir einen Handel anzubieten.» Schwarzfärbers Tonfall wurde wohlwollend, und Serafina horchte auf. «Du hast dir deine zehn rheinischen Gulden für deine formidable Arbeit wahrhaftig verdient – Respekt, mein Junge! Ich gebe dir nochmals drei Gulden drauf, wenn du behauptest, dass du mich gestern Abend beim Zeitungssänger am Fischbrunnen getroffen hast. Danach hast du mich freundlicherweise nach Hause gebracht, weil mir nicht wohl war.»

Serafina hielt den Atem an. Hannes offenbar auch, da er erst einmal gar nichts erwiderte.

«Aber ich habe Euch doch gar nicht getroffen», entgegnete der schließlich verdutzt.

«Das sollst du ja auch nur sagen, Tölpel. Und wenn's sein muss, vor Gott und allen Heiligen beschwören. Einverstanden?

Gut, dann folge ich mal Benedicta auf den Friedhof, um diesem Scheißkerl meine Referenz zu erweisen. Die drei Gulden bringe ich dir heute noch vorbei.»

«Nein, wartet. Dann habt *Ihr* also diesen Gschydlin erschlagen? Jetzt verstehe ich auch, warum Euer Gesicht so aussieht.»

«Hältst du wohl deinen Mund?» Schwarzfärbers Stimme wurde schneidend. «Das blaue Auge hab ich mir beim Sturz gegen einen Balken geholt.»

«Ihr lügt doch!» Die Stimme des Knechts wurde plötzlich weinerlich. «Reicht es nicht, dass mit diesem Seiltänzer ein Unschuldiger gestorben ist? Und jetzt auch noch der Sattlermeister?»

«Ha! Der Seiltänzer geht ja wohl auf deine Kappe. Und wenn du es genau wissen willst: Gschydlin hat mich bedroht, der ist selbst schuld. Wollte sich von mir sein Schweigen bezahlen lassen, weil er uns beide bei der Geldübergabe neulich beobachtet hatte. Sei also froh, dass ich die Drecksarbeit übernommen habe. Sonst würdest du morgen am Galgen hängen. Sind dir da die drei Gulden nicht lieber?»

Für einen kurzen Moment herrschte Stille, und Serafina bekam kaum noch Luft vor Anspannung. Was sie hier mit anhörte, würde ausreichen, Vitus freizusprechen. Aber würde das Gericht ihr überhaupt Glauben schenken?, schoss es ihr ernüchternd durch den Kopf. Einen weiteren Zeugen für dieses Gespräch hatte sie nicht, das hätte sie bei ihrem Entschluss, die beiden zu belauschen, bedenken müssen.

«Zehn Gulden!», presste Hannes schließlich hervor. «Jetzt sofort, damit ich heute noch die Stadt verlassen kann. Mir wird nämlich der Boden unter den Füßen zu heiß.»

«Was soll das, Kerl? Willst *du* mich jetzt etwa auch noch auspressen? Ich warne dich!»

«Ihr warnt mich? Wir sitzen beide im selben Boot.»

«Wir?» Schwarzfärber lachte höhnisch auf. «Wenn der Kahn umkippt, trifft es dich ungleich härter. Oder was meinst du, wem man eher vor Gericht glauben wird? Einem armen Knecht, der von seinem Herrn geprügelt wurde, oder mir, einem angesehenen Kaufmann und Ratsherrn?»

«Zehn Gulden noch einmal drauf. Das ist mein letztes Wort.»

Was folgte, klang nach einem Gerangel, und so holte Serafina erst einmal tief Luft. Dabei musste sie niesen, und ihr Herz blieb stehen.

«Verdammt, was war das?»

Sie rannte die wenigen Schritte zur Haustür, riss sie auf – doch Schwarzfärber war schneller. Er war ihr gefolgt, und schon zerrte er ihr grob beide Arme auf den Rücken.

«Dass mich Blitz und Hagel erschlagen – das Schnüffelweib!»

«Lasst mich los!»

Aber sie wusste, dass ihr Flehen nichts nutzte. Sie war verloren.

Kapitel 41

Die Glocken des Münsterturms schlugen zehn Uhr. Adalbert, der seit der Rückkehr aus dem Adelhauser Kloster auf die Ankunft seines Freundes wartete, lief voller Ungeduld in der Diele auf und ab. Was würde ihm Laurenz Wetzstein von seinem Besuch bei Schwarzfärber berichten?

Er war jetzt felsenfest davon überzeugt, dass der Kaufmann nicht nur hinter dem Drohbrief steckte, sondern auch der Drahtzieher des Mordes an Oblathus war. Als Mitglied des Ausschusses hatte der Mann ausreichend Zeit gehabt, um das Possenspiel zu prüfen und sein Vorhaben genauestens auszutüfteln. Bis auf den Mord an Gschydlin hatte er sich die Hände nicht selbst schmutzig gemacht – eine solch kaltblütige Tat mitten in einer Gauklervorführung hätte Adalbert diesem schmächtigen und linkischen Menschen auch nicht zugetraut, und Don Giacomo hatte ihm hierüber nun endgültig Gewissheit verschafft. Schwarzfärber hatte also einen Handlanger gehabt, und Gschydlin musste das herausgefunden haben. Wenn Laurenz den Kaufmann an diesem Morgen mit frischen Verletzungen zu Hause antraf, dann war der Kerl endgültig dran. Als Stadtarzt würde es Adalbert ein Leichtes sein, diese Verletzungen als Kampfspuren zu diagnostizieren.

Blieb nur die Frage, warum Schwarzfärber Oblathus getötet hatte, galten die beiden doch als engste Freunde. Ging es um Geld oder Pfründen? Und war Schneehas, dem die Verurteilung nicht schnell genug hatte gehen können, womöglich ebenfalls in die Sache verwickelt?

Da klopfte es auch schon gegen die Tür. Zu Adalberts Überraschung erschien Laurenz in Begleitung von Gallus Sackpfeiffer und einem weiteren bewaffneten Büttel.

«Leider», erklärte sein Freund ihm noch auf der Türschwelle, «kann ich Serafina nicht selbst nach Breisach bringen, da ich nun für heute Mittag eine erste Gerichtsversammlung im Fall Gschydlin durchsetzen konnte. Aber die beiden Männer werden sie wohlbehalten zu meiner Schwester bringen.»

«Habt vielen Dank, Sackpfeiffer, für Eure Unterstützung», wandte sich Adalbert an den Büttel. «Und auch dafür, dass Ihr die Drohung gegen meine Familie ernst nehmt. Aber der Begleitschutz ist nicht mehr nötig. Meine Frau befindet sich inzwischen in der Obhut eines Klosters. Es tut mir leid, dass Ihr nun umsonst gekommen seid.»

«Das macht nichts, Herr Stadtarzt.» Der Schwarzbärtige grinste breit. «Vermutlich ist es besser so. Ich hatte ohnehin keinen amtlichen Auftrag für diese Überführung, und womöglich hätten wir sogar Ärger deswegen bekommen.»

Adalbert war wirklich gerührt. «Ach, Sackpfeiffer – umso mehr muss ich Euch danken.»

Der Büttel winkte ab. «Hauptsache, Frau Serafina und Euer Kind sind in Sicherheit. In welchem Kloster ist sie denn untergekommen, wenn ich fragen darf?»

Mit Blick auf den anderen Büttel, den er nicht kannte, hielt Adalbert sich lieber bedeckt. «Nicht jetzt, bitte.»

Sackpfeiffer nickte. «Ich verstehe.»

Adalbert wandte sich wieder an Laurenz: «Warst du also bei Schwarzfärber?»

«Ja, von dort komme ich gerade, und unser Freund Sackpfeiffer war so freundlich, mich mit seinem Collegen zu begleiten. Nur leider ohne Erfolg. Die Magd sagte uns, der Kaufmann sei nicht da. Und die Herrin auch nicht. Angeblich weilt die seit Tagen bei ihrem kranken Oheim, dem alten Snewlin-Landeck. Wo der Kaufmann steckt, wusste die Magd nicht.»

Adalbert runzelte die Stirn. «Kann es sein, dass Schwarzfärber sich von seiner Magd hat verleugnen lassen?»

«Das glaube ich kaum. Die gute Frau war sichtlich verunsichert von unserem Besuch und hat unsere Fragen freimütig beantwortet. Auch die, ob Schwarzfärber am Vorabend zu Hause gewesen sei.»

«Und? So mach es doch nicht so spannend, Laurenz.»

«Er war tatsächlich auf dem Jahrmarkt. Und ja, am Morgen hatte die Magd Verletzungen am Handgelenk und ein zerschrammtes Auge bemerkt. Er hatte es damit erklärt, dass er im Dunklen gegen einen Balken gelaufen wäre.»

Adalbert spürte, wie seine Aufregung wuchs. «Wenn das nicht alles für ihn als Gschydlins Mörder spricht.»

«Wenn du willst», schlug Laurenz vor, «gehen wir nochmals dort vorbei. Den abgerissenen Silberknopf und die Geldkatze habe ich bei mir.»

Adalbert war schon in Schuhe und Mantel geschlüpft. «Ich habe da so eine Ahnung, wo er stecken könnte. Auch den Mord an Oblathus hat er nämlich zu verantworten, und ich weiß jetzt auch, wer seine rechte Hand gewesen ist, hätte längst darauf kommen können. Vitus hatte mir erzählt, dass er vor dem Schlag gegen seinen Schädel Urin gerochen hat. Einer der Kloakenkehrer wird es kaum gewesen sein, aber nach Urin stinkt es auch anderswo. Kommt ihr mit, Sackpfeiffer? Wir sollten uns beeilen!»

Sie liefen los. Inzwischen war sich Adalbert sicher, dass Schwarzfärber und Clausmann Oblathus ein Mordkomplott ausgehandelt hatten, dem in der Folge noch zwei weitere Menschen zum Opfer gefallen waren. Zum Glück wusste er Serafina in der sicheren Obhut der Klosterfrauen, wo sie keinen Unsinn anrichten konnte.

Kapitel 42

Gefesselt und geknebelt kauerte Serafina vor der Haferkiste auf dem kalten Stallboden. Quer durch die Werkstatt hatte man sie geschleift, dann über den Hof, an der Maultierkarre vorbei, bis in den dunklen Stall. Natürlich hatte sie sich nach Leibeskräften gewehrt, gegen die Kraft zweier Mannsbilder aber nichts ausrichten können. Und als sie um Hilfe schreien wollte, hatte Schwarzfärber ihr kurzerhand einen herumliegenden Leinenfetzen in den Rachen gestopft.

Jetzt war sie allein mit dem Knecht, da Schwarzfärber noch einmal hinausgegangen war, um Haustür und Werkstatttor von innen zu verriegeln. Sie zitterte am ganzen Leib. Wenn ihr eines klar war, dann dies: Der nach außen hin so unscheinbare, vornehm gekleidete Ratsherr und Kaufmann ging kaltblütig über Leichen, wenn es sein musste. Hätte sie Adelheid doch bloß die Wahrheit gesagt. Nun ahnte keine Menschenseele, dass sie hier war.

Hannes liefen inzwischen die Tränen über die Wangen. «Glaubt mir, Frau Stadtärztin: Ich hab nicht gewusst, dass der Gaukler in den Weiberrollen Euer Sohn ist. Das tut mir so leid. Erst recht, dass mir bei der Flucht dieser Seiltänzer in die Quere gekommen ist. Ich wollte ihn nicht töten, bestimmt nicht. Den Oblathus schon, der hat mich schlimmer gehalten wie einen Hund. Hat mich immerzu gedemütigt und geschlagen.»

«Halt's Maul, Hannes.» Schwarzfärber war zurückgekehrt. «Ich muss nachdenken.»

«Ach Herr, was sollen wir bloß tun? Jetzt ist alles aus! Oder wollt Ihr die Frau Stadtärztin auch noch umbringen?»

«Maul halten, hab ich gesagt.»

Eine bleischwere Stille trat ein. Serafina schmerzten die Handgelenke, ihr Gaumen brannte von dem harten Fetzen im Mund. Im Geiste sah sie ihre kleine Tochter mit den Nonnen am Boden sitzen, mit roten Bäckchen ins Ballspiel vertieft. Sollte sie ihre Kleine nie wiedersehen? Ihren Sohn Vitus, ihren geliebten Adalbert? War hiermit ihr Ende gekommen?

Irgendwo raschelte eine Maus im Stroh, das Maultier hinter dem Bretterverschlag schnaubte leise.

«Weiß jemand, dass Ihr hier seid?», fragte Schwarzfärber sie schließlich.

Verzweifelt schüttelte sie den Kopf.

«Und das soll ich Euch glauben?»

Sie versuchte, etwas zu sagen, brachte durch den Knebel aber nur ein Grunzen heraus.

Daraufhin zog er ihr den Fetzen aus dem Mund.

«Weiß Euer Mann Bescheid?»

«Hilfe!», begann sie mit aller Kraft zu schreien.

Er versetzte ihr eine Maulschelle und knebelte sie erneut.

«Verdammt noch mal!», fluchte er.

Dabei wirkte er alles andere als selbstsicher. Immer wieder fuhr er sich mit den Händen durch das schüttere, rotblonde Haar, sein Blick flackerte zwischen ihr und Hannes hin und her. Wie den Knecht, so schien auch ihn die Lage völlig zu überfordern.

«Spann das Maultier ein, aber schnell», befahl er ihm. «Benedicta oder Clausmann können jeden Augenblick hier sein.»

Während der Knecht das Tier aus dem Stall führte, ließ Schwarzfärber sich neben ihr auf die Futterkiste sinken. Er roch nach Schweiß, und Serafina wusste, dass es Angstschweiß war.

«Ich hatte Euch gewarnt», murmelte er. «Ich wollte, dass der Fall so schnell wie möglich abgeschlossen wird. Selbst wenn man Euren Gauklersohn geschnappt hätte, man hätte ihm nicht geglaubt, und Euer erklärter Widersacher Schneehas schon gleich gar nicht. Aber nein, Ihr und Euer Mann musstet Euch ja in alles einmischen. Wobei – mit der Flucht Eures Sohnes habt Ihr mir fast einen Gefallen getan. Der vermeintliche Mörder ist nun verurteilt. Damit das so bleibt, muss ich mir für Euch etwas einfallen lassen. Ihr müsst von hier verschwinden, dann sehen wir weiter.»

Als sie entsetzt die Augen aufriss, schüttelte er fast traurig den Kopf.

«Glaubt Ihr etwa, mir fällt das leicht? Nein, ich könnte niemals Hand an eine Frau legen, und auch Eurem Kind hätte ich kein Haar krümmen können. Das Schreiben sollte Euch nur in Angst versetzen. Selbst das mit diesem geldgierigen Gschydlin habe ich nicht gewollt. In meinem Zorn hatte ich mit diesem Vierkantholz ein paarmal zu fest zugeschlagen. Nun werde ich mir aus dem einfachen Volk ein paar Zeugen kaufen müssen, die den Streit zwischen Gschydlin und zwei Betrunkenen mitangesehen haben.»

Er packte sie bei der Schulter.

«Warum bloß seid Ihr hergekommen? Ich lass mir doch nicht von Euch meinen Lebenstraum zerstören! Ich wollte einzig und allein in Frieden mit Oblathus' Frau leben. Ja, Benedicta und ich, wir lieben uns, seit Langem schon, und niemand ahnte etwas, nicht einmal mein eigenes Weib. Aber nicht um meinetwillen habe ich Ezechiel Oblathus getötet. Könnt Ihr Euch vorstellen, wie sehr Benedicta unter ihm gelitten hat? Unter seinen Misshandlungen, seinen ständigen Weibergeschichten? Sogar an der eigenen Tochter hat sich dieser Dreckskerl vergangen, er war seines Lebens nicht wert. Seine ganze Familie hat ihn verabscheut!»

Serafina merkte, dass er sein Herz erleichtern wollte. Hätte sie nicht diesen Knebel im Mund gehabt, sie hätte ihn mit Fragen gelöchert, um Zeit zu schinden. So aber war sie ihm hilflos ausgeliefert.

«Ich hatte anfangs daran gedacht», fuhr er fort und ließ sie wieder los, «den Clausmann zu fragen, ob wir gemeinsame Sache machen sollten. Aber dann fiel mir dieses Possenspiel in die Hände, und ich wusste: Das ist die Lösung! Knecht Hannes ist ein pfiffiger Kerl und kann sich gut verstellen, sogar in Weiberrollen. Vor allem aber war er voller Hass auf Oblathus, wie alle hier im Haus. Und zehn Gulden sind für einen wie ihn ein Vermögen.»

In diesem Moment kehrte Hannes zurück. «Karre und Maultier stehen im Hof bereit.»

«Sehr schön. Ist alles ruhig im Haus?»

«Ja. Die Köchin ist grad gegangen, wahrscheinlich zum Einkaufen. Aber was habt Ihr vor? Ich sag's Euch gleich: Niemals werde ich Hand an diese arme Frau legen.»

«Hab ich davon was gesagt? Nein, es wird ihr ein Unglück zustoßen. Wir schleppen sie jetzt auf die Karre und decken sie mit ein paar Häuten zu. Dann fährst du raus auf die Wagensteige in Richtung Villingen. Falls dich am Obertor ein Wächter nach deinem Weg fragt, sag ihm, du müsstest zur Lohmühle nach Kirchzarten. Oben im Wald gibt es genug enge Kehren und Schluchten. Such dir einen Steilhang, wenn keiner in der

Nähe ist, spann das Maultier aus und lass die Karre hinabrollen.»

Fassungslos stierte Hannes ihn an, und sofort glomm ein Funken Hoffnung in Serafina auf. Niemals würde der Junge etwas so Abscheuliches tun.

«Ich soll die Stadtärztin mitsamt der Karre in eine Schlucht stoßen?»

«Willst du dir lieber die Hände schmutzig machen? Hör zu, ich gebe dir fünf Gulden, mehr habe ich nicht bei mir.» Er nestelte einen schäbigen Leinenbeutel vom Gürtel und öffnete ihn. «Damit hast du genug für deinen Neuanfang irgendwo in der Welt. Das Maultier gehört dir obendrein. Und jetzt hilf mir endlich, sie hinauszuschaffen.»

Vergebens versuchte Serafina, den Jungen anzuflehen, Nein zu sagen, doch wieder kam nur eine Art Stöhnen heraus.

Mit zitternden Händen nahm Hannes den Beutel entgegen.

«Gut. Ich tu's.»

Kapitel 43

Adalbert beschlich ein mehr als mulmiges Gefühl, als sich die Eingänge zu Haus und Werkstatt nicht öffnen ließen.

«Nein, nicht klopfen!» Er hielt seinen Freund am Handgelenk fest. «Da drinnen stimmt etwas nicht.»

Laurenz ließ seinen Arm sinken. «Du hast recht, es ist zu still. Gemeinhin wird um diese Zeit samstags noch gearbeitet.»

Sackpfeiffer trat einen Schritt zurück und blickte nach oben. «Vielleicht kommen wir durch ein Fenster hinein.»

Dann stutzte er und deutete nach rechts zum Hoftor.

«Seltsam. Dort drüben steht ein einsamer Handwagen mit frischen Häuten ...»

In diesem Moment ertönte von ebendort ein unterdrückter Schrei, gleichzeitig splitterte Holz, ein Maultier röhrte.

«Das kommt vom Hof her!», rief der Büttel und rannte los.

Adalbert war schneller. Er stieß das nur angelehnte Hoftor auf und stürzte hinein. Der Anblick, der sich ihm bot, ließ seinen Herzschlag stocken: Mitten im Hof, vor einer abfahrbereiten Maultierkarre, kauerte Clausmann über seiner reglosen Serafina, daneben lag ein ebenso regloser Schwarzfärber bäuchlings im Dreck, während sich der Gerberknecht totenbleich gegen die Stallwand presste. Und Clausmann hielt ein Messer in der Hand!

«Du Dreckskerl!»

Ohne weiter nachzudenken, rannte Adalbert zu Clausmann und schlug ihm die geballte Faust ins Gesicht. Der kippte nach hinten weg, das Messer fiel zu Boden, und Adalbert schlug weiter auf den Wehrlosen ein.

«Nein, nicht!», schrie jemand hinter ihm. Es war Serafina.

«Du lebst?» Er ließ von dem Gerbersohn ab und starrte sie an, während Laurenz ihr auf die Beine half. Um ihre Fußknöchel hingen zerschnittene Stricke, die Hände waren noch gefesselt. Von einer Schramme an der Stirn abgesehen, wirkte sie unverletzt.

Adalbert sprang auf und umarmte sie. Vor Erleichterung brachte er kein Wort heraus.

«Was ist hier vor sich gegangen?», donnerte Sackpfeiffer los, während er die Spitze seines Kurzschwerts auf Schwarzfärbers Rücken setzte und sein junger Gehilfe den Knecht festhielt.

Adalbert, dem sich noch immer alles im Kopf drehte, sah Serafina fassungslos an.

«Clausmann hat mich gerettet», brachte sie mit brüchiger Stimme hervor. «Er wollte mir gerade die Fesseln zerschneiden.»

Ihm schossen die Tränen in die Augen.

«Was ist mit dem da?» Er deutete mit dem Kinn zu dem noch immer reglosen Kaufmann. «Ist er tot?»

«Ich weiß nicht. Clausmann hat ihn mit einem Knüppel niedergeschlagen.» Sie stockte. «Schwarzfärber … Hannes … sie wollten mich mit der Karre hinauf in die Berge bringen und dann …»

Schwer atmend brach sie ab.

Er strich ihr die zerzausten Haare aus der Stirn. «So beruhige dich erst mal. Alles wird gut jetzt.»

Mit zittrigen Händen nahm er das Messer entgegen, das

Laurenz ihm reichte, und löste ihr die Handfesseln. Die Angst war ihr noch immer ins Gesicht geschrieben.

«Nie und nimmer hätte ich das getan», rief Hannes plötzlich, dem nun seinerseits die Hände gebunden waren.

«Was getan?», fragte Sackpfeiffer scharf.

«Ich sollte die Frau Stadtärztin in die Berge fahren und oben … oben sollte die Karre mit ihr abstürzen …»

«Dass dich der Teufel hole!» Adalbert wollte ihm an den Kragen, doch Serafina hielt ihn zurück.

Von Kopf bis Fuß ein Häuflein Elend, begann Hannes zu jammern: «Bitte glaubt mir, Medicus! Ich wollte nur die fünf Gulden haben. Eure Frau wollte ich zu den Mönchen von Sankt Mergen bringen und dann aus der Gegend verschwinden.»

«Vielleicht ist das ja die Wahrheit», sagte Serafina leise.

«Das werden die Verhöre schon ans Licht bringen», knurrte der Büttel. «Lieber Medicus, könnt Ihr bitte prüfen, ob der Kaufmann noch lebt?»

Das war indessen nicht nötig. Mit lautem Geschrei kam Benedicta Oblathus herbeigerannt und stürzte sich auf den am Boden Liegenden.

«Simon! Mein Simon!»

Sie nahm seinen Kopf in ihre Hände und strich ihm über die Wangen. Da begann Schwarzfärber erst zu husten, dann zu stöhnen: «Meine Schulter … mein Schädel …»

Mit zornrotem Gesicht drehte sich die Witwe zu Sackpfeiffer um. «Was habt Ihr mit ihm gemacht?»

«*Ich* war das, Mutter.» Clausmann, der bislang geschwiegen hatte, rappelte sich vom Boden auf und hielt sich die blutende Nase. «Dein Simon wollte die Frau des Stadtarztes aus dem Weg schaffen. Genau wie den Vater, auch wenn ich dem Hundsfott keine Träne nachweine.»

Schwarzfärber versuchte, sich aufzurichten. «Das war ich nicht, das war euer Knecht!»

«Ha!» Hannes trat einen Schritt vor. «Ihr hattet den Plan, und Ihr habt mich dafür bezahlt. Und weil Gschydlin davon wusste, habt Ihr ihn erschlagen.»

«Du Lügner! Du elender Rotzlöffel!»

«Ruhe!», brüllte Sackpfeiffer dazwischen. «Das alles wird das Gericht klären. Aber ich fürchte, Schwarzfärber, die Schlinge zieht sich schon jetzt reichlich fest um Euren Hals zusammen. Bis dahin sitzt Ihr mit dem Hannes im Turm ein. Und zwar nicht oben im kommoden Stüblein, sondern unten im Loch. Medicus, wenn Ihr bitte Eure Frau und die Familie Oblathus zur Vernehmung in die Kanzlei begleitet? Der Kanzleidiener soll umgehend den Schultheißen dazuholen.»

Adalbert spürte, wie Serafina in seinen Armen zu schwanken begann.

«Ich fürchte, meine Frau ist zu schwach dafür. Gebt Ihr noch ein wenig Zeit», bat er.

Der Büttel nickte. «Sie soll ihre Aussage machen, wenn sie wieder zu Kräften gekommen ist.»

«Lass nur, Adalbert, es geht schon wieder.» Ihr Blick schweifte zu Oblathus' Tochter Hedwig, die mit undurchschaubarer Miene und verschränkten Armen am offenen Hoftor lehnte. Hinter ihr hatten sich bereits Dutzende Schaulustige versammelt.

«Hast du die Wahrheit gewusst?», fragte Serafina sie.

«So hört doch endlich auf!», rief an deren Stelle Benedicta. «Simon hat nichts damit zu tun.»

Nach heftigem Kopfschütteln trat Hedwig näher. «Jetzt tu bloß nicht so scheinheilig, Mutter. Wir alle haben es die ganze Zeit geahnt.»

Kapitel 44

Der erste Oktobersturm rüttelte an den Fensterläden, doch herinnen in der Wohnstube hatten sie es warm und gemütlich an diesem Samstagnachmittag.

Adalbert saß in seinem geliebten Lehnstuhl, die beiden alten Frauen gingen auf der Bank am Fenster ihren Handarbeiten nach, und Vitus kauerte mit seiner kleinen Schwester am Boden, wo sie Holzklötze aufeinanderstapelten.

Serafina rückte ihren Schemel näher heran und beobachtete voller Mutterglück das eifrige Spiel der beiden. Sie mochte es kaum glauben: War es wirklich erst eine Woche her, dass sie um ihr Leben gefürchtet hatte? Nein, sie wollte nicht mehr daran denken. Seitdem Vitus aus dem Waldkloster zurückgekehrt war, waren sie alle wohlbehalten und glücklich wieder vereint. Obendrein hatte Vitus gestern eine wunderbare Nachricht mit nach Hause gebracht: Meister Lamprecht, der Bildschnitzer, hatte ihn als Lehrknecht angenommen. Schon am Montag sollte er bei ihm anfangen. Sein Gauklerleben fand hiermit also ein Ende.

Behaglich streckte Adalbert die Beine von sich. «Was bin ich erleichtert, dass fortan noch ein Mann im Haus ist. Drei Frauen, nein, vier», er deutet auf Kathrin, «können einem schon mal zu viel werden.»

«Na, na …» Irmla sah von ihrer Flickarbeit auf und drohte

ihm schelmisch mit dem Finger. «Andere Mannsbilder wären glücklich um vier Frauen.»

Kathrin begann zu quengeln.

«Baba!», rief sie und zeigte auf die Fensterbank, auf der neben Gisla ihre bunten Bälle lagen.

«Aber der Turm ist noch gar nicht fertig», erhob Vitus Einspruch und kitzelte sie am Bauch.

Doch wenn Kathrin sich etwas in den Kopf gesetzt hatte, war sie durch nichts abzulenken. Wie ähnlich sie mir doch ist, dachte Serafina und lächelte in sich hinein.

«Baba», wiederholte die Kleine und warf die Holzklötze um.

«Ganz die Mutter», kam es prompt von Adalbert, und alle lachten.

Vitus erhob sich und half seiner kleinen Schwester ebenfalls auf die Beine. «Dann hol sie dir.»

Er machte zwei Schritte mit ihr an der Hand, dann ließ er sie los. Als sei es das Selbstverständlichste auf der Welt, marschierte sie allein weiter, bis sie die rettende Bank erreicht hatte, wo sie sich voller Stolz nach Vitus umdrehte.

«Sie läuft! Sie kann endlich laufen», jubelte Serafina, während die anderen Beifall klatschten.

«Jetzt kommt die anstrengende Zeit, Serafina.» Gisla strich dem Mädchen über die blonden Locken. «Du wirst ihr ständig nachrennen müssen.»

Irmla nickte. «Gebt nur acht, als Nächstes will sie auf den Händen laufen wie ihr Bruder!»

Kathrin schaffte es sogar zurück zu Vitus, wo sie sich erschöpft auf den Boden plumpsen ließ. Serafina schloss sie in die Arme. «Was für eine Freude du uns machst, mein kleiner Sonnenschein!»

Da klopfte es gegen die Haustür.

«Erwartet Ihr jemanden, Doctor Adalbert?», fragte Irmla stirnrunzelnd.

«Nein, eigentlich nicht.»

«Dann gehe ich mal nachsehen.»

Zu ihrem großen Unwillen vernahm Serafina kurz darauf die Stimme des Silberkrämers Schneehas. Der hatte ihr in dieser schönen Stunde wahrhaftig noch gefehlt.

«Wenn Ihr Ärger machen wollt, könnt Ihr schnurstracks wieder gehen», waren denn auch Irmlas unfreundliche Begrüßungsworte.

«Nein, nein, im Gegenteil. Sind deine Herrschaften da?»

Als Schneehas mit sichtlich betretener Miene die Stube betrat, kam Adalbert ihm auch schon entgegen.

«Was gibt es so Wichtiges, dass Ihr uns stört, Schneehas?», fragte Adalbert nicht gerade höflich.

Der Silberkrämer wich Serafinas und Vitus' Blicken aus. «Unser Schultheiß schickt mich. Die Untersuchungen gehen ihren geordneten Gang. Und seid versichert: Kaufmann Schwarzfärber und der Gerberknecht werden ihre gerechte Strafe bekommen.»

«Deshalb seid Ihr gekommen? Das weiß ich längst von meinem Freund Laurenz. Und ich weiß obendrein, dass es zwei neue Heimliche Räte gibt, die da heißen Laurenz Wetzstein und Magnus Pfefferkorn.»

Serafina konnte sich nicht dagegen wehren, dass bei diesen Worten klammheimliche Schadenfreude in ihr aufkam. Die Großmannssucht dieses Mannes hatte einen gehörigen Dämpfer erlitten.

«Der Schultheiß schickt Euch also?», setzte sie nach, wohl wissend, dass Paulus von Riehen wieder allseits für gut Wetter im Umgang mit seinem Stadtarzt sorgen wollte.

«Nun ja, ich soll mich … Kurzum: Ich möchte mich bei Euch entschuldigen. Ich war in meinem Amt als Untersuchungsrichter wohl mit Blindheit geschlagen.»

«Das ist ja noch gelinde ausgedrückt.» Herausfordernd sah sie ihn an. «Nur zu, worauf wartet Ihr noch? Entschuldigt Euch also.»

Unbehaglich trat er von einem Bein aufs andere. «Werte Frau Stadtärztin, werter Medicus, es tut mir sehr leid. Meine Hand darauf.»

Er reichte erst ihr, dann Adalbert die Hand. Als er vor Vitus trat, verschränkte der die Arme.

Adalbert räusperte sich. «Nun schlag schon ein, mein lieber Sohn!»

Widerstrebend gab auch Vitus ihm die Hand, woraufhin der Ratsherr verdutzt fragte: «Mein Sohn? Ich dachte, er ist Euer Stiefsohn.»

«Ihr habt richtig gehört, Schneehas.» Adalbert zwinkerte Serafina mit einem strahlenden Lächeln zu und machte eine bedeutsame Pause.

Sie wusste, was nun kam, und ihre Schadenfreude über Schneehas' erzwungenen Kniefall wich dem großen Glücksgefühl, das sie seit Tagen erfüllte.

«Noch ist es nicht amtlich», fuhr Adalbert fort und stellte sich dicht neben Vitus, der vor Freude errötete, «und daher habe ich den Schultheißen gebeten, nichts verlautbaren zu lassen, aber ich werde Vitus an Kindes statt annehmen. Der Antrag liegt schon beim Schultheißengericht. Und wie mir Paulus von Riehen zugesichert hat, steht dem nichts im Wege.»

Er legte Vitus den Arm um die Schultern und bedachte Serafina mit einem innigen Blick, den sie voller Liebe erwiderte. Mit diesem Entschluss, Vitus als seinen Sohn anzunehmen, hatte er ihr und dem Jungen ein Geschenk gemacht, wie sie es sich nicht schöner hätte wünschen können: Endlich waren sie zu einer richtigen Familie geworden.

Glossar

Abdecker – auch Schinder: sozial geächteter Beruf zur Beseitigung und Verwertung von Tierkadavern

Absolution – kirchliche Handlung zur Lossprechung und Vergebung von Sünden

Achtundvierzig – Freiburger Gesamtstadtrat im Spätmittelalter, teilweise jährlich neu gewählt; bestand zu gleichen Teilen aus Adels- bzw. Kaufmannsgeschlechtern und aus Zunftmitgliedern

Adelhausen – alter Name für einen Teil des heutigen Stadtteils Wiehre rund um den Annaplatz

Adelhauser Kloster – ehemaliges *Dominikanerinnen*kloster, ursprünglich südwestlich des heutigen Annaplatzes in *Adelhausen* (heute Wiehre), 1694 Neukloster in der *Schneckenvorstadt* (heutige Adelhauserstraße)

Aderlass – eine der ältesten medizinischen Behandlungsmethoden, bei der aus einer Vene Blut abgenommen wird, zur Ausleitung schädlicher Körpersäfte

Ave Maria – lat.: Gegrüßest seist du, Maria. Grundgebet der katholischen Kirche, auch als Zeitspanne benutzt

Barbara – Heilige Barbara von Nikomedien, Märtyrerin des 3. Jahrhunderts, im Spätmittelalter äußerst populär; Schutzpatronin u. a. der Bergleute, jungen Mädchen, Gefangenen und Sterbenden, der Totengräber und Prostituierten

Barett – flache Kopfbedeckung ohne Schirm oder Krempe, ähnlich einer Baskenmütze

Barfüßer – volkstümlich für den Mönchsorden der *Franziskaner*

Barfüßergasse – heutige Franziskanerstraße

Beginen – Gemeinschaft christlicher Frauen, die ein frommes, eheloses Leben in ordensähnlichen Häusern führten und sich u. a. der Krankenpflege und Sterbebegleitung widmeten. Wurden immer wieder als Ketzerinnen verfolgt

Bein – hier: Knochen

Beisitzer – siehe *Heimliche Räte*

Beschau – amtliche Untersuchung z. B. auf ansteckende Krankheiten; auch von Verletzten bzw. Toten nach Gewalteinwirkung

Bingen, Hildegard von – Nonne und naturheilkundige Universalgelehrte (1098–1179)

Blutgericht – siehe *Hochgericht*

Breisgau – historische Landschaft rund um Freiburg

Bruchschneider – auf die Behandlung von äußeren Eingeweidebrüchen spezialisierter ambulanter Heilkundiger

Brunnengässlein – heutige Brunnenstraße

Buhlin – heimliche Geliebte

Büttel – (auch Stadtweibel, Scherge, Steckenknecht, Stadtknecht) niedrige gerichtliche Hilfsperson in der mittelalterlichen Strafverfolgung; vollzieht auch bisweilen die Leibesstrafen

Caritas – christliche Nächstenliebe und Barmherzigkeit

causa optima – lateinisch: Idealfall

Chor – Altarraum in Kirchen, der früher den Geistlichen vorbehalten war

Chorumgang – Bauteil einer Kirche, der galerieartig um den *Chor* herumführt

Christoffelsschwestern – die Schwestern/*Beginen* zum Christoffel hatten ihr Haus in der Brunnenstraße auf Höhe der heutigen Universitätskirche und wurden 1347 erstmals erwähnt; auch «des Autschers Regelhaus zu Sankt Christoffel» genannt

Christoffelstor, Christoffelsturm – ehemaliges Stadttor von der Innenstadt in die Neuburgvorstadt am nördlichen Ende der heutigen Kaiser-Joseph-Straße; hier wie auch in einigen anderen Türmen der Stadttore befand sich das Gefängnis

Dauben – Längshölzer eines Fasses

Delinquent – Straftäter, Übeltäter

Dominikanerinnen – Angehörige des Dominikanerordens, im 13. Jahrhundert durch den heiligen Dominikus gegründet; Bettelorden mit missionarischem Eifer, daher wurden die Mönche auch Prediger genannt, bei den Nonnen hingegen hatte die *Mystik* hohe Bedeutung

Dreisam – Fluss durch Freiburg, der früher dichter an der Altstadt lag als heute

Ebnot – alter Name für Ebnet, einem Dorf östlich von Freiburg (heute Stadtteil)

Elixier – Wunderheilmittel

Elle – altes Längenmaß; die Freiburger Elle entsprach 54 cm

Endlicher Rechtstag – im spätmittelalterlichen Strafrechtssystem: öffentliche Hauptverhandlung zur Urteilsverkündung. Schuld und Strafe selbst wurden in einem geheimen Vorverfahren von wenigen *Schöffen* ermittelt. Siehe auch: *Heimliche Räte*

Erzschelm – siehe *Schelm*

Fahrende, fahrendes Volk – wohnsitzlose soziale Randgruppe wie Gaukler, Tierbändiger, selbst ernannte Heilkundige

Fischbrunnen – einstiger Brunnen am *Fischmarkt*, der dem Aufbewahren der Verkaufsfische diente; etwa an der Stelle des heutigen Bertoldsbrunnens

Fischmarkt – einst zentraler Markt an der Stelle des heutigen Bertoldsbrunnens

Franziskaner – Bettelorden des heiligen Franziskus von Assisi (um 1210 gegründet), auch *Barfüßer* genannt

Frauenhaus – alter Name für Bordell, Hurenhaus; in Freiburg hatte es den scherzhaften Namen «Haus Zur Kurzen Freud» und befand sich in der nördlichen Neuburgvorstadt

Freiung – auch Freistatt: Bezirk mit Schutz vor rechtlicher Verfolgung, traditionell in Kirchen und Klöstern, noch heute lebendig im Kirchenasyl

Galenos von Pergamon – griechischer Arzt (129–216): Seine Lehre von den vier Elementen Feuer, Erde, Luft und Wasser sowie die Viersäftelehre (Blut, Schleim, gelbe und schwarze Galle) galten bis weit über das Mittelalter hinaus

Geck – siehe *Stutzer*

Gerichtsbann – Bezirk einer der Stadt oder dem Herrscher zugehörigen Gerichtsbarkeit

Gerichtslaube – siehe *Ratsstube*

geschworen – veraltet für amtlich vereidigt

Gotte – alemannisch für Patentante

Götti – alemannisch für Patenonkel

Große Gass – heutige Kaiser-Joseph-Straße, war damals Haupt- und Marktgasse mit zahlreichen Verkaufsständen

großkopfert – abwertend für einflussreiche Person

Habit – Tracht einer klösterlichen Ordensgemeinschaft

Habsburger – altes Herrschergeschlecht, das über Generationen die deutschen Könige und römisch-deutschen Kaiser stellte

handhaft – auf handhafter Tat ertappen: in flagranti, auf frischer Tat

Harnisch – Rüstung, Plattenpanzer zum Schutz des Oberkörpers
Haus Zum Pilger – heutige Franziskanerstraße 7
Haus Zur Kurzen Freud – überlieferter Scherzname des städtischen Bordells in der nördlichen Neuburgvorstadt
Hegau – historische Landschaft nordwestlich des Bodensees
Heiliggeistspital – bürgerschaftliche Freiburger Einrichtung der öffentlichen Fürsorge, die im Laufe des Mittelalters immer vermögender wurde; es befand sich an der heutigen Kaiser-Joseph-Straße zwischen Marktgasse und Münsterstraße
Heimliche Räte – Ermittlungsrichter und öffentliche Ankläger im spätmittelalterlichen Gerichtsverfahren Freiburgs. Ihnen (in der Regel zwei) standen zwei Beisitzer (Schöffen) zur Seite
Hellebarde – lange Hieb- und Stichwaffe
Hintersasse – Einwohner, der zwar den Schutz der Stadt genießt und Steuern bezahlt, aber kein Bürgerrecht hat
Hirschgraben – in Freiburg wie auch anderswo wurden in Friedenszeiten die breiten inneren Stadtgräben trockengelegt, um sie als Wildgehege zu nutzen
Hochgericht – auch Blutgericht: Gerichtsinstanz für Vergehen, die Leibes- oder Todesstrafen nach sich ziehen
Hübschlerin – alte Bezeichnung für Prostituierte
Infirmarius, Infirmar – aus lateinisch infirmus für schwach, krank: klösterlicher Krankenpfleger
Jahrzeitstiftung – Spende an eine geistliche Einrichtung, in Verbindung mit einem jährlichen Gottesdienst für die Seele des Verstorbenen
Kanzlei – städtischer Verwaltungssitz. Die erste Kanzlei Freiburgs war ein bescheidenes Haus an der Stelle des heutigen Alten Rathauses. Siehe auch *Ratsstube*
Kapitelsaal – Versammlungsraum der Nonnen bzw. Mönche

Kaplan – Seelsorger, Priester in einem bestimmten Umfeld wie Burgen oder Spitäler

Kirchhof – alter Name des Münsterplatzes

Klausur – Nonnen / Mönchen vorbehaltener Gebäudeteil des Klosters, als Ort des Rückzugs und der Besinnung; meist als Geviert um den rechteckigen Kreuzgang angelegt

Klingelhut-Badstube – später Schwabsbad genannt: ehemaliges Badhaus im Gebäude der Gerberau 48

kommod – bequem, gemütlich

Konsultation – Beratung, Sprechstunde

Konvent – hier: Wohnbereich einer klösterlichen Gemeinschaft

Kummet – ringartige Lederkonstruktion für den Hals- bzw. Schulterbereich von Zugtieren

Laienbruder, Laienschwester – Mitglieder einer Klostergemeinschaft, die zur Entlastung der Mönche / Nonnen körperliche Arbeit verrichteten; daher gemilderte Askese und Gebetspflicht

Lebener Vorstadt – ehemalige westliche Vorstadt im Bereich der heutigen Bertoldstraße am Stadttheater; locker bebaut, mit Gärten, Rebland und zwei Frauenklöstern

Lohgerberei – siehe *Rotgerber*

Lohmühle – Mühle zum Gewinnen von Lohe aus zerkleinerter Fichten- und Eichenrinde für die Ledergerbung

Lugstühle – überdachte, offene Lauben zum Auslegen und Verkauf der Ware in der heutigen Münsterstraße; zunächst aus Holz, später in Stein gemauert

Magistrat – gewählter Stadtrat

Malefizkerl – Verbrecher, Missetäter; nach Malefiz: veraltet für Verbrechen

Maria Magdalena – auch Maria von Magdala: Begleiterin Jesu und Zeugin von dessen Auferstehung

Martini – Datumsangabe nach dem Heiligen und Bischof Martin von Tours (4. Jahrhundert): 11. November

Martinstor – eines der noch bestehenden inneren Stadttore auf der südlichen Kaiser-Joseph-Straße, früher auch Untertor genannt

Medicus – (auch Physikus, doctor medicinae) studierter Arzt, der im Gegensatz zum *Wundarzt*, dem Vorläufer des Chirurgen, für die angesehenere Innere Medizin zuständig war

Metzig – oberdeutscher Ausdruck für Schlachthaus, Metzgerei; die «Alte Metzig» befand sich in der Freiburger Metzgerau

Miasmen – üble Gerüche, giftige Ausdünstungen, die man bis in die späte Neuzeit als Ursache für Seuchen sah

Michaelis – Datumsangabe nach dem Erzengel Michael: 29. September

Mi-parti – halbseitig bunt eingefärbte Kleidung

Mörser – Schüssel, Gefäß, in dem eine Substanz mittels eines Stößels zerkleinert oder zerrieben wird

Muhme – veraltet für weibliche Verwandte

Mystik – spirituelle (Gottes-)Erlebnisse

Oberriet – Schwarzwald-Gemeinde südöstlich von Freiburg (heutige Schreibweise: Oberried)

Oberrieter Gässlein – heutige Adelhauser Straße

Obertor – alter Name des heute noch bestehenden Freiburger Schwabentors; Turm zur Stadtseite hin ursprünglich offen, erst 1547 mit einer Steinwand geschlossen

Ortenau – historische Landschaft in Mittelbaden, nördlich des *Breisgaus*

Paternoster – lat. für *Vaterunser*, eines der Hauptgebete der christlichen Kirche

Pfründen – Einkünfte aus einem weltlichen oder kirchlichen Amt

Physikus – studierter (Stadt-)Arzt, siehe *Medicus*
Podagra – veraltet für Gicht, Gelenkschmerzen im Fuß
Portarius – lateinisch für Pförtner
Predigervorstadt – ehemalige westliche Vorstadt mit Gärten und Badstuben (westlich des heutigen Rotteckrings und Unterlinden); ging im Süden in die *Lehener Vorstadt* über
Prinzipal – Oberhaupt einer Künstlertruppe
Prior – Klostervorsteher
Rappenpfennig – alte Freiburger Silbermünze, die im heutigen Schweizer Rappen seine Nachfolge gefunden hat
Ratsstube – ältestes Freiburger Rathaus (Turmstraße), das heute fälschlicherweise «Gerichtslaube» genannt wird. Die ursprüngliche Gerichtslaube als öffentlicher Gerichtsort lag am heutigen Bertoldsbrunnen, mitten im Marktgeschehen. Von der Ratsstube räumlich getrennt gab es noch die Rats*kanzlei*
Refektorium – klösterlicher Speisesaal
Reichsstadt – Freiburg war jahrhundertelang (1368 bis 1805) von den *Habsburgern* regiert, doch zwischen 1415 und 1427 war es als Folge des Konstanzer Konzils Reichsstadt, unterstand also direkt dem Kaiser
Reputation – Ruf, Ansehen
Rotgerber – auch Lohgerber: Gerber, die Rinderhäute zu strapazierfähigem Leder verarbeiten, etwa für Sättel, Stiefel, Schuhsohlen
Sackpfeife – veraltet für Dudelsack
Salzgasse – heute: Salzstraße; einer der ältesten Straßenzüge Freiburgs
Sankt Mergen – ehemaliges Augustiner-Chorherrenstift St. Märgen im Hochschwarzwald
Sattelgasse – alter Name der Freiburger Bertoldstraße
Schabebaum – auch Gerberbaum: glatter Baumstamm, über

dem der Gerber die Häute mittels scharfer Werkzeuge entfleischt, siehe auch *Scherdegen*

Scharwache, Scharwächter – bewaffnete Wachmannschaft, die anfangs von Stadtbürgern gestellt wurde, später von besoldeten Wächtern in städtischen Diensten

Schelm – ursprünglich böses Schimpfwort, da es auch den *Abdecker* und Henkersknecht bezeichnete; Schimpfworte wurden oft mit der Vorsilbe «Erz-» verstärkt

Scherdegen – scharfes Schabemesser mit zwei Griffen zum Entfleischen von Gerberhäuten

Scherge – siehe *Büttel*

Schießrain – Gelände der Armbrustschützen vor der Stadtmauer, in Höhe der heutigen Wallstraße

Schneckenvorstadt – südliche Handwerkervorstadt vor dem Freiburger Martinstor; heute noch weitgehend erhalten

Schneckentor – ehemaliges äußeres südliches Stadttor, der *Schneckenvorstadt* vorgelagert; im Bereich Kaiser-Joseph-Straße / Ecke Holzmarkt

Schröpfköpfe, schröpfen – Erhitzte Schröpfköpfe aus Horn oder Glas werden auf angeritzte Hautstellen luftdicht angesetzt, beim Abkühlen entsteht darin Unterdruck, wodurch Blut durch die Haut gesogen wird. Dadurch sollen dem Körper schlechte Säfte entzogen werden

Schultheiß, Schultes – vom Landesherrn eingesetzter Amtsträger, Gemeindevorsteher mit Gerichtsgewalt

Schwesternsammlung – siehe *Beginen*

siech – krank, altersschwach

Sigismund – Sigismund von Luxemburg (1368–1437) war ab 1411 römisch-deutscher König, ab 1433 römisch-deutscher Kaiser

Snewlin – einflussreiches, weitverzweigtes Freiburger Geschlecht

Starstecher – auch Okulisten: Wanderheiler, die mittels einer Nadel die getrübte Augenlinse («Grauer Star») wegstachen

Steckenknecht – siehe *Büttel*

Stundengebete – Traditionell versammelte man sich im Kloster achtmal am Tag, d. h. alle drei Stunden, zum Stundengebet auf Latein. Außer dem *Nachtgebet* sind dies die *Laudes* (ca. 3 h), die *Prim* (6 h), die *Terz* (9 h), die *Sext* (12 h), die *Non* (15 h), die *Vesper* (18 h) und die *Komplet* (21 h) – ungefähre Angaben nach der antiken Zeitrechnung, die den Tag von Sonnenaufgang bis -untergang in 12 gleich lange Stunden einteilte. In jüngerer Zeit reduziert auf fünf bis sechs Gebetszeiten

Stutzer – auch Geck: übertrieben modebewusst gekleideter und affektierter Mensch

Tappert – weiter, knielanger, oft seitlich geschlitzter Überwurfmantel

Terz – eins der klösterlichen *Stundengebete*: zur dritten Tageslichtstunde (ca. 9 Uhr)

Trippen – Untersatz aus Holz, der wegen des Straßendrecks unter die normalen Schuhe geschnallt wurde

Turm – gleichbedeutend mit Gefängniszelle, die in den meisten Städten in den Stadttürmen untergebracht war

Unbill – Unrecht, schlimme Kränkung

Urgicht – altdeutsches Wort für Geständnis

Urinschau – Prüfung des Morgenurins auf etwaige Krankheiten; von der Antike bis in die frühe Neuzeit wichtigstes Mittel der medizinischen Diagnose

Vaterunser – zentrales christliches Gebet, auch als Zeitspanne benutzt

Veitstanz – durch Halluzinogene, Gift oder Epilepsie hervorgerufene «Tanzwut» mit krampfartigen Zuckungen

Vesper – *Stundengebet* am späteren Nachmittag

Vierundzwanziger – Teil des mittelalterlichen Freiburger Stadtrats, der aus den auf Lebenszeit gewählten Vornehmen bestand und unter dem Vorsitz des Schultheißen öffentlich zu Gericht saß

Villingen – alte Zähringerstadt auf dem Schwarzwald

Wagensteige – uralter Verkehrsweg von Freiburg über den Schwarzwald nach Osten

Waldkirch – badische Kleinstadt, rund 16 km nordöstlich von Freiburg

welsch – eigentlich die romanischen Volksgruppen betreffend, aber auch ein Synonym für fremd

Werwolf – blutrünstiges Fabelwesen; die Vorstellung, dass sich ein Mensch in einen Wolf verwandeln konnte, war in Religion und Mythologie weit verbreitet

Wilhelmiten – auf den Eremiten Wilhelm von Malavalle begründeter Mönchsorden, der in Freiburg in der östlichen *Schneckenvorstadt* ansässig war

Wundarzt – im Gegensatz zum gelehrten *Medicus* ein Handwerksberuf (Arzt der kleinen Leute). Untersteht wie die städtische Hebamme und der Apotheker dem i. d. R. studierten Stadtarzt

Zattel – gezackter oder in Bögen und Zungen geschnittener Stoffrand / Ziersaum

Zerberus – Höllenhund der griechischen Mythologie, der den Eingang zur Unterwelt bewacht

Zunft – christliche Genossenschaft von Handwerkern zur Wahrung gemeinsamer Interessen, vom Mittelalter bis ins 19. Jahrhundert

Zwilch – dichtes, reißfestes Gewebe aus Wolle oder Leinen

Weitere Titel

Das Mädchen und die Herzogin

Der dunkle Himmel

Der Hexenjäger

Der Pestengel von Freiburg

Der Turm aus Licht

Die Bettelprophetin

Die Himmelsbraut

Die Räuberbraut

Die Vagabundin

Henkersmarie

Unter dem Banner des Kreuzes

Wie der Weihnachtsbaum in die Welt kam

Die Hexe von Freiburg

Die Hexe von Freiburg

Die Tochter der Hexe

Die Gauklerin

Ein Fall für Serafina

Das Aschenkreuz

Hostienfrevel

Das Siechenhaus

Tod im Höllental

Die Tote in der Henkersgasse

Die Wölfe vor den Toren

Astrid Fritz
Der Turm aus Licht

816 Seiten

Prächtig steht er da und scheint den Himmel zu berühren. Er hat das Angesicht Freiburgs für immer verändert und gilt als ein Meisterwerk: «Der schönste Turm auf Erden». Der sechzig Jahre andauernde Turmbau brachte Reichtum und Verderben, stiftete Liebe und besiegelte Schicksale. Episch und bewegend erzählt Fritz, wie die Menschen von Freiburg – protzende Grafen, aufstrebende Kaufleute, machtbewusste Kirchenleute, leidenschaftliche Baumeister, ihre Familien und gemeine Leute – im Schatten des Baus lebten, hassten, kämpften, um schließlich nach sechzig Jahren im Jahr 1330 glorreich zu triumphieren.